图书在版编目（CIP）数据

中国京剧流派剧目集成. 第24集 /《中国京剧流派剧目集成》编委会编. —北京 : 学苑出版社，2014.11
ISBN 978-7-5077-4655-6

Ⅰ. ①中… Ⅱ. ①中… Ⅲ. ①京剧－剧本－作品集－中国 Ⅳ. ① I232

中国版本图书馆CIP数据核字(2014)第280744号

出 版 人：孟 白
责任编辑：潘占伟
装帧设计：徐道会
出版发行：学苑出版社
社　　址：北京市丰台区南方庄2号院1号楼
邮政编码：100079
网　　址：www.book001.com
电子信箱：xueyuanpress@163.com
销售电话：010-67675512　67678944　67601101（邮购）
经　　销：新华书店
印 刷 厂：北京信彩瑞禾印刷有限公司
开本尺寸：889×1194　1/16
印　　张：12.75
字　　数：326千字
版　　次：2015年1月第1版
印　　次：2015年1月第1次印刷
定　　价：200.00元（精装）

序言

◎黄克

京剧向称国粹艺术，内容博大精深，剧目十分丰富，人们常以“汉唐三千宋明八百”形容其浩瀚。其中流派剧目又以演员表演的鲜明个性使剧目显得更为多彩多姿，充满魅力，既被专业人员钻研承继，也为广大戏迷喜闻乐见，遂成为京剧舞台上一大亮点。

流派

举凡表演艺术，原本就无不带有表演者的个人色彩。京剧表演艺术因其唱念做打诸多方面功夫的综合性和繁难性，表演的个性化尤为突出；加以行当的粗分、剧目的雷同，于大致相同的条件下尽显各自的千姿百态、千变万化；一招一式、一腔一韵之中可以体现不同的特色，同样一出戏，甚至同样一个戏中人物也完全可以演出不同的风采，这种充满个性化的表演，遂成为京剧竞技场上最是为人乐道而又情趣无穷的审美内涵。倘若这种富于个性化的表演为受众所认可，且代有传人，形为规范，即可自成一家，成为迥异于他人的艺术流派。以“四大名旦”（梅兰芳、程砚秋、荀慧生、尚小云）为例，虽皆工旦行，却又各有千秋。京剧大师王瑶卿就曾这样分析这四位后起之秀的独到之处：“梅兰芳的样儿，程砚秋的唱儿，尚小云的棒儿，荀慧生的浪儿。”所谓“样儿”，指梅的艺术造诣全面，要什么有什么；所谓“唱儿”，指程以行腔之新颖动听为能；所谓“棒儿”，指尚的刀马功底深厚；所谓“浪儿”，指荀的柔媚多姿、风情万种。寸长尺短，一语道破各有专擅的各家流派特点。如此成就固然来自自己的勤学苦练、苦心孤诣，更少不了观众的知音捧场、鼓励有加。因此，一个艺术流派的形成，对于创始人来说，无疑是开拓了审美追求的新境界；对于受众戏迷来讲，则更是得到了多样化审美需求的新满足。梨园行有云：唱戏的是疯子——指其追求的执着，听戏的是傻子——指其享受的痴迷。二者相得益彰、相映成趣，或许正道出京剧流派形成之三昧。

流派剧目

在京剧传承的一二百年间，随着历史的变迁、社会的发展，以及新人辈出、师承转换，荡涤旧物、崇尚新声，传统剧目中的绝大部分早已绝迹于舞台，然而，其精华部分（包括剧目中表现出来的唱念做打等程式体系）还是被完好地保存了下来，并得到长足的发展。其间，流派创始人于剧目的推陈出新做出了不可磨灭的贡献。基于对剧目乃至剧中人物的理解和认识，以及更便于发挥自己技艺特长的需要，流派创始人对浩如烟海的传统剧目进行了严格的筛选，经过了整理加工再创作，使之又焕发出崭新的韵味和光彩；随着这样剧目的增多，最终形成了自己流派所特有的剧目系列。而另外的流派又在另外的剧目系列中发挥着自己的优势，即或剧目相同，不同流派依然可以于演出中表现出自己的独特风格。总之，在其演出的剧目中，无不打上自己表演风格的鲜明烙印。京剧舞台上一度出现的这种百花齐放、争芳斗艳的盛况，实由自丰富多彩的流派剧目，这在京剧发展史上已是不争的事实。

但也应看到，如今京剧流派剧目相对于京剧的鼎盛时期，已是光景不再。个中原因很复杂，就客观因素而言，新兴的艺术形式的多种多样，人们的欣赏习惯和娱乐方式已经有了更广泛的选择余地，因而完全可以去旁骛；此外，就京剧本身而言，演出剧目之贫乏不能不说是观众锐减的重要原因之一。本来演出场所和演出场次就不多，翻来覆去又只是那几出骨子老戏，怎么能吸引观众，特别是年轻观众呢？——连那些老戏迷们也都听腻歪了。

回过头来看，今日演出剧目的贫乏和流派创始人晚年艺术景况也不无关系。他们在艺术的巅峰期——集中在上个世纪二三十年代，创作或改编了一出出新戏，直令观众赏心悦目，目不暇接。当其时，除了富连成科班或游动的散班演出些大路戏外，北京的京剧舞台几乎就是流派剧目的天下。据1932年商务印书馆出版的《五十年来北平戏剧史材》的记载，自民国十二年（1923）至十八年（1929）这六七年间，以梅派剧目为例，只“初演”的剧目——也就是自家独创的新戏或整理改编的传统戏，就有前后本《西施》、《洛神》、《廉锦风》、头二三四本《太真外传》、《俊袭人》、全本《宇宙锋》、《凤还巢》、《春灯谜》等12出戏（其中前后四本《太真外传》这四出戏是在一年多时间里陆续完成的）；同一时间段，马派“初演”的剧目也有《化外奇缘》、全本《玉镯记》、《秋灯泪》、《战宛城》、全本《火牛阵》、《鸿门宴》、全部《临江馆（“馆”应作“关”）》、全部《浣纱溪》、《范仲禹》、全本《清风亭》、头二三四本《大红袍》、全本《天启传》、《许田射鹿》、全本《十道本》等15出戏（其中《大红袍》分头二和三四本两次演出），当然，其中还不包括"初演"以外的经常性的大量的传统戏演出。试问，这些曾经轰动一时的流派创始人编创的新剧目于今又有多少出传承下来了呢？个中主要原因就在于流派创始人到了晚年一些唱做吃重的剧目已难胜任，只有将其已臻于炉火纯青的技艺凝炼到少数剧目之中，或演出或教习也只拘囿于这少数几个剧目了。而其传人也就将这几出戏奉为圭臬，全不知其鼎盛时期的所谓"文武双全"、所谓"昆乱不挡"为何事，致使一些当年的热门戏几近失传，这不能不说是梨园一件憾事。记得梅兰芳先生曾撰文论述学艺过程中的"少、多、少"，大意是初学时会的戏（包括技艺）自然是少的。随着所学剧目的增多，技艺的增长，激发起拓宽其艺术驰骋领域的热情，兼收并蓄，从而极大地丰富了自己。进而又随着审美取向的定型，艺术见识的提高，势必要对自己所学所用下一番去芜存精的工夫，扬长避短，使自己的独特技艺集中在少数几个代表剧目之中。表面看来演出的剧目是少了，但炉火纯青，在艺术创新上却达到了新境界。从少到多，从多而少，贯穿着的是继承与发展的艺术成熟的过程，也闯出了一条攀升艺术高峰的必由之路。后学者以为，学会了几出流派代表剧目便可以薪尽火传，得到了真经，孰不料缺少广博的根基，既影响个人的发展，也造成了剧目越传越少的现实。这难道不是应该汲取的教训吗？

有道是"礼失求诸野"。由于流派剧目的独特韵味及其所富有的艺术魅力，由于京剧作为自娱自乐的审美取向已深入人心，更由于迷恋传统演唱艺术者的大有人在，京剧传统剧目——包括一些已经消失于舞台的流派剧目，至今仍在京剧爱好者中间传唱不息。我们不妨到公园里看一看那一圈圈围着的戏迷，他们来自四面八方，或许彼此并不相识，只凭一把胡琴就将大家凝聚在一起，有滋有味地互相欣赏着一段段流派唱腔。更不用说那遍布全国各地乃至国外华人聚居区的票房，他们还时不时地粉墨登场，过一把戏瘾呢！这种自拉自唱、自娱自乐的红火场面，充分显示了京剧流派剧目的深厚群众基础和顽强的生命力，对于相对落寞的京剧舞台不啻一种发人深省的挑战。然而，这又何尝不是对京剧振兴的潜在的呼唤和有力的支持呢！

流派剧目集成

正鉴于其强大的生命力和深厚的群众基础，"振兴京剧"作为文化建设的国策的提出可谓正得其时。而振兴之务，首要的是挖掘和继承优秀传统剧目，以之作为发展和创新的基础和借鉴。我们编纂《中国京剧流派剧目集成》的初衷正在于此：将流派剧目演出的精彩瞬间记录于永恒，将构成流派剧目的诸多元素一一记录在案。诸如每剧的剧情本事、创始人表演特点的提要，剧中人物行当归属、服装扮相，剧本曲文、唱腔谱、伴奏谱、锣鼓经，以及身段谱等得以再现流派表演风格的内容，都力图完整地记录整理出来，为流派艺术的教学和研究提供文字的基础资料。持此，内行自可作为表演的参考，京剧爱好者也可以作为演习的蓝本。

这一工作，对于京剧剧目的基本建设虽然可谓之善举，但具体做起来却困难多多。首当其冲的就是剧目的选定。京剧剧目虽称汗牛充栋，但保存下来的资料却十分有限。京剧形成初期，以“老生三杰”又称“前三鼎甲”的程长庚、余三胜、张二奎为代表的一代固然没有留下什么音像文字资料；即或以“老生新三杰”又称“后三鼎甲”的谭鑫培、孙菊仙、汪桂芬为代表的一代除了少量的唱片外也没有完整的剧目传下来，所以我们的剧目整理工作只能从民国初年以降的“四大须生”、“四大名旦”开始。他们受熏陶于前辈艺术家，可谓传统的集大成而又能创新的一代，整理剧目以他们为重点自然最合适不过。遗憾的是这些艺术大师大都已经作古，得到他们指点和首肯已不可能，为此，我们只能通过其亲传或再传弟子来进行流派剧目的整理工作。从中我们更深地体会到抢救要及时，当初未能抢救下来现在也不要嫌晚而不为，抢救一点是一点，否则能够保存下来的精华越来越少，越加难向历史向后人交代了。

更难的则是遴选整理者。剧目的全面整理需要全面的人才。我们在组织稿件的过程中却发现这样的人手颇不易得。如果流派创始人或其传人曾在戏校任教，且有较为完整的教案保存下来，今日稍加整理即可选用，自然不是难事。不过这样的情况并不多，大量的剧目尚需要对当年的演出本进行追忆记录，加工整理。曾经受业于流派创始人或其传人的京剧工作者虽然是整理演出本的合适人选，但是他们大都是单位的骨干，忙于演出，忙于剧务，或居于领导职位，很难分出身来。即或肯于应承下一两出戏，也常有如下的情况：能演不能说，能说不能写，能写又不能打谱。因此，完成一个剧目经常需由记录者、整理者和打谱人联袂而行，倘再加上剧目的传授者和提要的撰写人，则非四五人鼎力不可。《中国京剧流派剧目集成》收入二百多出戏，每出戏即使平均两三人参加，也要组织四五百人次。其繁难可以想见，其壮观亦可以想见。当然，这还仅就整理者的数量而言，更为难能可贵的还在于参与者的无私奉献。试想，跟演一出戏或教一出戏相比，以文字整理出一出戏，不仅费时而且费力，无疑是一桩一般人不肯为也不屑为的苦差事，而我们的整理者却能甘之如饴，乐此不疲，没有为京剧事业的传承而不计个人得失的宝贵情操，是难有这种积极性的。不仅如此，随着岁月流逝，整理流派剧日益困难，更需要求助一些老专家，他们或是资深艺员、教师，或是资深票友、戏迷，而今已是硕果仅存的京剧艺术的专家、流派历史的见证人。在他们身上洋溢着一种传承京剧流派的使命感，和对振兴京剧的期待。他们热情地参加到这项工作中来，或亲自动手，为我们整理剧目；或答惑解疑，给我们工作以指导。使我们在受教于他们的同时，油然而生一种深深的敬意。

克服了上述困难，《中国京剧流派剧目集成》终于呈现在读者面前。书中，除了囊括主要流派的主要代表剧目，试图反映京剧鼎盛时期的大致面貌而外，尚有可说道者。

首先是挖掘整理出一批流派剧目，其中不乏已近失传的流派艺术精品。其中共收流派五十余家、剧目二百多出，不仅是从装扮到曲谱俱全，而且半数以上不曾整理出版过，可算是京剧剧目建设的一个不小的工程。下列剧目可为佐证。如王（瑶卿）派名剧《南天门》（今能见到的只剩下王和老谭合拍的剧照）、余（叔岩）派名剧《太平桥》（据说是老谭给余说的开蒙戏）、马派名剧《白蟒台》（写王莽被俘后向旧臣一一乞命事，老生扮演反面人物堪称奇特）、麒派名剧《斩经堂》（其中吴汉的悲剧性格曾引起过热烈争论）、荀派名剧《鱼藻宫》（写吕后残害戚姬事，乃荀派悲剧剧目之一），以及汪（笑侬）派名剧《哭祖庙》、龚（云甫）派名剧《徐母骂曹》、徐（碧云）派名剧《绿珠坠楼》、裘（盛戎）派名剧《打銮驾》等，都是难得一见的流派剧目之珍品。而以“关外唐”名世的唐（韵笙）派名剧经其家人和传人的努力竟整理出其代表作《驱车战将》、《闹朝击犬》、《好鹤失政》、《绝龙岭》、《未央宫斩韩信》、《刀劈三关》等七出之多，堪称流派剧目建设的新收获。除此之外，《中国京剧流派剧目集成》还特别着力于武戏的挖掘整理。较之文戏，武戏更难整理，需要将演员在台上的动作招式一一准确地反映出来，没有深入的钻研领会、亲身体验，很难下笔。众所周知，杨小楼作为一代武生宗师，其“武戏文唱”乃武生的不二法门，也是令人神往的一种表演境界，在武戏剧目整理中理应得到体现。资深票友朱家溍先生得其真传，整理了杨派名剧《麒麟阁》，并详细记述了前后六次观剧的心得，惜乎不及将其用工尺谱记下的昆曲吹腔翻为简谱便溘然而逝了。另一出杨派名剧《镇潭州》则是根据京剧耆儒刘曾复先生的讲授整理出来的，其中杨再兴上场的“蝴蝶霸”、和岳飞对打的“枪架子”，皆独得杨派之秘，给人以再闻《广陵散》般的惊喜。此外，高盛麟的《长坂坡》、《走麦城》，王金璐的《落马湖》、《蚆蜡庙》也都走的杨派的路子，有的就是直接跟杨宗师学的。南派大武生盖叫天武功盖世，他的剧目身后却乏人整理，多亏移居上海的原中国戏校武功教师赵雅枫先生以耄耋之年勉力整出《一箭仇》，也算保存了盖派一脉。还值得一提的是收获了一批武丑戏。叶盛章当年是以武丑戏挂头牌演大轴的第一人，勇于创新，能戏甚伙，现将其创作的名剧《酒丐》、《祥梅寺》、《打瓜园》、《徐良出世》、《三盗九龙杯》、《铜网阵》等七出代表作一并推出，既再现了叶氏当年神勇，也为乏人承继的武丑行当提供一些演习之本。尤为可喜的是我们也挖掘整理出富连成科班总教习、文丑“萧派”创始人萧长华老先生的《选元戎》、《荡湖船》、《变羊记》等已近绝迹舞台的拿手剧目。凡此，整理者挖掘流派剧目的辛勤劳作成果，均为我们编纂“集成”增添了光彩。

为了方便读者翻检使用，本书采取四五出戏合编一册的形式，这样全书约有五十册之多，并拟分三批推出。第一批为老生行的余派，以及号称“南麒、北马、关外唐”的三派，和武丑行的叶（盛章）派，计五家八册。第二批则以旦行“梅、尚、程、荀”为代表，包括老旦、刀马旦等流派。第三批是老生、小生、武生、净、丑等其他流派。

预期一两年内出齐。倘若其中有重要疏漏，又得人整理，亦可考虑编辑出版“集外集”，以满足读者的需求，也使这部“集成”更为名副其实。

当然，《中国京剧流派剧目集成》的编纂，其目的只在提供流派剧目作为研究家和后学者的参考借鉴。而流派、流派，意重在“流”。所谓流，指流行和流变。流派艺术正是在流行、流变中最终形成的，即或在最终形成之后，也还是靠流行、流变而发展的，倘若泥古不化，抱残守缺，就会失掉其鲜活的生命力，艺苑奇葩也会枯萎，这已为京剧发展史所证明。不过，流派艺术发展也需要有个前提，那就是首先要掌握渗透在表演程式唱念做打、手眼身发步中的艺术个性，而流派剧目就是其艺术个性展现的载体。继承流派艺术，不能只满足于模拟外在的“体”，更要在剧目演练中去体味其艺术个性的“魂”，这样才能促使京剧流派艺术从剧目建设到表演个性都得到发扬光大。此乃传承流派剧目的题内之义，自毋庸赘言。

目录

白玉崑

关盛明

白晶珠　王云樵　**整理**　　　杨广利　**记谱**

关云长千里走单骑

白玉昆演出本

自元、明、清以来，关羽不断被神化，特别是有关“过五关、斩六将”及“古城相会”的传说更被编成多种戏剧，宋元南戏有《关大王古城会》，元、明杂剧有《寿亭侯五关斩将》、《关云长千里独行》等。京剧形成后，演相关剧目的演员大有人在，但剧本却不尽相同。

白派的《关云长千里走单骑》包括“过五关”、“斩六将”、“黄河口”、“劈秦琪”、“古城会”、“斩蔡阳”、“兄训弟”、“弟赔情”等八个关目。剧情为：关羽离开曹营保二位嫂夫人去河北寻找义兄刘备，行至东岭关为守将孔秀所阻，关羽杀之夺关而出。至二关，又杀韩福、孟坦。汜水守将卞喜闻报，向普净禅师借镇国寺款待关羽，暗设埋伏。关羽一行来到，卞喜假意热情接待，送其往镇国寺安歇。普净与关羽叙旧，乘机将卞喜阴谋相告，关羽乃在酒筵间杀卞喜。关羽等行至四关，太守王植使部将胡班夜间至关羽驿馆放火。关羽见胡班，交与其父书信，胡班读信后，忙将王植毒计告知，请关羽速行。王植追赶，被杀。黄河渡口秦琪领兵阻拦，亦被杀。关羽一行来至古城，差马童向张飞报信，请其速派人迎接二位嫂夫人进城。张飞骂关羽负义，马童辩解，被张飞逐出。关羽与张飞相见，张飞提枪便刺。关羽诉说过关斩将之苦，张飞不信。二人交手，张飞被打落马下。张飞放二位嫂子进城后又紧闭城门。此时，蔡阳追到，关羽用拖刀计杀死蔡阳。张飞迎关羽进城并认罪，关羽不理，二位嫂夫人讲情，关、张二人始言归于好。

家父初演关公戏宗王鸿寿，几乎所有的关公戏都唱过，能从《关羽出世 · 斩熊虎》一直演到《走麦城》，曾连演九个月不翻头。至白派艺术风格形成后，又对一些关公戏重新加工整理。他细读《三国演义》，依据第二十八回的内容，在《古城会》中去掉了刘备这个人物。家父饰演关羽的扮相有独到之处，自创了“日月照丹忠”的脸谱，所戴髯口是用头发制成的三尺长的黑三。他认为红净是一个行当，既不是武生，也不是花脸，更不是老生，在演法上要三行融为一体。

家父有深厚的功底，他饰演的关羽工架沉稳、造型美观大方，无论是手上捋髯、举刀，还是脚下跨腿、趋步，或是似睁似闭的二目，都能表现出这一被神化了的关公形象。

家父有一条得天独厚的好嗓子，又有上乘的唱念功夫，所以在剧中安排了三大段〔流水〕、〔快板〕、〔垛板〕，且每一段都各有特点。如在过二关时唱到“到前面洛阳城”的后面有一个闪板，每唱至此，观众席上都会不约而同地拍手而和。“古城会”张飞说要助关羽三通鼓后，他要念一个长句，这一句计六十个字，父亲一气呵成，铿锵清脆如珠落玉盘，字字送入观众的耳中。

家父曾在东三省十几年，他演的红净戏深受观众喜爱。有一年去丹东演出，原定三天的临别演出，应观众要求竟然连演了十八天的《关云长千里走单骑》，一时成为佳话。

自家父驾鹤西去，几十年无人再演白派的《千里走单骑》了，如今我受《中国京剧流派剧目集成》编委会之邀，将这出戏整理出来，以求得到师友指正，更望青年演员能承传下去。

白晶珠

人物行当

关　羽	红净	糜夫人	青衣
张　飞	架子花	四靠将	杂
孔　秀	生	四军士	武行
韩　福	生	旗　牌	生
孟　坦	武净	二车夫	杂
卞　喜	架子花	马　童	武行
普　净	生	报　子	丑
胡　班	小生	四大刀手	武行
王　植	生	船　夫	杂
秦　琪	武净	四小张飞	武行
蔡　阳	武净	大报子	丑
甘夫人	青衣	四龙套	杂

服装扮相

关　羽　揉红色“日月照丹忠”脸（二眉之间反勾一杆戟，戟杆直通脑顶，右边勾一小月牙，左边勾一圆点）。头发黑三。“过五关”时戴小夫子盔，穿绿色绣花五彩龙箭衣、杏黄色绣草龙万字不到头的三蓝虎皮甲、红色绣花彩裤、绿色二龙戏珠厚底靴，披杏黄色二龙戏珠下绣海水小斗篷；“古城会”时戴大夫子盔，穿绿软靠，披淡黄色大斗篷（绣大朵云彩，中间绣两条绿色草龙戏珠）。

张　飞　勾黑十字门脸。扎巾盔、黑扎、黑耳毛子，黑硬靠，红彩裤，厚底靴。（后换纱帽，蓝官衣，玉带）

孔　秀　俊扮。大额子、黑三，红软靠，红彩裤，厚底靴。

韩　福　俊扮。荷叶盔、黑三，蓝软靠，红彩裤，厚底。

孟　坦　勾紫三块瓦脸。虎头壳额子、牵巾，紫软靠，红彩裤，厚底靴。

卞　喜　勾白奸脸。尖纱帽、黑满，紫官衣，红彩裤，厚底靴。

普　净　俊扮。黄僧帽、白三，黄僧衣，佛珠，大袜、僧鞋。

胡　班　俊扮。将巾，绣花箭衣、黑马褂，淡青彩裤，厚底靴。

王　植　俊扮。狮子盔、黪三，老黄软靠、蟒，红彩裤，厚底靴。

秦　琪　勾黑碎脸。蓬头、大额子、翎子、狐尾、黑扎、黑耳毛子，黑大靠，红彩裤，厚底靴。

蔡　阳　勾白色老三块瓦脸。大额子、翎子、狐尾、白满，白大靠、褶白蟒，红彩裤，厚底靴。

甘夫人 俊扮。梳大头，蓝花帔、大斗篷、绣花白腰包，彩裤，彩鞋。

糜夫人 俊扮。梳大头，紫花帔、白绣花腰包，彩裤，彩鞋。

四靠将 两个俊扮、两个勾脸。扎巾盔或虎头壳均可，杂色软靠，红彩裤，厚底靴。

四军士 俊扮。头布小额子，侉子、打衣打裤、卒坎，薄底靴。

旗　牌 俊扮。大板巾，绣花箭衣、黑马褂、大带，红彩裤，厚底靴。

二车夫 俊扮。皂隶帽，布箭衣、卒坎、大带，黑彩裤，薄底靴。

马　童 揉脸（勾眼角、嘴岔）。软虎头壳，坎肩、侉子，马童衣裤，打鞋。

报　子 勾豆腐块。皂隶帽，蓝布箭衣、卒坎、大带，大袜、布鞋。

四大刀手 俊扮。茨菰叶、风帽、牵巾，黑箭衣、绦子、大带，黑彩裤，薄底靴。

船　夫 俊扮。皂隶帽，布箭衣，大袜、方口皂靴。

四小张飞 俊扮。头布小额子，黑打衣打裤，黑薄底靴。

大报子 勾豆腐块。红毡帽、八字髯，蓝布箭衣、大带、卒坎，红彩裤，厚底靴。

四龙套 俊扮。大板巾，龙套衣，黑彩裤，薄底靴。

道具

桌　子	一张	**香　炉**	一个
椅　子	两把	**小佛帐**	一份
单　鞭	一根	**弓　箭**	一份
单　刀	十一把	**宝　剑**	两把
双　刀	一对	**车　旗**	两副
单　枪	九杆	**硬城片**	一份
马　鞭	三根	**大　刀**	两把
大　帐	一份	**丈八矛**	一杆
大　印	一方	**青龙刀**	一把
文房四宝	一份	**小包袱**	一个
报子旗	一面	**茶　盘**	一个
古　书	一本	**茶　杯**	一个
纱　灯	一盏	**红桌围椅披**	一份
烛　台	一个	**盘　子**	一个（内放一件官衣、一条玉带）

第一场

〔【大锣原场】四军士持单刀“上场门”“站门”上，站立两侧。孔秀在【大锣原场】中左手抱单鞭“上场门”上，【五锤】至台中。

孔　秀　奉了丞相命，镇守东岭关。

某，孔秀。奉了丞相之命，镇守东岭关。众将官。

四军士　有。

孔　秀　上关去者。

〔【大锣原场】四军士领起“下场门”下，孔秀跟下。

第二场

〔空场。

【长尖】

〔关羽内唱。

〔西皮导板〕

【大锣导板头】（3. 5 6 - 0 2 7 6 5235 6535 6561 5 0 1 - 3 0

2. 3 5 5 2 1 7. 2 1 -） 3 3 3 2 2 3 4. 4
挂 印 封 金 呐

3（6 1 2 3） 5 3. 3 - 1 2 3 2 3 3 5 -
呃 把 路 趱，

〔【急急风】旗牌、二车夫推甘夫人、糜夫人“上场门”上，“斜一字”站台左前方。【夺头】马童翻上，落地再翻回来。【四击头】马童拉马，关羽右手握青龙刀左手拎靠排子上场在“九龙口”亮相。【急急风】关羽快走几步在“九龙口”的左前方一亮，右手拿青龙刀平抬、左手推髯、右腿抬起勾脚尖和青龙刀一样平抬，亮住。落右脚向“上场门”蹉步，要半个大刀花【四击头】将刀镈杵地，右手反抓刀、骗右腿，刀背身后，左手推髯于台中前弓后箭亮相。

〔西皮快板〕

关　羽　【串锤】（3 5 | 6 i | 5） | 3 | 1 | 2（1 | 2）3 | 2 1 | 2 | 3 | 1（ 62 | 1）2 |
好 一 似 蛟 龙 困 沙 滩。 弟

1 2 | 3 2 | 3(12 | 3) 3 | 2 3 | 2(61 | 2) 5 | 3 2 | 1 1 | 2 3 | 2 1 | 6 |
兄们徐　州　　曾　失散，　那时节　将关某我　围困　土

1 | 1 3 | 2 1 | 6(1 | 6) 2 | 1 2 | 3 2 | 3 | 2 1 | 6 1 | 2 1 | 1 2 | 2 3 |
山。曹　孟　德　　差去了张　文远，顺说关某　归　曹

1(62 | 1) 2 | 2 2 | 1 3 | 2 1 | 1 3 | 2 3 | 2(1 | 2) 5 | 3 2 | 1. 1 | 2 3 |
瞒。　胡　华待　某的　恩　匪浅，　受人家点水恩我

1 2 | 3 2 | 1(62 | 1) 2 | 2 2 | 1 2 | 0 3 | 1. 2 | 3 3 | 2 11 | 6 1 | 2 0 【快长锤】
当报涌　泉。　车　辆与　（呀）爷（嘞）你就大胆地朝前趱，

〖旗牌、二车夫、二夫人领起来走"龙摆尾"至"上场门"站"一条鞭"，关羽、马童"挖"到"小边"。

〔西皮摇板〕

关　羽　(7 6 5 55 36 5i 32 12 65 55) 6. 21 2 2(3) 21 6 1 - ‖
不　觉来到　东　岭关。【住头】

关　羽　开关。

〖孔秀内白："何人叫关？"

关　羽　汉寿亭侯关。

〖孔秀内白："二君侯到了，开关。"

〖【冲头】四军士"下场门"上，站"斜门"。孔秀左手抱鞭上，至台口向关羽拱手。

孔　秀　参见二君侯。

关　羽　罢了。

孔　秀　二君侯今欲何往？

关　羽　河北寻兄。

孔　秀　拿来。

关　羽　要什么？

孔　秀　文凭路引。

关　羽　我与丞相宾客相待，要的什么文凭路引？

孔　秀　无有文凭路引，你休想过关！

关　羽　你待怎讲？

孔　秀　你是休想过关！

关　羽　车辆退后一步。

〖二车夫、二夫人、旗牌"上场门"抽下。

孔　秀　你休走看鞭。

〖【夺头】【急急风】孔秀鞭交右手大刀花转身鞭打关羽，关羽用刀镈挑起来刺肚过去，归"下场门"，四军士大刀花打关羽蓬头，关羽双手举刀推四军士"下场

门”下。孔秀刺关羽肚，一个趱子刺空，举鞭大刀花转身打关羽，关羽右转身用刀头往里盖掉孔秀的鞭，孔秀往“下场门”里扔鞭，往“上场门”口走“肘棒子”，【四头击】此时马童从“上场门”往“大边”台口翻上，关羽在“下场门”里侧向孔秀起半个大刀花转身杀死孔秀，刀交左手背刀前弓后箭、刀头向下、右手推髯亮相。马童站“小边”台口弓箭步亮相。

关　羽　一起出关！【急急风】

〔关羽、马童归中。二车夫、二夫人、旗牌从“上场门”上，走“龙摆尾”半圆场出城“下场门”下。马童拉马，关羽右手拿刀半圆场到“小边”台口一亮，急步走向“下场门”。马童“下场门”下。关羽急步走至“下场门”接马童缰绳，双手平刀，刀头向前，面向“上场门”，急蹉步到“上场门”口，右转身面向“下场门”举刀，此时马童从“下场门”翻上，关羽扫马童翻上后站台中亮住，马童落地接走小跟头【四击头】亮相。关羽扫马童翻上时骑马式刀头向下左手拿刀镈面向“上场门”一亮，【四击头】关羽右手拿刀上膀子举刀镈抬右腿左手接刀镈翻刀，右腿落地、抬左腿向右半转向亮相。【急急风】关羽左手拿刀，刀头向上，斜身平抬左脚勾脚尖，刀镈与左脚靴底平，右手推髯亮住。【撕边】【夺头】马童向“下场门”走三个“案头”起身拉马亮住。【急急风】关羽落左腿右手接刀左转身面向“下场门”里、左手抓髯向左边抛髯亮相，【急急风】“下场门”下。

第三场

〔舞台上一桌一椅（“大座”），桌上摆文房四宝。

〔【急急风】四军士持单刀“站门”，孟坦“上场门”上快步至台中心。【四击头】孟坦向“下场门”跨右腿跟左腿转身亮相。【大锣原场】韩福“上场门”上，整冠、抖袖，至台口。

唢呐曲牌<点绛唇>

韩　福　【大锣归位】6. i 5 4 3 5 2 -【小锣二击】2 2 1 2 6 1 5 -
将士英豪，儿郎虎豹，

【小锣三击】5 5 4 3. 5 2 -【小锣二击】3 1 2 3 5 6 5 -
军威耀，地动山摇，

【小锣三击】6 5 6 i 5 -（八 大.）2 2 1 2 6 1 5 -‖【冲头】
要把狼烟扫。

〔孟坦站“大边”，四军士归里；【大锣归位】韩福入“大座”。

韩　福　旌旗曜日月，令箭调三军。【小锣三击】

奉了丞相令，镇守洛阳城。【大锣住头】

本太守韩福。(仓大.) 奉了丞相之命镇守洛阳城。今当操练之日，众将官操练去者！

报　子　报！【冲头】

〔报子举报旗“上场门”上，进门，面向里跪。

报　子　启太守今有关羽在东岭关刀劈孔秀，特来报知。

韩　福　再探。

报　子　得令。【冲头】（“上场门”下）

韩　福　孟将军，关羽过关斩将，何计教我？

孟　坦　太守出城与关羽答话，末将暗放冷箭，哪怕关羽不灭。

韩　福　此计甚好，带马出关。

〔【急急风】军士给韩福、孟坦递马鞭、上马，四军士、孟坦下。韩福到“小边”台口一亮，打马“下场门”下。

第四场

〔【长锤】旗牌、二车夫、二夫人、马童(拉马)、关羽(右手提刀)“上场门”上。

〔西皮摇板〕

关　羽　(7 6 5 5 5 3 6 5 i 3 2 1 21 6 5 5 5) 2 2
刘 关

2 3 3 1 1. 2 2 (3 2 3 2 1 6 5 6 1 2 2) 2 - 2
张 三 结 义 威

〔西皮流水〕

2 2 1 2 2 - 【闪锤】1/4 (3. 5 | 6 i | 5 i | 3. 2 | 1 21 | 6 5 | 5 5) |
名 震，

1 2 | 4 | 3(212 | 3) 1 | 1 3 | 2 3 | 1 2 | 3532 |
弟 兄 们 共 一 命就 扶保 乾

1 2 | 2 2 | 123 | 2 | 2 12 | 323 | 2(161 | 2) 3 |
坤。曹 孟 德 会 诸 侯 兵 聚在 陈 留 郡， 最

2 1 | 6 1 | 2 | 2321 | 2 | 2. 3 | 1 2 | 0 2 |
可 叹 众 诸 侯 不 胜 那 华 雄 小 儿 败

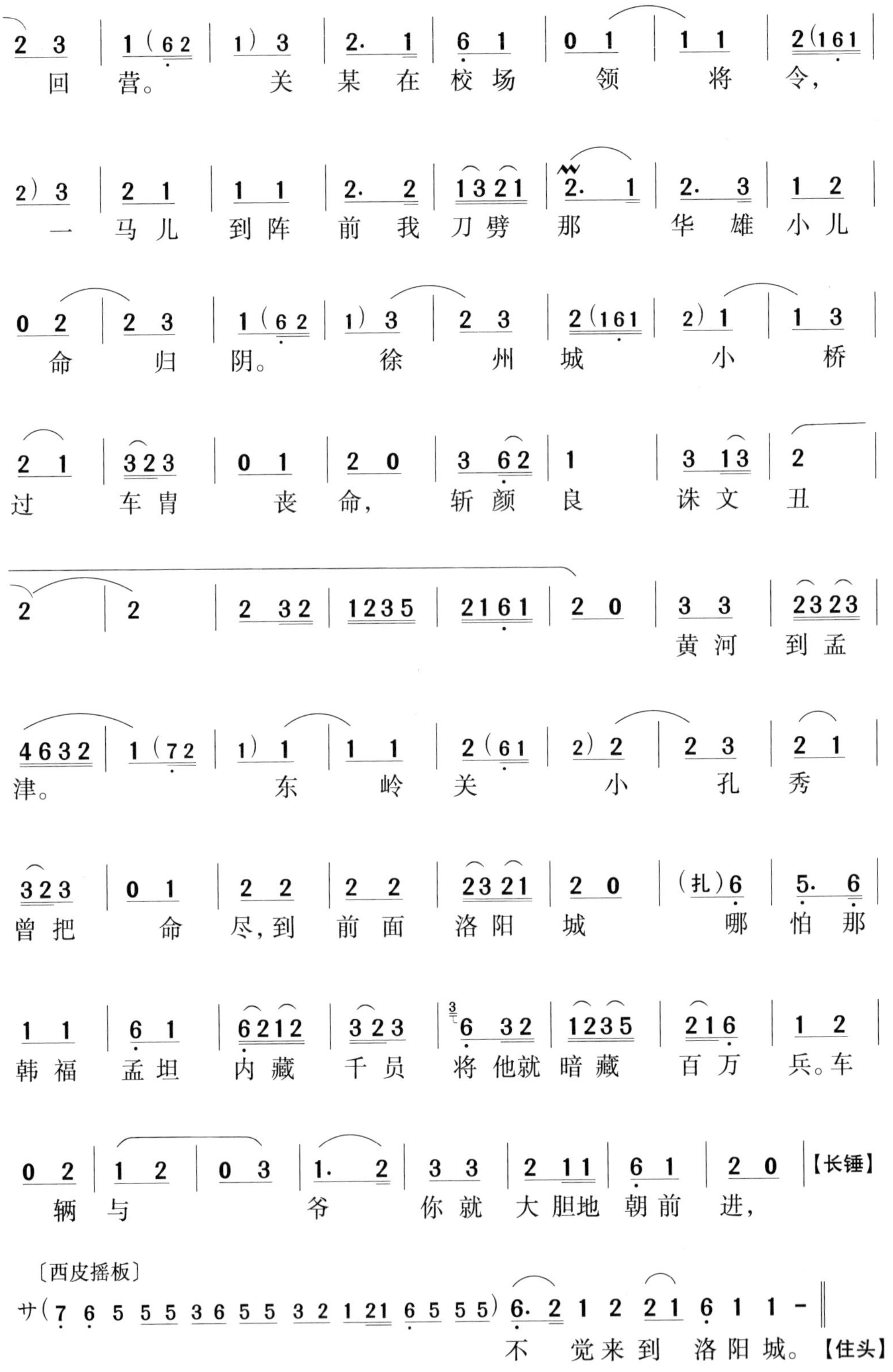

（提示：关羽上场前【长锤】要紧点，待关羽出场站定后【长锤】收住。唱到“朝前进”时，众人圆场到“小边”站“一字”。）

关　羽　开关。

〔韩福内白："何人叫关？"

关　羽　关某在此。

〔韩福内白："二君侯到了，开关。"【冲头】四军士持单刀"下场门"上站"一字"，孟坦拿弓箭暗上，站"下场门"椅子上。韩福持枪上。

韩　福　原来是二君侯到此，未曾远迎，当面恕罪。

关　羽　岂敢！

韩　福　不知二君侯今欲何往？

关　羽　河北寻兄。

韩　福　可有丞相的文凭路引？

关　羽　临行慌倏，未曾讨得。

韩　福　无有文凭路引，休想过关！

关　羽　一派胡言，车辆退后。

〔旗牌、二车夫、二夫人、马童"上场门"下。

韩　福　你休走看枪！【急急风】

〔韩福枪扎关羽，关羽用刀头绕起来，二人往里转身，关羽打韩福鼻子削头，过半个合关羽到"下场门"面对孟坦，孟坦放箭被关羽用刀头将箭杆打掉。关羽左转身漫韩福头，顺手翻刀头杀死韩福。孟坦下椅子右手拿弓打，关羽用刀镈压住弓用刀头杀死孟坦，顺着左转身，右手拿刀上膀子掂刀，右手抓刀平抬刀、左手推髯、【四击头】弓箭步看着孟坦亮相。

关　羽　一起出关。【急急风】

〔旗牌、二车夫、二夫人"上场门"上，走"龙摆尾""下场门"下。

〔【急急风】马童拉马"上场门"上，半圆场小虎跳，关羽半圆场至"下场门"里，右手提刀左手抓缰绳、跨左腿平踢右腿落地，连续三次。起紧【急急风】圆场，关羽站"小边"台口举刀扫马童由"下场门"翻上，在【四击头】中：马童三个小翻提落地回"前扑"亮相；关羽双手涮刀、扛刀左手抓刀镈右手搂髯，三个左转身，跨左腿后出右脚落地小急蹉步成弓箭步、左手抓刀镈扛刀、右手推髯看右前方亮相。（八　大八　仓　仓　令　仓）马童往"下场门"走"轱辘毛双飞燕"扣"前扑"亮拉马式，关羽往左两个急转身右脚小垫步，平抬左腿左手扣刀右手搂髯亮住。【撕边】关羽左腿骗马童头踢其"倒头三角回案头"，（八大仓）马童亮拉马式；【四击头】关羽腿不落地同时右手抓刀头、后双手平举青龙刀高过盔头一亮，刀头朝后、刀镈在前、左手抓髯向左膀抛，左腿始终不落地，面向"下场门"亮相，【急急风】下。

第 五 场

〔台上一桌一椅（"小座"）。

〔【长锤】四龙套、四大刀手、卞喜持单枪"上场门"上。

〔西皮摇板〕

卞　喜　サ（$\underset{.}{7}$　$\underset{.}{6}$　5　$\underline{5\ 5}$　$\underline{3\ 6}$　$\underline{5\ 5}$　$\underline{3\ 2}$　$\underline{1\ 2}$　$\underline{\underset{.}{6}\ 5}$　$\underline{5\ 5}$）$\underline{5\ 3.}$　$\underline{3\ 2}$

奉命　镇

2 2 2· 1 1 2 －【单楗凤点头】(7 6 5 5 5 3 6 5 5 5 i
守 汜 水 关，

3 2 1 1 6 5 5 5) 6· 2 1 2 2 3 1 2 1 (3
帐 下 儿 郎 心 胆 寒。

2 1 6 2 1 2 6 5 5 5) 5 3 2 2 1 3 2 －(3 2 1
将令 一 出 山摇 动，

6 1 2 1 6 5 5 5) 1 1 2 2 3 2 1 1 － ‖
冲 锋 对 垒 勇 向 前。【住头】

〔报子内白：“报！”【冲头】报子拿令旗“上场门”上。

报 子 启禀太守，今有关羽过关斩将，东岭关孔秀，洛阳韩福、孟坦命丧刀下。

卞 喜 再探。

〔【冲头】报子下。

卞 喜 且住，关羽过关斩将，眼看来到汜水关，此人只可智取。不免前往镇国寺，与老和尚商议灭关羽之策。来，带马镇国寺去者。【大锣原场】

〔闭二幕。龙套带马，卞喜上马。四龙套、四大刀手圆场至“大边”站“一字”。

〔开二幕，台上一桌二椅。普净捻佛珠“下场门”上。卞喜下马，众人“挖门”进寺。卞喜“大边”，普净“小边”。

普 净 太守驾到小寺，必有所为？

卞 喜 今有关羽过关斩将，我有意借宝刹之地，摔杯为号擒拿关羽，此事万勿推辞的了。

普 净 想这镇国寺乃佛门净地，怎能作为杀人所在，还望台守另想别计。

卞 喜 嘟！此事已定，你胆敢走露风声，定要你的老命。来，带马迎接关羽去者。【一锤锣】

〔龙套带马，卞喜上马，众人“下场门”下。

普 净 哎呀且住，卞喜想在寺中加害关羽，我想关羽乃忠义之人，当世的英雄，国家栋梁之材。况且我乃出家之人，岂能见死不救。这……有了，不免等关羽到此，我用言语打动于他。正是：非是老僧施恻隐，只为搭救栋梁臣。（【一锤锣】“下场门”下）

〔闭二幕，撤去台上桌椅，再开二幕。

第六场

〔奏唢呐曲牌<小傍妆台>。

〔四龙套、四大刀手、卞喜持单枪“下场门”上。龙套与大刀手“斜插门”：一边两个龙套两个大刀手。卞喜向“上场门”一望、后退。二车夫、二夫人、旗牌扛刀，“上场门”上站“一字”，马童拉马、关羽拿马鞭、挎宝剑“上场门”上，至台中。卞喜恭迎。

关　羽　卞太守。（欲下马）

卞　喜　啊二君侯不必下马，请到镇国寺歇息。

「关羽向旗牌摆手，二车夫、二夫人、旗牌“下场门”下。马童拉马、关羽打马跟下。曲牌停。四龙套、大刀手“扯正”。

卞　喜　众将官，（四大刀手合拢一排面向卞喜）命你等埋伏在镇国寺两厢，看本太守掷杯为号，拿住关羽重重有赏。

大刀手　遵命。（【冲头】两边“穿场”下）

卞　喜　来，带马镇国寺去者！

「【大锣原场】龙套带马，卞喜上马“下场门”下，龙套随下。闭二幕。

第七场

「接奏<小傍妆台>。

「开二幕，台上一桌二椅，中间佛堂。普净“下场门”上。起【急急风】曲牌收住。二车夫、二夫人、旗牌、马童（拉马）、关羽“上场门”上。

普　净　二君侯，请至大佛宝殿。

关　羽　车上现有二位嫂嫂。

普　净　二位夫人请至后禅堂歇息。

关　羽　二位嫂嫂请至后禅堂歇息。

「【大锣原场】二夫人下车，二车夫推空车，旗牌接关羽马鞭，“下场门”下。马童扛刀上“挖门”进殿，关羽站“大边”，普净站“小边”，马童扛刀站关羽身后。

普　净　云长公别来无恙？

关　羽　我与禅师素未相识，为何这样相称？

普　净　请问云长公，离乡几载了？

关　羽　这……（若有所思）不觉二十余载。

普　净　这就难了，贫僧也是蒲州人氏，你我只隔一河之地，难道将军就不记得了吗？

关　羽　唔乎呀，原来是故人相见，云长失敬了。

普　净　岂敢，将军请少坐，待贫僧打杯茶来你用。诺，

〔数板〕闻得将军到此游、到此游。

「普净做手势：示意有伏兵、欲杀。【小锣抽头】“下场门”下，端茶盘复上。

普　净　〔数板〕贫僧准备茶伺候。

我本当，说缘由，又恐怕他人不信反成仇，反成仇。

「普净将茶杯呈与关羽，关羽接茶杯用髯口尖蘸茶、看髯，一饮而尽。

关　羽　禅师，方才言到成仇二字，关某不解，请道其详。

普　净　【小锣叫头】哎呀将军哪，卞喜请将军饮宴，不怀好意，两厢俱有伏兵，还望将军早做准备。

「幕内白：“卞太守到！”

普　净　恕我告退，多加小心。

关　羽　某知道了，请便。

〔普净“下场门”下。

〔【急急风·回头】四龙套“上场门”引卞喜上，“挖门”进门，一龙套端酒盘，将酒壶放桌上。

卞　喜　君侯久等了，酒宴摆下。(龙套摆酒）二君侯请。(关羽在“大边”卞喜在“小边”)

关　羽　太守请。

卞　喜　君侯今欲何往?

关　羽　河北寻兄。

卞　喜　可有文凭路引?

关　羽　行走紧急，未曾讨得。

卞　喜　无有文凭路引，不能过关!

关　羽　你可知孔秀、孟坦之故尔?

卞　喜　他等俱是无能之辈，今日来到汜水，你是休想过关!（掷杯）

关　羽　看剑!

〔【乱锤】关羽拔剑，将剑放在卞喜脖子上，抓卞喜的玉带；四大刀手拿枪“上场门”上，马童拿青龙刀与大刀手架住，同往“上场门”下。关羽、卞喜也“上场门”下，旗牌、二车夫、二夫人随下。普净“下场门”上。

普　净　【叫头】哎呀且住，看他二人动起手来，那卞喜岂能与我甘休，这这这……如何是好？有了，不免吩咐小沙弥各自散去了吧。（向“下场门”喊）小沙弥，你等各自收拾衣钵戒牒，各自逃命去吧。

〔扑灯蛾〕我这里推开佛堂门，
　　我拜拜拜别佛圣尊。
　　收拾钵和磬，我卷卷卷起佛前经。（背起小黄包袱）慌张出庙门，远方去逃生。

〔【扫头】普净出庙门，掉鞋，拾鞋，耍水袖，抖髯口，【撕边】【冲头】“下场门”下。

第八场

〔【乱锤】旗牌、二夫人、二车夫“下场门”上，走“龙摆尾”，“上场门”下。马童（背插马鞭）与四大刀手架上到“上场门”处，大刀手在里马童在外。关羽抓卞喜左手、剑放其脖子上走至台中心。普净“上场门”上，向关羽点头拱手示意“下场门”下。

关　羽　【叫头】卞喜，你这算何意?

卞　喜　是护送二君侯出关的。

关　羽　某，多谢了。（剑交左手）

〔西皮散板〕

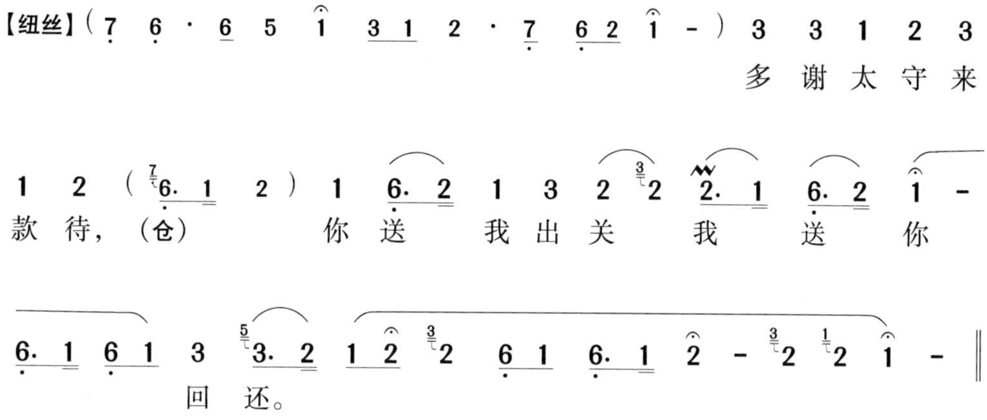

〘（八大仓）关羽用剑袍漫下喜头，剑交右手劈死下喜。起【四击头】马童用青龙刀抹死四大刀手，关羽剑入鞘，马童扛刀带马，关羽上马向“上场门”里抬左腿一亮，【急急风】转【冲头】“上场门”下。

第九场

〘台上置一桌一椅。

〘【一锤锣】四军士、王值“上场门”上。【大锣五击】

王　值　千军列队伍，
万马扎营盘。

〘报子内白：“报！”【冲头】报子举报旗“上场门”上。

报　子　关羽过关斩将，特来报知。

王　值　再探。

报　子　得令。（【冲头】“上场门”下）

王　值　【叫头】且住，关羽过关斩将，此人甚是骁勇，必须设计灭之。来，胡班来见。

军　士　胡班进见。

〘胡班内白：“来也！”【五锤】“上场门”上。

胡　班　将相本无种，
男儿当自强。（【住头】进门站“大边”）参见太守，有何吩咐？

王　值　命你准备干柴烈火，埋伏馆驿，三更时分放火，烧死关羽。事成之后，定有重赏，不得有误。

胡　班　遵命。

王　值　来，带马迎接关羽去者！

〘【大锣原场】军士带马，王值上马“下场门”下。

胡　班　【叫头】哎呀且住，久闻关羽乃当世英雄，我不免去至馆驿见机行事便了。【回头】（“下场门”下）

第十场

〔台上一桌二椅，桌上放纱灯一盏，古书一本。桌里一把椅，桌右放一把椅。**【小锣打上】**关羽身披绿色绣花小斗篷、挎宝剑“上场门”上，马童随上。

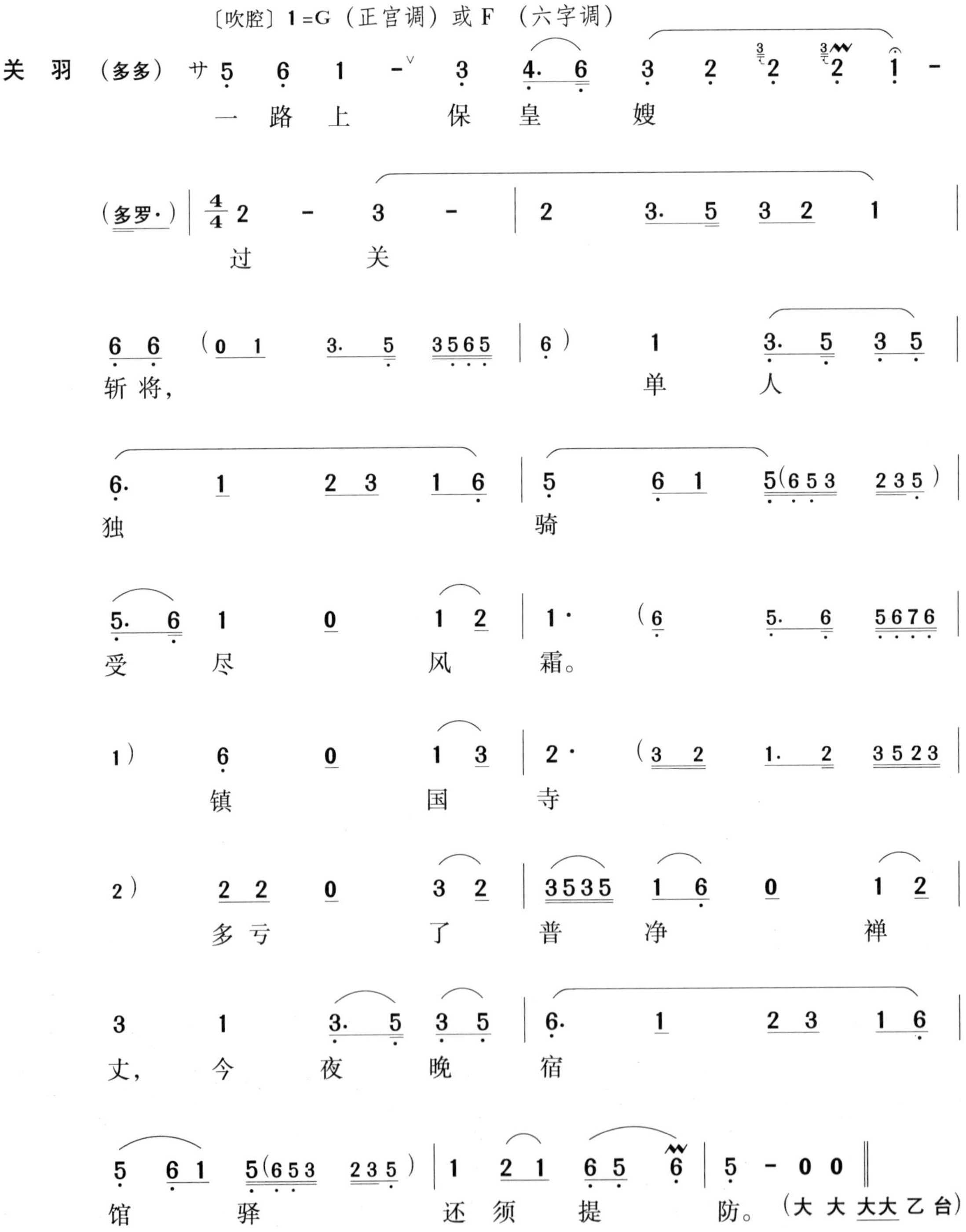

关　羽　马童，今晚夜宿馆驿，必须提防一二。

　　　　「【小锣一击】胡班挎剑“上场门”上。

胡　班　看屋内现有灯亮，待我听他讲些什么？【小锣一击】

　　　　「关羽坐桌内看书。

马　童　二爷，门外有人。

关　羽　开门看来。（八　仓 0）

　　　　「马童开门，关羽出门拔剑见胡班。

关　羽　你是何人。

胡　班　俺乃巡营官胡班在此。（大　大　大大　乙　台）

关　羽　你可是许昌城外胡华之子，胡班将军？

胡　班　正是。

关　羽　这里现有你父带来家书，将军请看。（取书信交与胡班）

胡　班　（接信、看信）原来我父命我暗中保护二将军，待我实说了吧，二将军大事不好！（仓）

关　羽　何事惊慌？

胡　班　今有王值命我三更时分火烧馆驿，将将军烧死在驿馆。（仓）

关　羽　将军就该搭救关某才是。

胡　班　此时将过二更，将军快快请出二位夫人逃走了吧。

关　羽　多谢将军，车辆走上。

　　　　「【冲头】旗牌扛刀与二车夫、二夫人“下场门”上，出门上车。

关　羽　速速出关。（【冲头】众人“下场门”下，马童带马）胡将军多多保重，后会有期。（八大仓）（拱手、上马【冲头】“下场门”下）

胡　班　看关将军已去，待我放起火来。【乱锤】（放火）不免报与太守知道！【冲头】（“下场门”下）

第十一场

　　　　「【急急风】四军士持单刀“站门”，王值上。胡班报上。

胡　班　关羽逃走。

王　值　紧紧追赶。

　　　　「【急急风】四军士、王值“下场门”追下。

胡　班　想必关将军去远，我不免逃回原郡便了。（【冲头】“上场门”下）

第十二场

「【急急风】旗牌抱宝剑与二车夫、二夫人“上场门”出，“下场门”下。马童拉马、关羽右手提刀“上场门”上至台中心，回头向“上场门”扒拉四军士“倒脱靴”。王值上，拿枪刺关羽，关羽打王值鼻子、削头抹死王值，兵士搭王值“上场门”下。【四击头】关羽掂刀，右手反拿刀头，左手抓髯、甩髯面向“下场门”

亮相。【急急风】马童拉马“下场门”下。

第十三场

〔【急急风】四龙套、四大刀手持单枪、四靠将“站门”上，秦琪上，到台中，“山膀”拉开，一整两整，【四击头】跨右腿踢左腿双掏翎子面向里大蹦子亮相。奏唢呐曲牌＜风入松＞。

秦　琪　俺，秦琪。

〔报子内白：“报！”【冲头】报子举报旗“上场门”上。

报　子　关羽过关斩将，特来报知。

秦　琪　再探。（【冲头】报子“上场门”下）胆大关羽竟敢过关斩将，前面已是黄河渡口，量那关羽插翅也难逃。众将官，带马追赶关羽去者。

〔【急急风】大刀手给秦琪抬刀，众人“下场门”下。

第十四场

〔【水底鱼】旗牌抱宝剑与二车夫、二夫人、马童(拉马)、关羽(提刀)上。【堂鼓架子】

关　羽　看后面尘土飞扬，想是曹兵赶来。前面已是黄河渡口，马童，命你保护二位主母的车辆，雇好渡船，在渡口等候，待关某断后。

〔【急急风】旗牌、马童、二车夫、二夫人“下场门”下。四龙套、四大刀手、四靠将“上场门”上，站“一条鞭”，秦琪拿刀与关羽架住。

秦　琪　呔，来的敢是关羽?

关　羽　然。

秦　琪　一路之上你过关斩将，今日来到黄河渡口遇见某家，你还想活命吗?

关　羽　一派胡言，放马过来。

〔【急急风】二人过半个合，关羽至“上场门”处推众将“上场门”下。秦琪至“下场门”，二人一扯两扯，关羽打秦琪上、下、左、右，漫秦琪头，往里一盖打秦琪前封头、后封头，再往里一盖，秦琪归“下场门”，关羽打秦琪鼻子削头，秦琪“下场门”下。关羽站“大边”台口出刀，“上场门”上四靠将斜过合，勾出两个将，打四砍头，关羽站台中心，杀死“下场门”两将，回刀再杀死“上场门”两将，举刀。

〔“上场门”上四大刀手，过半个合，关羽归“上场门”往里“串肚”，大刀手往里转半圈，关羽挑起大刀手的枪一压，杀死四大刀手。大刀手“下场门”下。

〔秦琪“上场门”上，过半个合与关羽一磕，关羽往“小边”台口右转身，左手搂髯右手提刀（刀头向下）抬左腿亮住，秦琪在“下场门”里亮住。二人走反半个圆场，关羽归“下场门”，秦琪打关羽一个腰封、两个腰封，关羽左半转身，秦琪右半转身，关羽再打秦琪一个腰封、两个腰封，关羽再右半转身，秦琪左半转身，二人一磕，秦琪看刀头，向“下场门”里起大刀花砍关羽，关羽用刀头盖掉秦琪刀，打秦琪“抢背”。【四击头】关羽举刀，右手在上左手在下，刀头向上刀镈向下，平抬左腿，单腿站立面向“上场门”外看秦琪，亮相。秦琪暗下。

〔【水底鱼】关羽走半个圆场至“小边”小“趋步”至台口下马，马童、旗牌、二车夫推空车“上场门”上，站后排，二夫人站两边。船夫拿船桨“下场门”上。【四击头】关羽向马童扔青龙刀，马童接刀左肩扛刀，关羽拉马，马童接缰绳拉马上船，关羽推马、解船缆扔船缆，左脚踹船离岸，跳上船，马童挎关羽左膀。马童左膀扛刀斜抬左腿右手挎关羽左膀亮相，关羽左膀挎马童、右手推髯、前弓右箭亮相。

关　羽　开船。【大锣原场】

〔闭二幕。

第十五场

〔报子内白：“马来。”【水底鱼】报子拿报旗“上场门”上，至台中心亮住。

报　子　人行千里路，马过万重山。俺，曹丞相帐下报子是也。今有关羽过关斩将，在黄河渡口刀劈秦琪将军落马，不免报与蔡老将军知道，就此马上加鞭。【大锣原场】（“下场门”下）

第十六场

〔大帐，一桌一椅（“大座”），桌上放文房四宝、大印、令箭。

〔【缓锣】奏唢呐曲牌<水龙吟>，四龙套、八大刀手持单枪“站门”，曲牌止。

〔【大锣原场】蔡阳“上场门”上，整冠，至台口，抖袖、抓袖挡脸。【大锣归位】

唢呐曲牌<点降唇>

蔡　阳　サ 6 5 4 3 5 2 －【小锣二击】2 2 1 2 6 1
出 师 朝 堂， 盔 明 甲 亮，

5 －【小锣三击】5 5 4 3 5 2 －【小锣二击】3 1 2 3 5 6
军 威 壮， 将 勇 兵

5 －【小锣三击】6 5 6 i 5 －（仓）2 2 1 2 6 1 5 － ‖
强，（白）要 把 （唱）烟 尘 扫 荡。

〔奏唢呐曲牌<水龙吟·合头>加壮威锣。蔡阳左望右望、左手抓袖转身入“大座”，曲牌止。【大锣归位】

蔡　阳　年迈力刚强，
刀法世无双。【小锣三击】

中原为上将，
英名天下扬。【大锣归位】
老夫，（仓）蔡阳。【住头】只因刘辟垄都汝南谋反，某奉曹丞相之命，统领人马二次攻打汝南。今乃黄道之日正好兴兵。众将官，发兵汝南！
〔报子内白：“报！”【冲头】举令旗“上场门”上。

报　子　启禀蔡老将军，今有关羽在黄河渡口，刀劈秦琪少将军马下，特来报知。

蔡　阳　不好了！（奏唢呐曲牌<急三枪>）（用袖搌泪）再去打探。（【冲头】报子“上场门”下）且住，可恨关羽刀劈我外甥秦琪落马，岂能容他猖狂，众将官，前队改为后队，追赶关羽去者！
〔【急急风】蔡阳“下场门”下脱蟒。闭二幕、撤大帐，拉开二幕。蔡阳复上，大刀手抬刀带马，蔡阳上马，众人“下场门”下。蔡阳到“小边”台口一亮，【急急风】“下场门”下。

第十七场

〔关羽内唱。

〔西皮导板〕
【大锣导板头】サ（7 6 - 3.5 6. 6 5 - 1 - 30 6.i 56 43 21 72

1 -）3 3 3 3 4.6 3 - 1.2 3 3.2 2 2 1 -（7 62
青 山 绿 水(呀)

1）1 2 - 2 20（八大.）3 1 2 - 3.5 6 - 6 6 5 -
懒 观 望，

〔【急急风】旗牌（扛刀）、二车夫、二夫人“上场门”“站门”上，立边。马童翻上，【四击头】关羽披大斗篷拿马鞭上，至“九龙口”亮住。【急急风】马童拉马，关羽走小八字步至“大边”台口亮住；关羽抬右腿右手马鞭上膀子往“上场门”方向走小蹉步。【四击头】关羽左手抓斗篷、右手马鞭打马左转身至台中心，马童由台中心向外翻“虎跳前扑”落地亮右弓箭步拉马式，关羽左脚踩在马童右腿上、右手抓住马童右手亮住。（嘟 仓大.）

〔西皮原板〕
（0 6 | 2/4 5643 2343 | 5 ） 621 | 1 2 6（21）|
行 人

1 62 1 2 |（2 1 612）| 2. 3 1 2 |（2312）3531 |
路 上 马 蹄 忙。

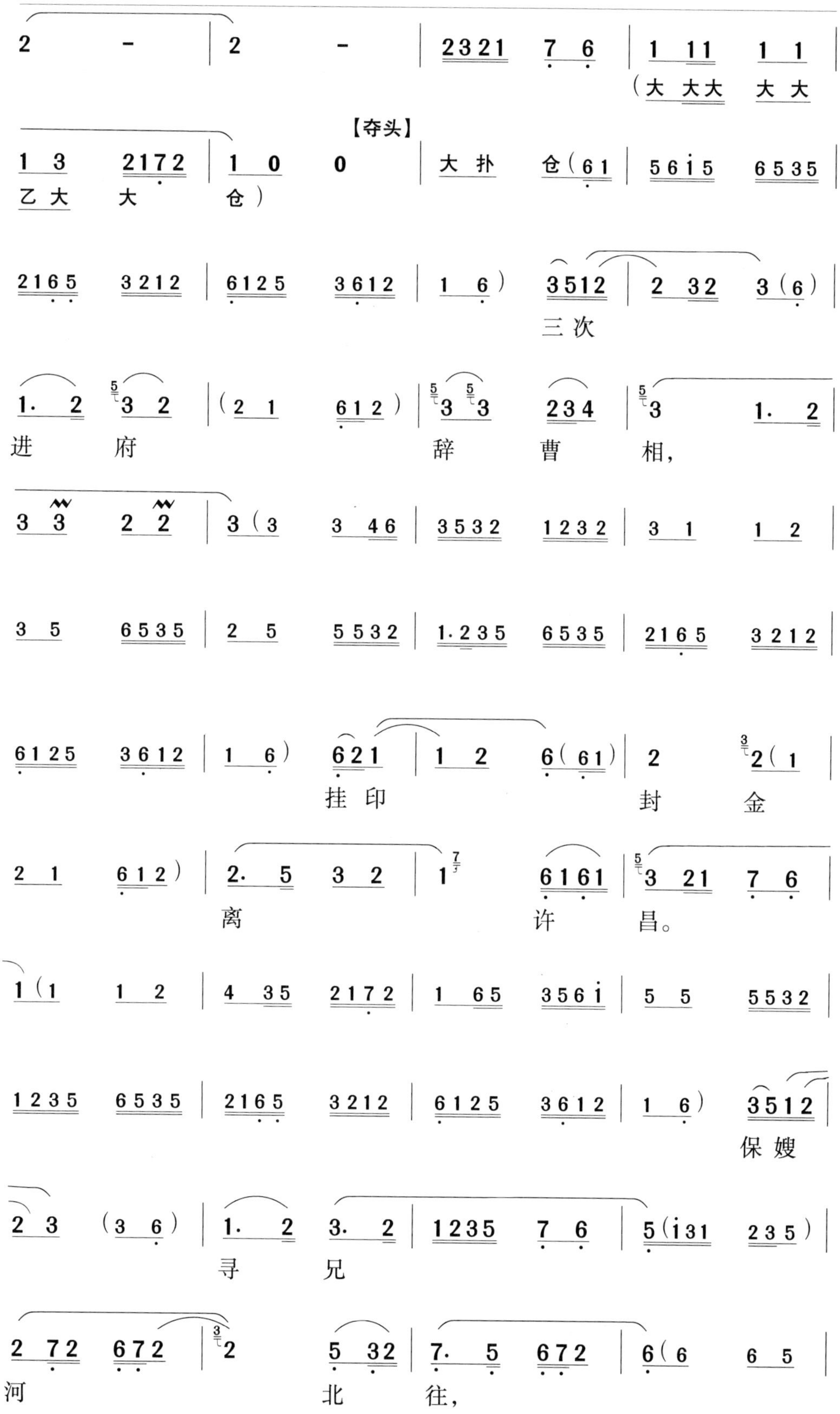
(大 大大 大 大
乙大 大 仓)
【夺头】
大 扑 仓
三次
进 府 辞 曹 相，
挂印 封 金
离 许 昌。
保嫂
寻 兄
河 北 往，

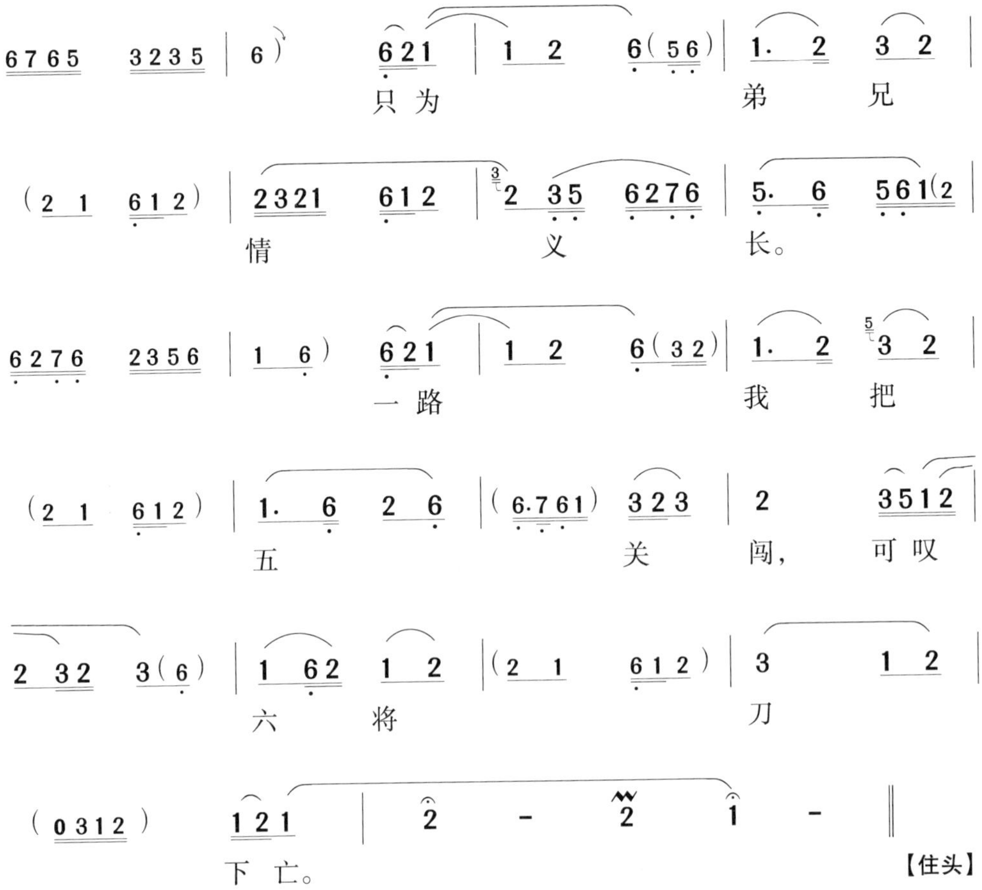

〔在“过门”中“扯四门”【散板】归中。

马　童　启禀二爷，天气炎热，人困马乏，就该歇息歇息再走。

关　羽　车辆打入松林。

〔【水底鱼】当场一翻两翻，甘夫人归“下场门”，糜夫人从“上场门”绕到“下场门”下车。关羽走至“上场门”外下马，马童接马鞭“上场门”下，旗牌、二车夫“下场门”下。关羽站台中整冠理髯，二位夫人站“小边”。

关　羽　弟参拜二位嫂嫂。（双手抱拳、双腿并拢一躬到底）

二夫人　二弟免礼。

关　羽　谢嫂嫂。（右腿单腿跪地、双手抱拳【五锤】站起）

二夫人　二弟一路之上过关斩将，多受鞍马劳苦。

关　羽　弟一路之上过关斩将，连累二位嫂嫂担惊受怕，乃弟之罪也。

〔【冲头】马童“上场门”上。

马　童　启禀二爷，今有蔡阳带领十万大军要与他外甥秦琪报仇。

〔【撕边一击】关羽右手拉马童至“小边”用斗篷挡住二位夫人，指责马童不该当着夫人的面报告此事。

〔西皮散板〕

二夫人　【凤点头】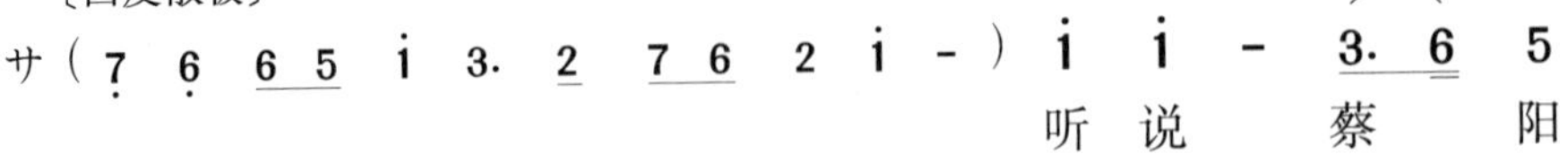

7 6 3 5 6 (3. 5 6) 3. 6 5 6 6 6 5 5 3 5 -
发 来 兵，(仓) 倒 叫 姐 妹 吃 一 惊。【住头】

关 羽 二位嫂嫂不必担忧，小弟自有安排，请二位嫂嫂车内歇息。（二夫人“下场门”抽下。关羽归正场）马童，闻得你家三爷如今占了古城，命你前去送信，叫他迎接你二位主母进城。

马 童 遵命。

关 羽 转来，你家三爷的性情不好，你要留心一二。

马 童 小人知道了。

〔【四击头】马童跨右腿踢左腿向“小边”起飞脚，落地向“下场门”里右“山膀”单腿“踩泥”抬左腿亮式，【急急风】“下场门”下。

关 羽 正是：（在【五锤】中走两步）
日行千里路，
特来会弟兄。

〔【一锤锣】“下场门”下。

第 十 八 场

〔台上一桌一椅（“小座”）。

〔【急急风】四小张飞拿单刀、头家扛丈八矛“站门”上，张飞提靠排子“上场门”上，至“九龙口”亮住，再走至台口，拉开。奏唢呐曲牌子〈八声甘州歌〉（即三换头）。在牌子中张飞起“云手”拉开，“上场门”一望，“下场门”一望，至台中起【四击头】向里跨右腿踢左腿趋步，右腿蹬椅子双手捋扎亮相。【大锣归位】

张 飞 弟兄结拜在桃园，
乌牛白马祭地天。【小锣三击】
弟兄徐州遭失散，
红脸的他（仓）他负义降曹瞒。【夺头】
俺，（仓）张飞。【住头】当年弟兄徐州失散，俺老张来到这芒砀山，赶走古城狗官。嘿嘿俺就做了这古城的县令，每日操练人马以图后举。小校的，伺候了。

〔【撕边一击】马童“上场门”上。【水底鱼】走至“小边”台口。

马 童 离了松林地，来此是古城。【住头】里面哪位听事？

一小张飞 做什么的？

马 童 烦劳通禀，就说马童求见。

一小张飞 候着。启禀三爷，外厢有一马童求见。

张 飞 唤他进来。

一小张飞 是。（出门）随我进来。

马 童 是。【冲头】（“挖门”归“大边”）小人与三爷叩头（单腿跪）。

张 飞 罢了，（马童起立）你奉何人所差？

马 童 奉我家关二爷所差。

张　飞　啊！【撕边一击】敢是那红脸的吗？
马　童　正是我家二爷。
张　飞　将他轰了出去。
马　童　且慢，（仓）小人有话回禀。
张　飞　讲。
马　童　三爷容禀，【大锣归位】我家二爷言道：请三爷打开古城，迎接二位主母进城。
张　飞　你且住口！【快五锤】你家二爷无仁无义，忘却桃园盟誓，【小锣二击】有始无终，真心降顺曹营，【小锣三击】有何面目来见弟兄。若要相见除非是临阵交锋。（八仓）（站立双手做执枪式）
马　童　小人有下情回禀。（拱手）
张　飞　讲。
马　童　三爷容禀，【大锣归位】（起“云手”）我家二爷有仁有义，不忘桃园盟誓，【小锣二击】有始有终，假意降顺曹营。【小锣三击】千里迢迢来会弟兄。眼前讲话有一人不通。
张　飞　哪个不通？
马　童　就是三爷不通。
张　飞　怎么讲？
马　童　（迈前一步）三爷不通。
张　飞　喳喳喳（抓住马童的右手向前几步）（八大仓）（右手捋扎亮相）哇呀呀……（扔马童“抢背”、右手抓过头家小张飞手中的丈八矛刺向马童。【紧冲头】马童“下场门”急下）嘿，若不是他两腿快如风，这丈八矛定要刺他个前后皆通。【住头】小校的！（仓）带马出城会他。

〔【急急风】小张飞带马领下，张飞上马执枪“下场门”下。闭二幕，撤“小座”。

第十九场

〔开二幕，台中放一把椅。【回头】关羽披斗篷“上场门”上，至台口。
关　羽　马童去送信，未见转回程。（转身归座）
〔【冲头】马童“上场门”上。
马　童　（站“大边”）参见二爷。
关　羽　马童回来了？
马　童　回来了。
关　羽　可曾见着三爷？
马　童　见着三爷了。
关　羽　他讲些什么？
马　童　这……小人不敢讲。
关　羽　只管讲来。
马　童　二爷容禀。【大锣归位】三爷言道：二爷无仁无义，忘却桃园誓盟；【小锣二击】（走至“上场门”）有始无终，真心归顺曹营；【小锣三击】（走回“下场门”）若要

弟兄相见，除非是临阵交锋。【撕边一击】

关　羽　（捋髯看马童）马童，旁人不知，你还不知你二爷的苦处么？

马　童　小人一一尽知。

关　羽　就该对他说明。

马　童　小人言道：二爷有情有义，未忘桃园弟兄。【小锣二击】（走至“上场门”）

关　羽　着哇！

马　童　有始有终，假意降顺曹营，（边说边走回“下场门”）千里迢迢保嫂寻兄。眼前讲话一人不通。三爷问道哪个不通，是小人言道是三爷不通。恼怒了三爷提枪就刺。（仓）

关　羽　马童，难道你就白白的等死？

马　童　哎呀二爷呀，若不是小人两腿快如风，险些被他这一枪（在【撕边】（八大仓）中走三个小翻，变倒插虎起身亮相）刺个前后皆通。

关　羽　（左手甩斗篷右手推髯一亮，大喝一声）噢——【撕边一击】（右手捋髯）他还是这样的性暴，少不得我要亲自会他。马童（“马”字音要长，“童”字归鼻音）带马！（这两个字要放开了念，要有直冲云霄的气势）

「【急急风】马童下。旗牌“下场门”上，给关羽脱斗篷后复下。马童左手拿双刀、右肩扛大刀“下场门”上站台中面向前成前弓后箭式。关羽脱下斗篷后面向里、拉“山膀”退后两步，左整【撕边一锣】右整【撕边一锣】整冠、捋髯，在（八　大八　仓　仓　顷　仓）中左、右手提靠排子向“上场门”蹉步一亮。【急急风】上马：【四击头】左手抓缰绳，右手拿刀抬左腿，刀上膀子掂刀右手反抓，右脚上一步、掂步，伸左腿回来平抬同时左手搂髯向左膀甩髯，刀头向下斜背、脸向“下场门”里亮相。马童交刀后走“旋子三百六”落地“转灯”亮相。【急急风】二人“下场门”下。

第 二 十 场

「【急急风】四龙套、八大刀手拿枪追过场，蔡阳拿大刀上，追过下。

第 二 十 一 场

「“下场门”摆城片。

「马童左手拿双刀、右手拉马，关羽右手提刀左手抓靠排子【撕边】“上场门”上，至“九龙口”亮住。【水底鱼】关羽走左、右蹉步至“大边”台口。起【堂鼓架子】

马　童　三爷来了。

「【急急风】关羽摆手，马童左转身面向“上场门”扒拉四小张飞“倒脱靴”。张飞拿丈八矛上，见马童打上、下，马童左转身站“大边”，小张飞站“小边”。关羽双手横握刀迎张飞。

关　羽　三弟来了？

张 飞 （猛刺关羽）你看枪！

〔关羽用刀头向外绕枪，压住。

关 羽 【慢叫头】三弟，见了愚兄为何一言不发，提枪就刺？

张 飞 红脸的！【快五锤】你忘了桃园结义，归顺曹营，有何面目来会弟兄？（京白）你呀，你看枪吧！

〔【撕边】张飞再次刺关羽，（八大仓）关羽再出刀头一绕压住。

关 羽 三弟，我乃是假意降曹哇。（推开张飞的枪）

张 飞 你住了！【大锣五锤】谁人不知，哪个不晓，那曹操待你十分恩厚，三日一小宴、五日一大宴，上马献金、下马献银，还赐你美酒红袍，你是何等的快乐，你还有何脸面来会弟兄，（京白）你呀，休走看枪。

〔张飞再刺，关羽用刀压住。

关 羽 【叫头】三弟不信（哭念）听兄【撤锣】道（匡）来！

〔西皮跺板〕

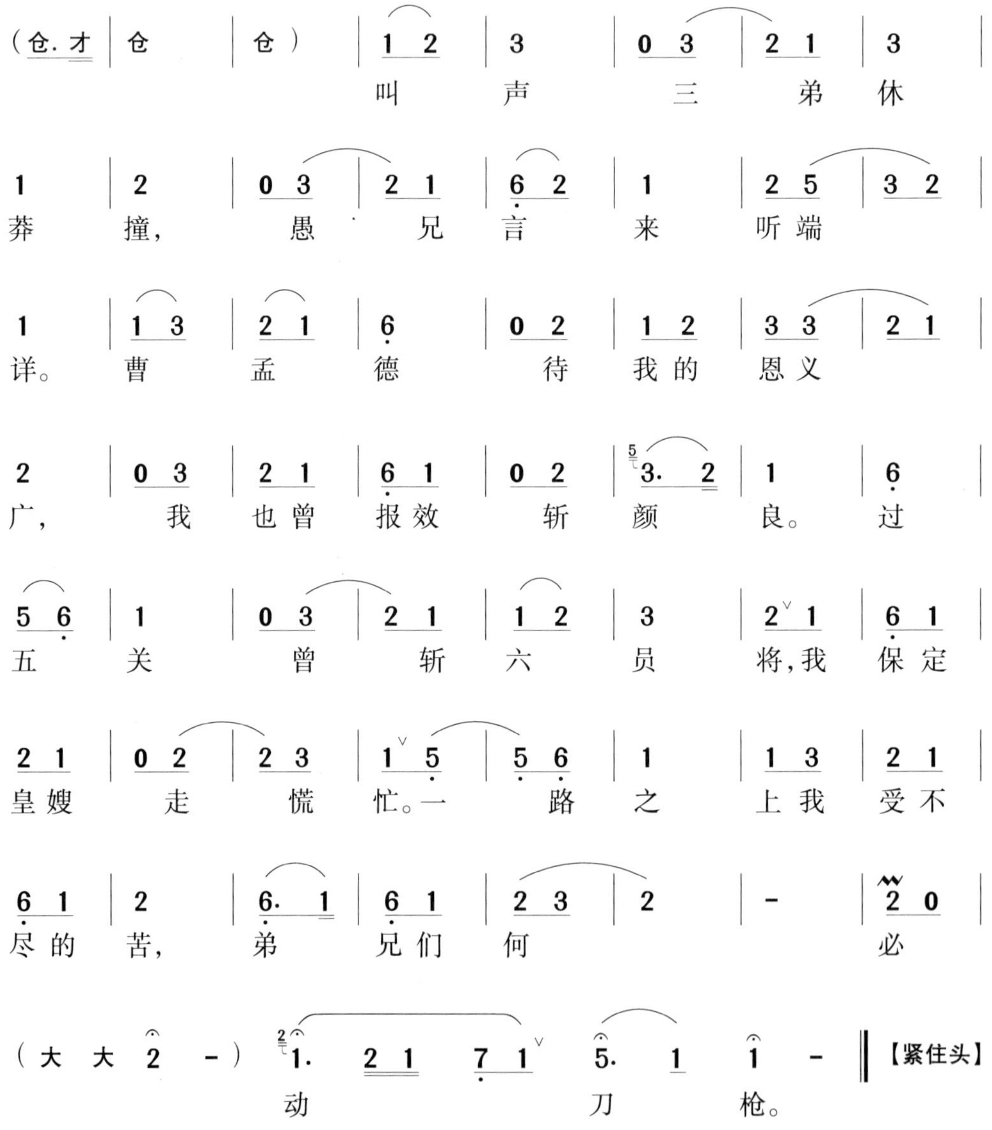

张　飞　哪个听你絮絮叨叨，看枪吧。

关　羽　三弟，当真不认愚兄？

张　飞　（京白）当真不认你了。

关　羽　果然不认愚兄？

张　飞　（京白）早就跟你拔了香头子啦！

关　羽　如此愚兄得罪了。

「**【急急风】**关羽用刀一盖张飞腰封，半过合，关羽至“小边”半转身反盖掉张飞的枪，张飞空手坐在“大边”台口。四小张飞拾起枪从后面走向“下场门”站“一字”。马童举双刀砍向张飞，关羽右手平抬刀架住马童的双刀，左手推髯斜式前弓后箭目视张飞，一亮。

张　飞　慢来慢来，世上哪有哥哥杀兄弟的道理。

关　羽　还不打开城门，迎接二位嫂嫂进城。

张　飞　（起身）城门大开，迎接二位嫂嫂进城。

「奏唢呐曲牌<小傍妆台>旗牌、二车夫、二夫人过场，二夫人见张飞一甩袖，进城，曲牌止。

张　飞　小校的，马来、马来！

关　羽　（右手搂髯）（**八大仓**）嗯！**【撕边一击】**

张　飞　（以手示意小张飞后退）后退后退，二哥请来上马。

关　羽　三弟请。

张　飞　还是二哥请。

关　羽　如此一同上马。

「**【急急风】**关、张上马，四小张飞领起圆场进城，张飞随小张飞圆场到城门口用枪镩打马急速进城，关城门。关羽在张飞后面半圆场到台中稍停，等张飞打马时关羽急速半圆场，**【急急风】**到城下见城门关闭，（马嘶）右手提刀左手勒马缰绳平抬左腿，走后小急垫步亮住。**【撕边·八大仓】**接**【紧冲头】**关羽小圆场至台中，马童拿双刀站“下场门”外，张飞上城站立。

关　羽　**【叫头】**三弟呀，你为何将城门紧闭？

张　飞　红脸的！**【大锣二击】**红脸的！**【住头】**你归顺了曹操，今天又前来诈取俺的古城，你道是也不是？

关　羽　方才已然言过，愚兄乃假意降曹。

张　飞　你说你是假意降曹，你抬头观看。（**【堂鼓架子】**关羽、马童同望“上场门”看）那些个人马是哪里来的？

关　羽　只因愚兄在黄河渡口刀劈秦琪，蔡阳兴兵是与他外甥秦琪报仇来了。

张　飞　你的好诡计呀，（**八大．顷　仓**）你的好计！**【快五锤】**你与蔡阳定下里应外合之计，来诈俺的古城，俺虽然粗鲁，（京白）我是粗中有细不上你的当。

「**【紧冲头】**关羽缓刀缨，站台中。

关　羽　**【叫头】**哎呀三弟呀，你容愚兄进得城去，饱餐战饭，我力斩蔡阳。

张　飞　好哇！**【快五锤】**我在城楼之上助你三通战鼓，十面旌旗。这头通鼓——

「**【快冲头】**关羽双手拿刀向前涮刀、站立式，刀头在上，右手握上刀杆、左手抓下刀镩、刀口向前方，脚下丁字步，左脚在前、脚尖点地亮相。

张　飞　紧扣连环——

〔【住头】关羽将刀头垂直落下、刀镈杵地，右手抓刀杆上部，左手平胸与右手平齐成护刀式，脚下丁字步、左脚尖虚点地亮相。

张　飞　这二通鼓——

〔【紧冲头】关羽左转身双手握刀，走“倒提柳”转过身来右手拿刀平抬，刀头向外、刀口向里平背，右脚向左跨半步、出左腿亮斜前弓箭步，左手搂髯亮相。

张　飞　这三通鼓——

〔（八大仓）关羽左手拿刀镈翻刀，刀头向上、刀在左边垂直，右脚向前一步亮斜式弓箭步，右手推髯亮相。

张　飞　你斩了蔡阳、放你进城；斩不了蔡阳，红脸的呀，

〔【五击头】关羽收式。

张　飞　管叫你的人头交与三爷之手！（仓）

关　羽　哎呀三弟呀！【五锤】你赠愚兄三通战鼓、十面旌旗。这三通战鼓十面旌旗漫说是交锋打仗，就是垫刀背衬马蹄也是不能够，你千不念万不念，难道就不念桃园盟誓吗？①

张　飞　哪个与你絮絮叨叨，滚木礌石打了下去。

〔【乱锤】城上的小张飞往下扔礌石，关羽后退用刀拨打。

马　童　二爷，斩了蔡阳再与三爷辩理。

〔（八大仓）关羽缓刀后退，头盔稍颤，双手横握刀。

关　羽　（无奈地低声）杀！

〔【急急风】马童领关羽半圆场至“下场门”，“上场门”上四龙套、八大刀与马童“二龙出水”，蔡阳打马童鼻子削头，（八大仓）关羽与蔡阳架住。大刀手站“小边”“一条鞭”，马童站“大边”。

蔡　阳　呔！来的敢是关羽？

关　羽　然。

蔡　阳　关羽！【五锤】你一路过关斩将，在黄河渡口刀劈我外甥秦琪，是何道理？

关　羽　老将军，【五锤】是某行至黄河渡口，秦琪百般阻拦不放某过渡，某万般无奈将他刀劈下马。

蔡　阳　关羽，老夫今日带领人马五万，要与我外甥秦琪【软四击头】（二人向台里绕刀跨腿、趋步，蔡阳刀压住关羽）报仇！

关　羽　蔡阳啊（顷仓）蔡阳！【住头】你再三逼迫（仓），恕关某（仓仓顷仓）无礼了！

〔起【堂鼓】【急急风】关羽向前欺一步，蔡阳退一步，关羽盖蔡阳腰封、过半个合。关羽至“小边”，大刀手打关羽封头，关羽以刀架住，推大刀手“上场门”下。蔡阳站“下场门”，关羽站“小边”台口，一扯、两扯再过半个合，往里一盖，蔡阳站“上场门”打关羽腰封，关羽右手拿刀头向下接腰封后走一小垫步亮斜身刀镈在前的败式，（嘟……八　大　仓）关羽败下。马童拿双刀从“上场门”挑出来一扯，与蔡阳过半个合到“九龙口”，蔡阳挑起来削马童头，马童转到“下场门”，一绕两绕反削马童头，马童“下场门”败下。大刀手、龙套、蔡阳

① 这段念白要求速度快、字字清楚，要充分表达出关羽的急切心情。念时要一字一句一气呵成。

“追过”下。

张　飞　小校的，擂鼓啊！（起【三通鼓】）

「【急急风】【四击头】关羽从“上场门”上，【回头】接【大锣原场】急步至台中心，右手提刀一小蹉步，左手勒马、平抬左腿、走单腿垫步至“上场门”口勒住马，右手翻刀缨、左手搂髯半圆场至台中心，双手横刀。

关　羽　【叫头】蔡阳老儿来得厉害，等他到来，“拖刀计”伤他。

「蔡阳内白：“哪里走？”【急急风】蔡阳“上场门”上，关羽举刀二人过半个合，蔡阳站台口、关羽站“九龙口”，关羽上磕再向“下场门”外出刀，蔡阳往“上场门”出刀，打关羽腰封，关羽接腰封右手刀头向下、左手刀镈在上亮左腿前、右腿后斜身相。

关　羽　蔡阳，你为何不往前进？

蔡　阳　拖刀之计，休要瞒哄老夫。

关　羽　（发出带有炸音的吼声）啊——

「【急急风】关羽举刀直劈蔡阳，至“小边”向左半转身、刀头在前急走反圆场半圈，蔡阳在“大边”台口向外侧走反圆场。关羽至“大边”台口打蔡阳前封头、后封头，关羽归里蔡阳归外。关羽“拉肚”过去站“下场门”，蔡阳站“上场门”口起大刀花往里砍关羽一刀两刀，关羽一盖两盖，蔡阳砍第三刀，关羽卸其刀。起【四击头】蔡阳扔刀走“肘棒子”，关羽向“大边”平出刀向右转身换手接刀，左手拿刀头、右手拿刀镈平抬杀死蔡阳，再换手接刀、左手反拿刀镈向下、趋步、斜背刀于身后，右前弓后箭步，右手推髯，【紧回头】盔头稍颤亮相。

「马童“上场门”溜上后站台口，关羽左转身刀交右手向“小边”台口走两步，刀镈杵地刀交马童下马。（先骗左腿再骗右腿）（嘟儿拉大大）接【吊钵回头】关羽小抬右腿后垫步退向台内侧一亮，扶双腿、向马童摆左手，由内侧向“九龙口”扶双手腕缓慢走。马童扛刀拉马“上场门”下。

「关羽至“上场门”口，（嘟 儿 仓）左手抓左靠排子，（嘟 儿 仓）右手抓右靠拍子，（八 大 八 仓 仓 顷 仓）【四击头】放靠排子，右手搂髯、左手于胸前，跨右腿踢左腿趋步、上右腿小垫步，右手向左甩髯、左手搂髯平抬左腿落地成骑马式，右手平胸勒马一亮。（才）向后缓一小步，（才）再向后缓一小步，看张飞，用右手指点张飞，摇摇头。（仓才仓）【急急风】“上场门”下。

张　飞　二哥，好样的！哎呀且住，我家二哥将蔡阳刀劈马下，少时进得城来，我以何言答对。哎呀这、这这【撕边一击】唉，有了，待我前去哀求二位嫂嫂，与我讲个人情。嗯，我就是这个主意。（【大锣打下】转【撤锣】）（下）

第二十二场

「场上一桌二椅，桌上放一盘，盘中放袍带。

「【小锣打上】甘、糜二夫人“上场门”同上，至台中抖袖。旗牌上，站“小边”。

二夫人　来到古城地，叫人不安宁。

「【乱锤】张飞“上场门”上，进门，站“大边”。

张　飞　哎呀二位嫂嫂哇！（哭）
二夫人　你这是怎么样了？
张　飞　适才在城外，得罪了我家二哥，少时还请二位嫂嫂与我讲个人情吧。
二夫人　我二人不管你的闲事。
张　飞　还是与小弟想个主意吧，再若不肯，小弟就跪下了。（下跪）
二夫人　三弟快快起来，你要扮成文官模样，头顶香盘迎接你二哥进城去吧。
张　飞　多谢二位嫂嫂。（出门，念京白）这才是我的好嫂子。（　“下场门”下）
二夫人　旗牌过来，这有蟒袍玉带，去至城外与你二爷送去。
旗　牌　是。（从桌上拿放袍带的盘，出门，下）
二夫人　我们等候二弟就是。**【小锣打下】**（　“下场门”下）

第二十三场

〔“下场门”放城门片。
〔**【小锣打上】**马童腰插马鞭“上场门”上，站“大边”。关羽穿绿蟒、右手拿折扇随上，至“九龙口”整冠、捋髯、抖袖，打开扇子至台中收扇。

关　羽

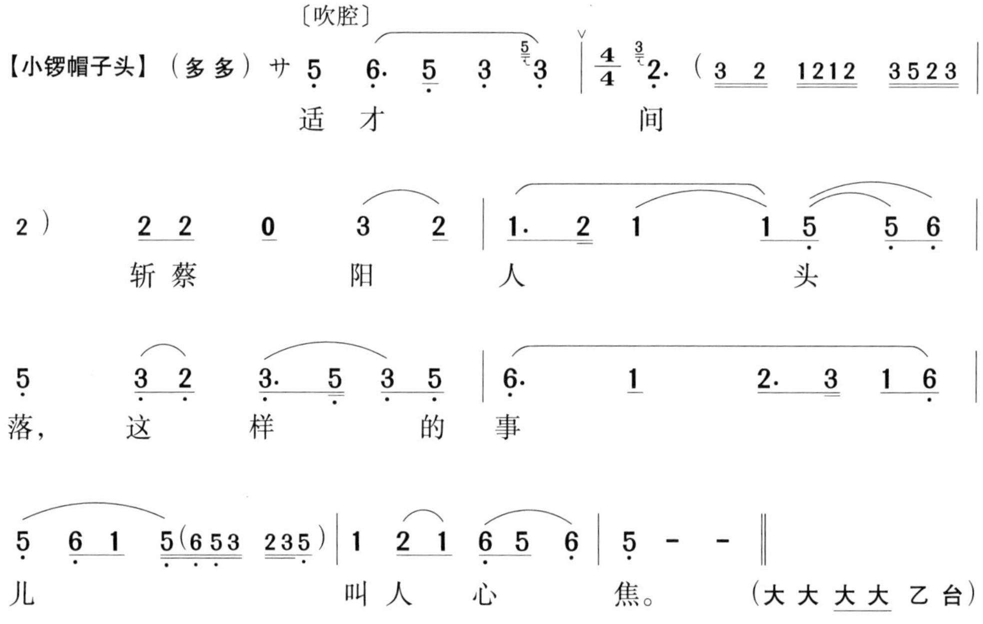

〔雁叫声。
马　童　启禀二爷，雁叫当头。
关　羽　哎呀且住，（台）当年弟兄徐州失散，雁叫当头。今日古城相会，又是雁叫当头，真真奇了。

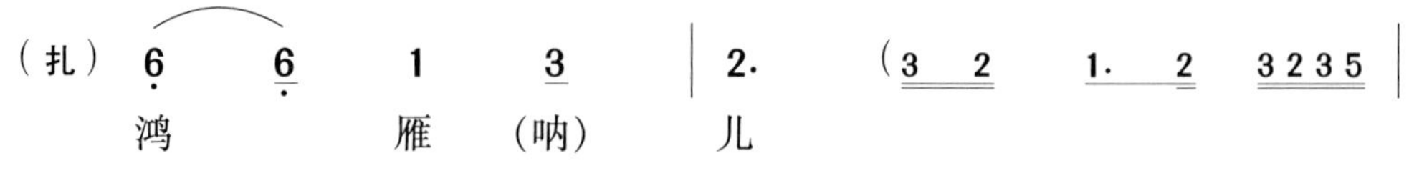

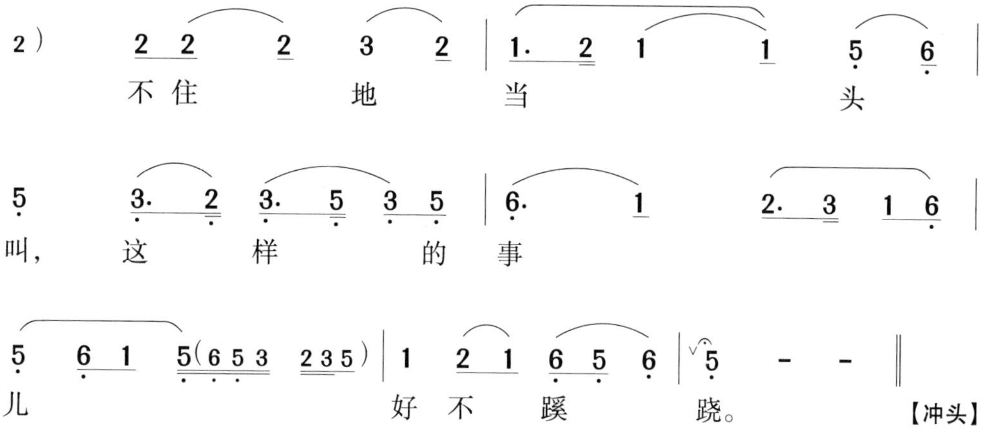

〔幕内传出喧哗声。

关　羽　什么人在此喧哗？

马　童　（面向“上场门”）什么人在此喧哗？

〔后台“搭架子”：“只因关二爷斩了蔡阳，蔡阳的人马无处投靠，故而喧哗。”

马　童　启禀二爷，蔡阳人马无处投靠，故而在此喧哗。

关　羽　噢，听我吩咐。

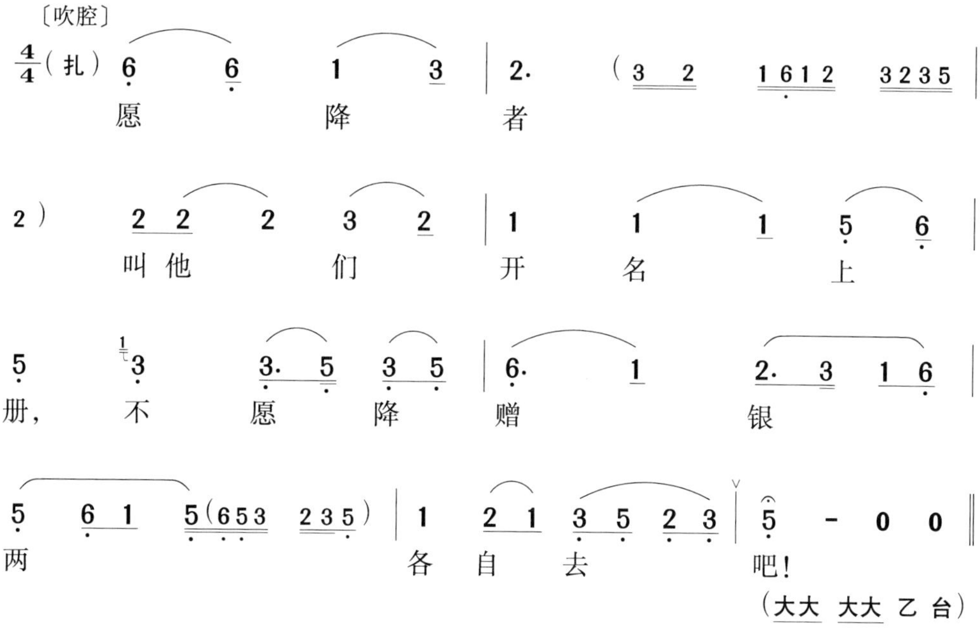

马　童　（面向台内）二爷有命：愿降者开名上册，不愿降者各自逃命去吧！

〔后台搭“架子”：“我等散去了。”

马　童　启禀二爷，他等散去了。

〔【冲头】四小张飞、张飞戴纱帽穿官衣、手托香盘“下场门”上。关羽在“大边”瞟一眼张飞，不理。四小张飞跪两边，张飞跪当中。

马　童　（故意大声吼）你们是做什么的？

张　飞　古城县令迎接二爷进城。

马　童　候着。启禀二爷，古城县令迎接二爷进城。

关　羽　（再看张飞）不用，下站。

马　童　不用，下站。

张　飞　叫我们上站。（示意小张飞上跪一步）

马　童　下站。（张飞再一次向上跪）启二爷他们跪上来了。

关　羽　（看张飞）与我打了下去！

马　童　是。

〔从背后抽出马鞭向张飞打去，张飞用香盘挡住。小张飞们逃下。

张　飞　好小子，公报私仇啊。（“下场门”逃下）

马　童　启二爷，他们下去了。

关　羽　（看张飞去处）马童，带路。

〔马童“下场门”下。

关　羽

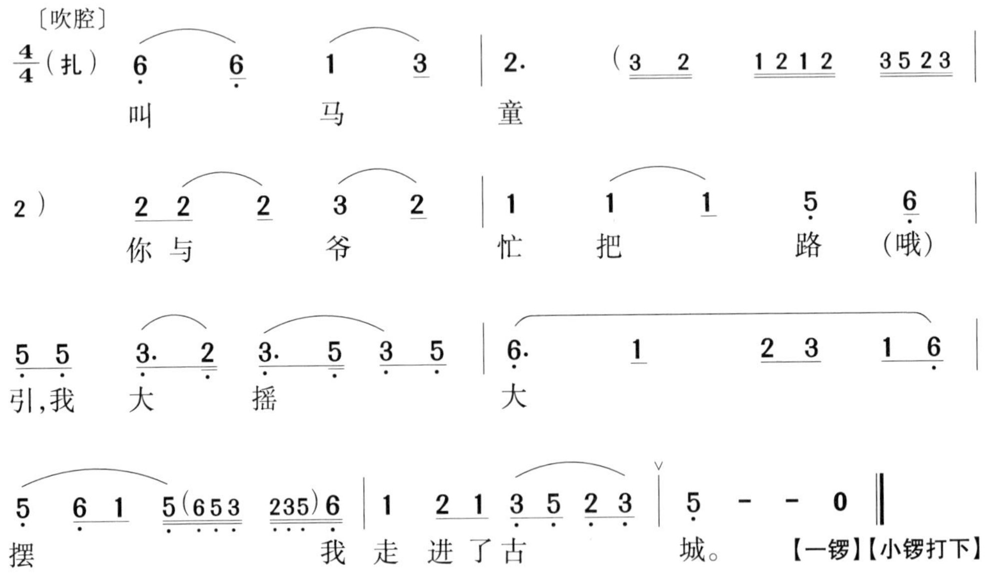

（动作提示：在唱“大摇大摆”时，左手扶带，右手打开扇子，踢蟒、走滑步，一骗、两骗，抬左腿向“下场门”走三步，头盔稍颤动，斜走三步接一个趋步，右手反扇于背后，左手捋中髯亮相。）

第二十四场

〔台上一桌二椅。**【小锣上场】**二夫人“上场门”上。

二夫人　旗牌去送信，未见转回程。

〔**【小锣五击】**旗牌“上场门”上。

旗　牌　启禀二位主母，二爷到。

二夫人　我等出迎。

旗　牌　二位主母出迎。

〔笛子<小开门>关羽“上场门”上。二夫人出门。关羽至“小边”台口一见二位夫人，忙将扇子放入袖内，向二位夫人施单腿跪步礼。二夫人“挖门”进去站“大边”，关羽跟进站“小边”。乐停。

关　羽　弟参拜二位嫂嫂。（施礼）

二夫人　二弟免礼。

关　羽　谢二位嫂嫂。

二夫人　啊二弟，适才三弟在城外得罪了二弟，少时还要教训他的才是。

关　羽　自家兄弟不劳二位嫂嫂叮咛。

二夫人　我等告退。

〔二位夫人出门。旗牌“下场门”暗上，手拿红灯一盏、古书一本，放在桌上：灯放右边，书放桌子中间。把椅子搬成“大座”，再把另一把椅子搬下。同时张飞“上场门”上。

张　飞　啊二位嫂嫂可曾与小弟讲过人情?

二夫人　只顾与你二哥讲话，把你的事就忘怀了。

张　飞　二位嫂嫂还是与我讲个人情吧。

二夫人　我等不管你的闲事。

张　飞　还是讲个人情吧。

二夫人　唉，啰嗦了。（甩水袖“下场门”下）

张　飞　（学二夫人的声音）哎，啰嗦了。（见关羽坐“大座”）自家兄弟何必害怕，待我进去。（迈右腿、哆嗦）咦，三爹爹还未曾害怕，你到先哆嗦起来了。不要害怕，随三爷进去。**【五锤】**（打开扇子侧身三步进门，站关羽身后）

关　羽　桌案之上现有古书，待我看书消遣。

〔**【小锣帽子头】**关羽右手拿书、左手搂髯，侧身凑近纱灯看书亮相。张飞站在关羽左侧，左手打开扇子高举，斜抬左腿、右手撕扎斜身亮相。

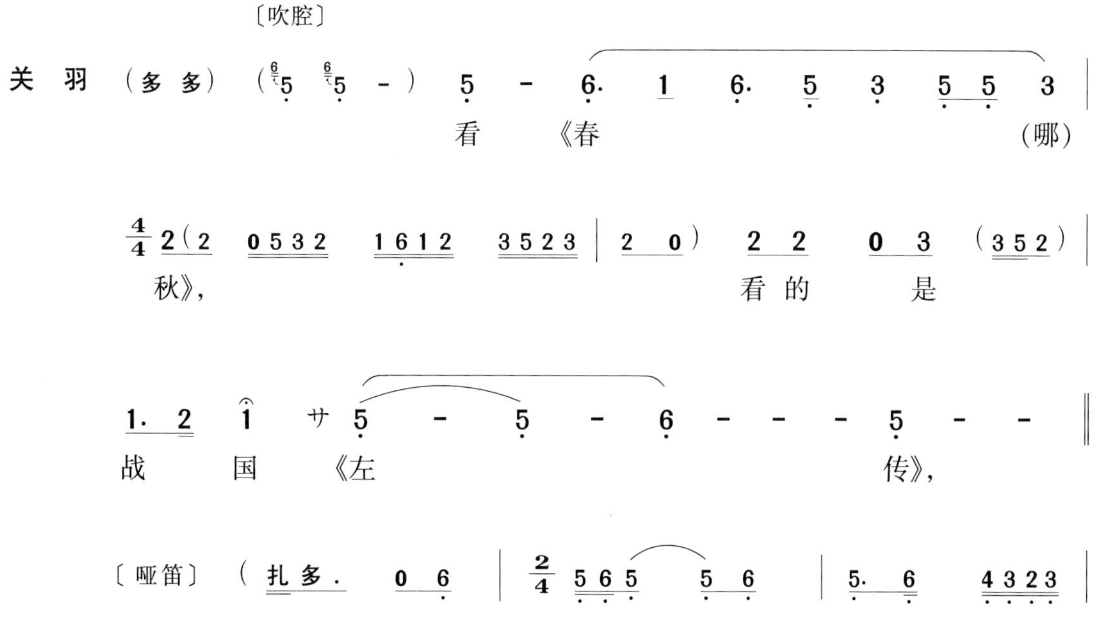

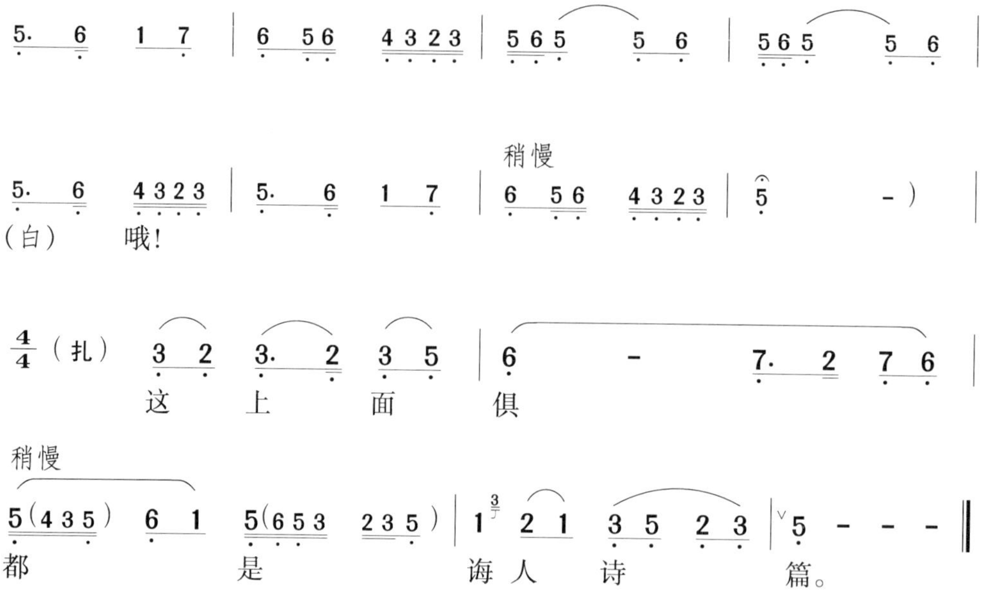

关　羽　（早已发现张飞）天色不早，不免去二位嫂嫂身旁问安。

「关羽出位至桌前，张飞在身后跟着，见关羽要走，假嗽。

张　飞　嗯哼！

关　羽　什么人在此痰嗽？

张　飞　翼德——【软四击头】（从关羽身后出来，用扇子遮面，就地走一个小圈至“大边”一亮）张飞。【撕边一击】（跪下）

关　羽　这不是张将军吗？

张　飞　不敢，张飞、张飞。

关　羽　张三爷。

张　飞　小三儿、小三儿。

关　羽　你跪在尘埃为了何事？

张　飞　适才在城外，得罪二哥，特地前来请罪。

关　羽　自家弟兄何必如此，快快请起。

张　飞　这才是我大仁大义的好二哥。（**八大仓**）（欲站起）

关　羽　嗯——（右手弹边绺、搂中髯，左手剑指张飞，张飞又跪下）你我弟兄结义以来，誓同生死。不想在徐州失散，那时我被曹兵围困土山，本当一死，无奈大哥将二位嫂嫂托付于我，我万般无奈，与曹操约下三事。今闻大哥在河北袁绍帐下，我三次辞曹未曾相见，我将他所赐金银与他封好，汉寿亭侯的印信悬挂梁上，大丈夫来明去白！是我保定皇嫂，一路之上，单人独骑、过关斩将，在黄河渡口刀劈秦琪，千辛万苦来到古城。实指望你将二嫂接进城来弟兄团圆，谁想你不问青红皂白见了愚兄就是这一枪。（**仓**）

张　飞　（京白）二哥，我这一枪刺得好不好哇？

关　羽　唉，险些儿弟兄不能相见。【大锣原场】（二人同哭）适才二位嫂嫂命我教训于你，我哪敢教训于你，不过相劝几句。今将二位嫂嫂托付于你，我要回到解良务农去了。

「关羽面向观众右手提袍欲走，二夫人急进门。

张 飞 二哥，你可不能走啊。

二夫人 二弟再若不允，我姐妹也跪下了。

「二夫人面向台里跪下，关羽双手撩袍面向台里单跪右腿。

关 羽 二位嫂嫂请起，三弟起来。

「二夫人站起，出门，“下场门”下。

关 羽 正是：**【软四击头】**弟兄结拜情义广，

张 飞 今日教诲记心旁。**【小锣三击】**（关羽从右到左，张飞从左到右）

关 羽 三弟从今休鲁莽，

张 飞 二哥的英名天下扬。

「奏唢呐曲牌<尾声>后半段，张飞向关羽三拜，关羽三扶起（一扶出左手，二扶出右手，三扶出双手）。关羽右手握张飞左手、左手翻水袖，张飞右手翻水袖，二人“合扇”亮相。

——剧 终

白晶珠 整理 白云星 记谱

疯僧扫秦

白玉昆演出本

有隐士李植为岳飞被迫害至死事忿忿不平，一日闻秦桧夫妇要到灵隐寺拈香，便假扮疯僧机智巧妙地对其进行戏弄，戳穿奸相加害岳飞父子及通敌的真相。

此剧系先父白玉昆于20世纪30年代初参照元代《秦太师东窗事犯》杂剧、明代《精忠记》传奇以及流传的昆曲本整理改编而成。此前，先父有一出拿手戏《风波亭》，他饰演岳飞，从朱仙镇演起，至秦桧用假圣旨和十二道金牌将岳飞诓回京师，以莫须有的罪名下狱，在风波亭将其杀害止。因先父嗓音高亢、文武兼备，演员阵容齐整（由金少山饰演马前张保），所以每贴必满。但是他总觉得有些美中不足。他认为像岳飞这样一位顶天立地的英雄惨死在秦桧手中，戏中无人为其鸣不平，散戏后观众总有些郁闷。他认为得让观众出气，要有人当面揭露秦桧的罪行，使全剧有个完美的结局。于是先父与我姑父韩福芝（著名鼓师）经过反复研究，决定把《疯僧扫秦》作为《风波亭》的结尾，演出后好评如潮。

经先父改编后该剧剧情如下：秦桧陷害岳飞之后，胆浮心虚，终日坐卧不宁，夫妻去灵隐寺拈香，追祭岳飞灵魂。地藏王化作疯僧点化秦桧，并面对面进行了讽刺，揭露了秦桧陷害岳飞的罪行和私通金邦的种种罪恶勾当，最后用手中的扫帚在秦桧身上乱扫。秦桧心惊肉跳，狼狈逃回。在舞台上伸张了正义，痛斥了邪恶，为观众出了一口气，达到了先父排演这出戏的目的。

为了紧凑，根据先父的特长，在剧中安排了唱、做、念、舞。唱的方面有〔散板〕、〔碰板流水〕。在念的方面有和秦桧面对面的大段对白，又创作了老生别开生面的数板加唱的形式。对疯僧这个人物，先父认为虽然表现的是一个疯和尚，但造型一定要优美。为此，他曾去苏州西园参观了五百罗汉堂中的疯僧泥塑雕像，根据原形创造出舞台上的扮相。设计好唱、念、做、扮相之后，就剩下舞了。为了让一个两腿不能走、双手抽筋的残疾和尚，在舞台上舞起来，他在台步上下了一定的功夫。先父腿功好，他把双脚尖往外左右撇成一字形，然后再把双脚一前一后形成“=”形，小腿稍存，形成S形，再将双手向下搭拉，左手拿火筒，右手拿扫帚，配合双脚向前走动，前脚迈一步后脚跟一步，随着小锣滚头子的节奏，前后左右快慢自如，如同芭蕾舞的五位站，最后创出了京剧舞台上从未有过的行走台步，成为一绝。在九十年前，先父就能创造出如此的舞姿，可见他的艺术创造力是何等超前。台步是这出戏的重点，必须要下点功夫，经过千锤百炼才能运用自如。由于对这出戏的偏爱，《疯僧扫秦》成了他打炮必演的剧目。

白晶珠

人物行当

老和尚	老生	**王　氏**	青衣
李　植（疯僧）	老生	**四校尉**	杂
秦　桧	净	**车　夫**	生

服装扮相

老和尚　俊扮。白三，僧帽，僧袍，黑彩裤，大袜、僧鞋。

李　植　俊扮（光嘴，两眉中稍抹些油）。平顶僧帽，蓝道袍、白小绦子，黑彩裤，大袜、僧鞋。

疯　僧　俊扮。小黑蓬头（用蓝底白花布条打髻子），大肥袖、黑僧袍、乳白色小带子，黑彩裤（提到膝盖），光脚、草鞋。

秦　桧　勾白脸末。蓝相巾、黪满，蓝开氅，红彩裤，厚底靴。

王　氏　俊扮。包大头，蓝帔、绣花腰包，彩裤，彩鞋。

四校尉　俊扮。大板巾、小额子，箭衣、大带、马褂，黑彩裤，薄底靴。

车　夫　俊扮。皂隶巾，箭衣，卒坎，黑彩裤，薄底靴。

道具

佛　珠	一串	**香**	三根
桌　子	一张	**竹火筒**	一根（约一尺长）
椅　子	两把	**小扫帚**	一把
小帐子	一个	**杏黄色布口袋**	一个
香　炉	一个	**车　旗**	一副
烛　台	两个	**马　鞭**	一根
茶　盘	一个	**腰　刀**	四把
茶　杯	两个	**拂　尘**	一把
包　子	两个	**宣　纸**	两张（一大张一小张。大的一张写全诗。小的一张所写诗中的“胆”字要比其他字小一点，诗的最后一句的最后一个字不要写）
化缘簿子	一本		

〖佛堂天幕背景：灵隐寺，台上一桌两椅，桌上放蜡台、香炉，挂小帐子。

〖**【撒锣·小锣打上】**老和尚"上场门"上，至正场台口。**【小锣归位】**

老和尚 （念）扫地休伤蝼蚁命，

爱惜飞蛾纱罩灯。（**【小锣五击】**转身，走至"小座"坐下）

贫僧灵隐寺住持便是，昨日秦丞相下令，今日要来灵隐寺拈香，需要小心伺候，我不免四下查看一番便了。（"下场门"下，**【缓锣】**收住）

〖李植内白："好恼喔！"**【大锣快纽丝】**李植上，走向台中，抖右手，小垫步。

〖**【纽丝】**收住。〔亮弦〕 7 6 2 1 － **【快纽丝】**

（扎 扎 扎）

〔西皮散板〕

李 植 サ（7 6 6 5 i 3 2 621 1 －）5 5

老 贼

5 5. 65 4 53（3. 2 123）5 5 60 65

做 事 行 不 正，

（八拉）

65 6 6 6 53 5 － **【快纽丝】**（7 6 6 5 i 3

2 621 1 －）1 53 2 1 2 3 5 2 1 ‖ **【住头】**

害 死 岳 家 在 风 波 亭。

卑人李植，可恨秦桧老贼将岳元帅父子在风波亭三绞废命身亡，是我将岳元帅父子尸首藏在螺丝壳内。昨日秦府丫环对我言道，秦桧老贼要往灵隐寺拈香，又将他夫妻在东窗下作的诗句偷将出来，交付与我，因此我扮成僧人模样，去往灵隐寺，找机会辱骂老贼一番，以解我胸中的恶气。我就是这个主意。**【小锣凤点头】**

〔西皮摇板〕

（7 6 5. 5 5 5 3 6 5 5 3 2 1 2 6 5 5 5 3 6 5 5）

〔亮弦〕

3 3 1 2. 1 3 2 1 2 － **【小锣抽头】**（7 6 1 2）

胸 中 巧 计 安 排 定，

【小锣凤点头】（7 6 5. 5 5 5 3 6 5 5 3 2 1 2 6 5 5 5 3 6

5 5）6 2 1 1 2 1 3 2 1 6 1（1 1 7 2 1 -）‖
来 到寺中见机 行。

李 植 哪位在？

「老和尚"下场门"上，走至台口，出门。

老和尚 是哪位？原来是位小师父，请进。

「李植进门挖"大边"，老和尚到"小边"，归座。

李 植 方丈请坐。

老和尚 不知这位小师父在哪家宝刹出家，到此何事？

李 植 小僧在东南第一山出家，我名普蒂，只因云游天下，特至宝刹挂单。

老和尚 既然如此，待老僧打杯茶来你用。

〔西皮摇板〕

【小锣凤点头】（过门同前）3 2 1 2 1 3 2 -（0 3 2 1 6 1 2 -）
师 父 在 此 请 稍 等，

1 2 1 3 2 1 2 1 （**【小锣抽头】**老和尚"上场门"下，收住）
老 僧 与 你 取 香 茗。

〔西皮摇板〕

李 植 **【小锣凤点头】**（过门同前）6 2 1 3 2 6 2 1 2 -（0 3
且 等 师 父 茶 取 定，

2 1 6 1 2）6 2 1 3 2 2 1 1 2 1
假 装 疯 癫 我 骂 奸 臣。

「**【小锣抽头】**老和尚"上场门"端茶盘上。

老和尚 （过门同前）6 2 1 3 2 6 1 2（0 3 2 1 6 1 2 -）
取 来香茗禅堂进，

1 1 3 2 6 6 1 -（1 3 2 1 7 2 1 -）‖ **【住头】**
与 你 掸 尘 略 表 心。

老和尚 小师父请来用茶。

李 植 多谢师父。

「李植拿过茶杯，两眼呆看茶杯。

老和尚 你为何不饮？

李 植 师父，怎么好像我站在了里面哪。**【小锣一击】**

老和尚 想是你的人影儿，快快用下吧。

李　植　怎么，是人影儿？好，待我用来。

　　〔【大锣五锤】李植左转身，扬头，一饮而干。变脸，右转身，亮住。

老和尚　小师父，你这是怎么样了？

　　〔（仓）李植抓住护领，伸脖子亮相。

老和尚　你莫非疯了不成？

李　植　怎么讲？

老和尚　疯了不成？

李　植　（笑）哈哈哈！疯了喔。【大锣抽头】

（念〔数板〕）（顷仓）说我疯我就疯，

如今的事儿大不通。

恼恨老贼行不正，

害死岳家在风波亭，0风0波亭。

老和尚　哎呀呀，你看你一时之间疯成这个样子，在此胡言乱语，少时丞相就要前来上香，若被他听见那还了得，你你你快快与我下山去吧。

李　植　怎么讲？

老和尚　快快下山去吧。

李　植　我呵，

〔碰板流水〕

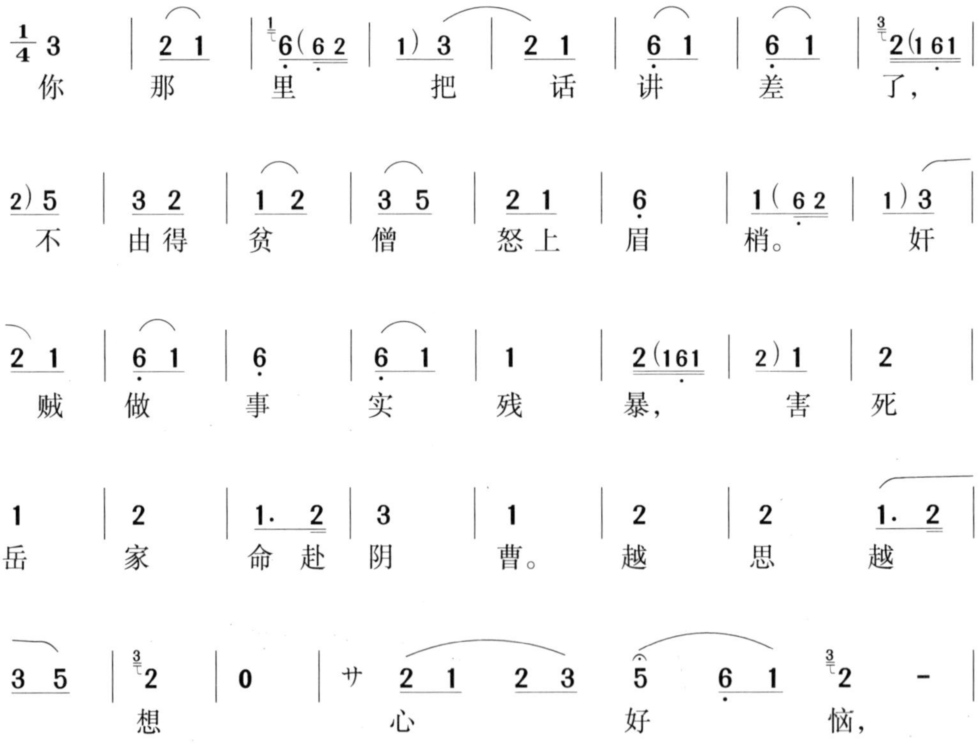

〔行弦〕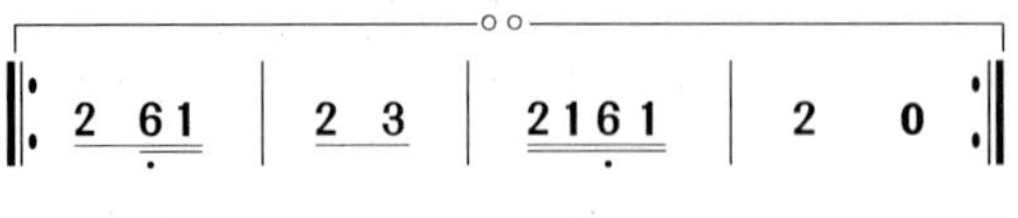（以下对话在行弦中进行）

老和尚 你恼的哪个啊？

李　植 奸臣岳飞。

老和尚 唉，哪个不知岳元帅是个大大的忠臣。

李　植 忠臣就不该去打仗啊。

老和尚 忠臣不去打仗哪个去打仗呢？

李　植 既然去打仗，就不该回来呀。

老和尚 也不是他自己要回来的。

李　植 是哪个叫他回来的？

老和尚 是圣旨金牌叫他回来，他不敢不回来。

李　植 不是圣旨金牌调他回来，是有人加害于他。

老和尚 哪个加害于他？

李　植 就是那奸贼秦桧啊。

老和尚 你要小声些，他少时就要来的。

李　植 呀呀呸！

〔西皮流水〕

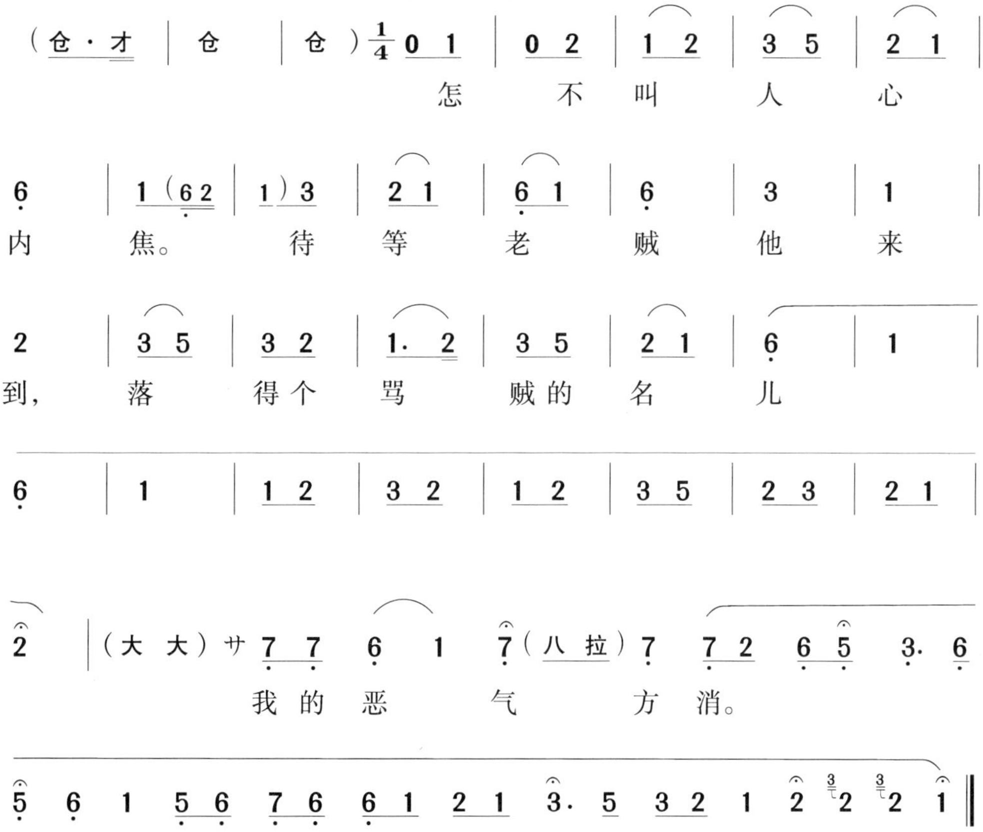

（与老和尚“推磨”，李植退到“下场门”）

李　植 疯了喔。**【慢冲头】**（“下场门”下）

〔幕内搭架子：“秦丞相到。”

〔奏唢呐曲牌<小傍妆台>。

〔四校尉、车夫（推车）、王氏（坐车）上，秦桧骑马上，“一条鞭”，到台口，秦桧下马，王氏下车，车夫推车“上场门”下。校尉接马，“挖”进去，秦桧、王氏进庙，老和尚迎出。秦桧挖“大边”，王氏“小边”。老和尚从桌上取三枝香，递与秦桧，曲牌止。

秦　桧　第一炷香，（**仓**）愿风调雨顺国泰民安。**【小锣二击】**

〔秦桧把香递给王氏，王氏将香插入香炉。

秦　桧　二炷香愿我夫妻福寿安康。**【小锣三击】**

〔再递与王氏，王氏再将香插入香炉中。

秦　桧　三炷香，

众校尉　哦——（**嘟仓**）

秦　桧　两厢退下。（校尉两边下）三炷香愿岳家父子早升天界。

〔**【大锣五锤】**秦桧、王氏朝外拜，老和尚端茶盘，盘内有一本布施和笔，王氏、秦桧接茶杯，上布施。

秦　桧　老和尚，哪里清净？

老和尚　后禅堂清净。

秦　桧　夫人，你我后禅堂游玩一番。

王　氏　就依相爷。

〔**【小锣下场】**秦桧、王氏“下场门”下。

老和尚　唉呀，且住，那个疯僧在寺中东写写，西画画，胡言乱语，要被相爷看见，那还了得，我不免将他唤出，叫他早早下山。（向“上场门”喊）疯僧，（**台**）（从“上场门”走向“下场门”再喊）疯僧，（**台**）唉，他往哪里去了？疯僧，快快与我出来呀！

〔**【小锣滚头子】**疯僧从“下场门”上，左脚尖向左撇，右脚尖向右撇，左右脚并拢，一前一后，形成一个“=”（相当于芭蕾舞的五位站）。左手拿火筒，右手拿扫把，全身放松，有节奏地前脚挪一步，后脚跟一步，一直走向台口。**【小锣滚头子】**收住。

疯　僧　（念〔数板〕）

（**顷仓**）走走 走，游游 游，

又无 烦恼 又无 愁，**【大锣抽头】**

你看 我 两腿 不能够 起，

两手 把筋 抽，

闲来 无事 打一个 盹儿，

醒来 万事 一笔 勾，0 一 0 笔 勾。

老和尚　哎呀呀，看看你疯的这个样儿，若被丞相看见，那还了得，快快与我下山去吧。

疯　僧　你叫哪个走？

老和尚　我叫你走啊。

疯　僧　怎么你叫我走？

老和尚　是啊。

疯　僧　我看还是你走。

老和尚　你走。

疯　僧　你走。

〔【小锣长丝头】疯僧向“上场门”横走半圆场，面向里，老和尚“下场门”半圆场，面向里，同说：“你走，你与我走。”【小锣长丝头】两人同时回到台口。疯僧轰老和尚下：“你走，你走，你与我走。”老和尚：“阿弥陀佛。”下。

疯　僧　我不免将他夫妻在东窗下所作的诗句，贴在此处便了。

〔疯僧走向桌前，从袋内取出诗句，贴在桌前，用香炉压好。

疯　僧　老贼来了。

〔奏京胡曲牌<西皮小开门>，疯僧随着<西皮小开门>的节奏，一步一步从慢到快，走向后台，下场。

〔秦桧、王氏“上场门”上，“挖”进去，秦桧发现桌上有诗，一惊。曲牌停。

秦　桧　（念诗）缚虎容易，纵虎难。夫人，这明明是你我在东窗下所作的诗句，怎会在此？

王　氏　问过老和尚便知。

秦　桧　老和尚快来。

〔老和尚“上场门”上。

老和尚　相爷唤我何事？

秦　桧　我来问你，这诗句哪里来的？

老和尚　想是疯僧在此胡乱写的。

秦　桧　疯僧……好，唤他前来见我。

老和尚　疯僧，相爷唤你，快些出来呀。

〔疯僧内白：“咱（仓）来也！”

〔西皮导板〕

疯　僧　【大锣导板头】サ（06 56 72 76 5 1 3 2 7 62 1）1 4 3
猛 听 得

1 1 2（7 61 2）353 21· 1 6 35 321 6 3
老 贼 他 来 到，

（随唱“下场门”上）

〔西皮散板〕

5 3 3 3 2 【双楗凤点头】サ（7 6 66 5i 3 2 62

1）353 1 2 23 76 56 1 -（1 1 62 1）‖【住头】
不 由 贫 僧 我 喜 上 眉 梢。

老和尚　相爷唤你，你要小心去见。

疯　僧　我知道了。

老和尚　随我进来。

〔（大 大 大大 乙 台）疯僧站在“下场门”台口，老和尚挖至“上场门”，秦桧归中，王氏偏“上场门”。

老和尚　相爷，疯僧唤到（指向疯僧）。还不见过相爷？

秦　桧　我当是怎样的一个疯僧，原来是个肮脏的和尚。
疯　僧　我当是怎样的一个丞相，原来是奸贼秦桧呀（**大台**）。
秦　桧　啊，你为何叫老夫的名字？
疯　僧　你的名字我不叫，他们哪一个敢叫？（**台**）
秦　桧　我也不怪罪于你。
疯　僧　你也不敢怪罪于我。（**嘟……仓**）
秦　桧　我来问你，这首诗可是你写的？
疯　僧　你作的我如何写不得？
秦　桧　再写一首。
疯　僧　写不成了。
秦　桧　为何写不成了？
疯　僧　无有笔砚。
秦　桧　看笔砚伺候。
疯　僧　且慢，我想起来了，我的袋中有。
秦　桧　拿来我看，（疯僧从袋中取出诗句，递与秦桧）哎呀呀，这纸太皱了。
疯　僧　那金邦传递消息藏在蜡丸里面的纸比它还皱得多呢。**【撕边一击】**
秦　桧　“缚虎容易纵虎难，无言终日倚栏杆。男儿两眼凄惶泪，流入胸襟透胆……”你这个胆字忒小了。
疯　僧　胆子小才出了家，胆子大就出了大事了。（**台**）
〔秦桧发现诗中少了一个字。
秦　桧　你的诗为何不全？
疯　僧　若有施全在，奸贼你的命不全呐。（**嘟……仓**）
秦　桧　（向王氏）啊，夫人，日后若遇名叫施全者要留心一二。
王　氏　是。
秦　桧　疯僧，你手拿何物？（指左手）
疯　僧　火筒。
秦　桧　小小火筒要它何用？
疯　僧　你看它小，能吹得狼烟四起，与外邦通信呢。（**仓**）
秦　桧　这是什么？（指右手）
疯　僧　扫帚。
秦　桧：要它何用？
疯　僧　每日扫烟尘，今日扫奸臣。（**台**）
（从疯僧站好到现在，一直不动。疯僧念到“今日……”的时候，秦桧把左肩膀递向疯僧的右手，疯僧再念“扫奸臣”要扫到秦桧的肩上。）
〔**【风声架子】**
秦　桧
王　氏　（同念）好大的风。
疯　僧　这不是风。
秦　桧　这不是风是什么？
疯　僧　这是老百姓的怨气冲天。

「【雨架子】

秦　桧
王　氏　（同念）好大的雨。

疯　僧　这也不是雨。

秦　桧　这又是什么？

疯　僧　这是朱仙镇上他众家哥弟的眼泪啊。

秦　桧　风雨在天，为何来得这样快呀？

疯　僧　风雨不快。

秦　桧　什么快？

疯　僧　圣旨金牌来的比它还快得多呢。**【撕边一击】**

秦　桧　且住，这个疯僧句句说的是老夫的心病，我不免破了他的斋戒，再来杀他。老和尚，取馒首来。

老和尚　是。

秦　桧　要肉的。

老和尚　是。（到“上场门”内取一个盘子，内有两个包子，复上）

老和尚　丞相请看。

秦　桧　赏与疯僧。（老和尚拿一个包子走向台中，递与疯僧）

老和尚　这是相爷赏给你的。

「疯僧抬手将包子打落地上。

老和尚　（对秦桧）他坏了一个。

秦　桧　再赏一个。

「老和尚再递给疯僧一个，疯僧连盘子一起打落在地上。

老和尚　（又对秦桧）他又坏了一个。

秦　桧　嘟，（**仓**）你为何坏了老夫两个？

疯　僧　我坏了你两个，你就动怒，你为何坏了人家三个呢？（**八大仓**）

秦　桧　看你如此疯癫，我也不与你讲话。老和尚，哪里洁净？

老和尚　冷泉亭。

秦　桧　带路冷泉亭。

疯　僧　冷泉亭不好。

秦　桧　哪里好？

疯　僧　风波亭上好。（**嘟……仓**）

秦　桧　真道岂有此理。

「**【大锣五锤】**秦桧、王氏、老和尚“上场门”下。

疯　僧　正是，看看人生天地间，忠孝节义永流传。

「奏唢呐曲牌<尾声>，随着尾声，疯僧跨右腿，踢左腿，亮相。

疯　僧　哈哈哈……

——剧　终

白晶珠　整理　　杨广利　记谱

天雨花

白玉崑演出本

《天雨花》是家父白玉崑于20世纪30年代初创编的一出历史故事剧，首演于上海，后成为其代表作之一。该剧取材于明末清初的弹词《天雨花》。弹词《天雨花》十余卷，以明万历至天启年间朝廷内部斗争为背景，描述了有正义感的左维明与权奸魏忠贤等进行的复杂的政治斗争。京剧《天雨花》取弹词中某一章节敷衍成剧。剧情为：八府巡按左维明，奉旨巡视苏、杭二州，改装私访。行至杭州仁和县境，遇见一老妪正欲投江自尽，左维明将其救下寻问情由。老妪自诉儿媳不知被何人杀死，亲翁硬诬其子陈济川是凶手并告上公堂。仁和县将儿其子屈打成招问成死罪，就要斩首。左维明赶往法场与仁和县当面理论，了解案情，指出仅凭陈济川之妻的一只绣鞋定案证据不足。最后亮出自己的真实身份，决计重审。

一日，左维明在后衙内桂花树下发现了一个人头和血衣，仵作认定是前任护印师爷毛成之妻朱氏的人头。左维明为进一步探究案情，便把毛成诓来为自己护印，并见到毛妻荀含春，发现她是个言语轻狂行为乖张之人，因此用那只绣鞋为诱饵，欲擒故纵，终使荀含春原形毕露，陈济川冤情得解，毛成、荀含春伏法。

家父的这出《天雨花》曾红透沪、津、京、汉及东三省，就因为他在这出典型的海派剧中塑造了一个“出新”的左维明形象。概述如下：一、创立了一个大嗓小生。剧中人左维明是个英俊潇洒、智谋过人、体恤民情的八府巡按。如按传统老生扮，带上黑三，便有些呆板；按小生扮，又显稚嫩，如是就创立了大嗓小生。不管是头上戴的、还是身上和脚下穿的，完全改良，追求新与美。二、别致的调度。“法场”一场，当左维明对陈济川唱完三个“不要紧”后，双手一背，面对观众站在台口中央，而仁和县则坐在后高台上，虽然二人始终不见面，却一问一答完成了整个辩论过程。三、新颖的唱腔。“对鞋”一场，左维明与荀含春有一段对唱，这个唱段的唱词并不是传统对仗的句法，多采用口语化的长短句，而且唱中夹白。对此，家父设计了〔二黄特别调〕，左维明与荀含春边唱边舞，每演至此，剧场轰然，反映热烈。“大堂”一场的〔西皮拨子〕，又以连弹的形式演唱，别具一格。特别是旦角腔中糅进了江南小调，很是俏皮。

家父最后一次演出《天雨花》是1957年在南京的中华剧场，至今已逾半个多世纪了。我应《中国京剧流派剧目集成》编委会之邀，将这出尘封已久的戏整理出来，以飨广大戏迷与京剧从业者。

白晶珠

人物行当

毛　成	儒丑（方巾丑）	船　夫	杂
荀含春	花旦	四家将	杂
陈济川	净	左　昇	生
陈　母	老旦	四白龙套	杂
王小三	丑	来　庆	娃娃生
荀文古	生	左维明	生
四青袍	杂	四刀斧手	杂
仁和县	丑	四红龙套	杂
仵　作	杂	杭州府	净

服装扮相

毛　成　勾小花脸。棒槌巾，绿褶子（后换紫褶子），红彩裤，大袜、方口皂鞋。

荀含春　俊扮。梳大头（前梳搭拉穗、后大头顶花），花绣边花褶子、大坎肩，腰巾子，绣花彩裤。（后换裙子袄、彩裤、彩鞋）

陈济川　俊扮。瓜皮帽，蓝布齐腿褶子、小绦子，黑彩裤，大袜、方口皂鞋。

陈　母　俊扮。黪网子，绛紫色老斗衣、大坎肩、白绸子、腰包，彩裤，福字履。

王小三　勾小花脸。黑丑三、高方巾，青褶子、绦子，彩裤，方口皂鞋。

荀文古　俊扮。黪三、老人巾，古铜褶子、大坎肩、绦子，彩裤，大袜、福字履。

四青袍　俊扮。红椒帽，青褶子，彩裤，薄底靴。

仁和县　勾小花脸。圆纱帽、丑三，蓝官衣，彩裤，朝方靴。

仵　作　俊扮。皂隶帽，蓝布箭衣，大带，薄底靴。

船　夫　俊扮。蓝毡帽，茶衣、腰包，黑彩裤，薄底靴。（后改大板巾、花边箭衣、大带）

四家将　俊扮。头布、小额子，打衣，打裤，打鞋。

左　昇　俊扮。黑硬罗帽，黑褶子、大带，彩裤，厚底靴。

四白龙套　俊扮。小板巾，白龙套服，彩裤，薄底靴。

来　庆　俊扮。孩儿发，花褶子，彩裤，大袜、福字履。（后换素褶子、绦子）

左维明　俊扮。改良白纱帽（窄展），白蟒，彩裤，白绣花厚底靴（鞋帮绣绿色古钱）。第五场：头戴硬壳改良都子头，鬓侧两根飘带，穿改良大袖绣边对襟素褶子，腰箍前两条飘带。第八场：戴白纱帽，穿白帔（下绣海水三条蓝龙），挎剑。第十场：

穿白色绣粉牡丹大袖，白色绣绿牡丹圆花大坎肩，腰箍前两根飘带，拿金扇。第十三场：戴改良黑纱帽（窄展），穿黑改良蟒（绣三蓝）。

四刀斧手 揉脸。大板巾、小额子插一根翎，刽子手衣裤，薄底靴。

四红龙套 俊扮。大板巾，红龙套服，薄底靴。

杭州府 勾元宝脸。尖纱、短扎，红官衣，彩裤，朝方靴。

道具

桌　子	三张	**文方四宝**	一份
椅　子	三把	**官　印**	一方
茶　壶	一把	**小木箱**	一个
茶　碗	一个	**宝　剑**	一口
点　心	一包	**洒金扇**	一把
小包袱	一个	**羽毛扇**	一把
药　包	一个	**白纸扇**	一把
绣花鞋	一双	**招　子**	一个
血　衣	一件	**单　刀**	四把
钢　刀	一把	**手　杻**	一副
人　头	一个	**盘　子**	一个（放一件绣花褶子）
船　桨	一把	**拶　子**	一副
女　尸	一具（用女裙代替）	**夹　棍**	一副
堂　板	四个	**银　票**	一张

第一场

「二幕外。**【撤锣】【小锣抽头】**
「毛成“上场门”上。

〔西皮摇板〕

毛成

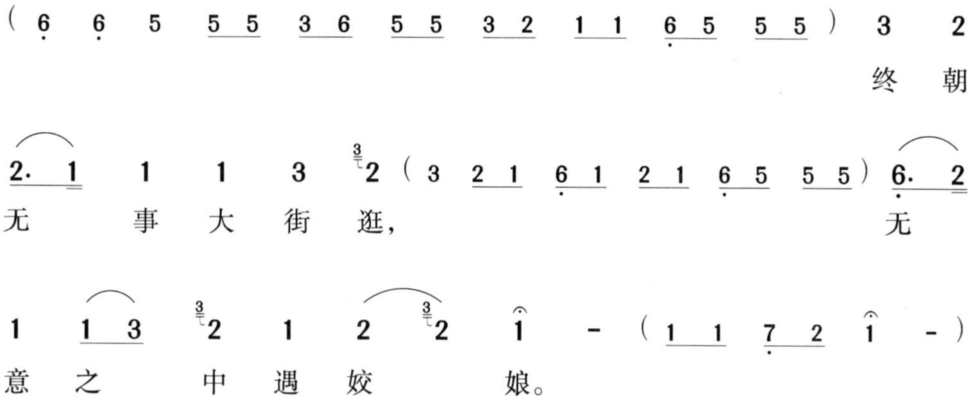

（京白）在下毛成，在仁和县当了一名护印师爷，差事倒也不错，只是娶妻朱氏，相貌十分丑陋，夫妻时常争吵，因此不愿回家。正巧，昨日到陈济川家喝茶，巧遇陈济川之妻生得十分美貌，我二人在言谈时节觉得她对我有那么点意思。今日无事不免再去坐坐，借机再试探她一番，若能如愿，我心足已。就此走走！
「**【小锣打下】**“下场门”下。

第二场

「舞台上设一桌二椅。
「荀含春“上场门”上。

〔南梆子〕

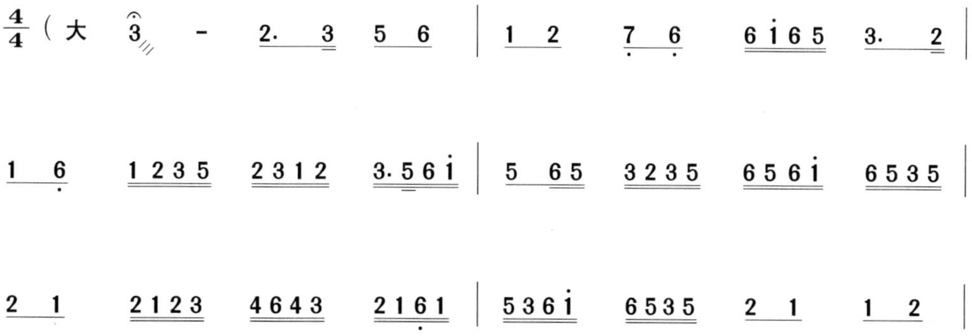

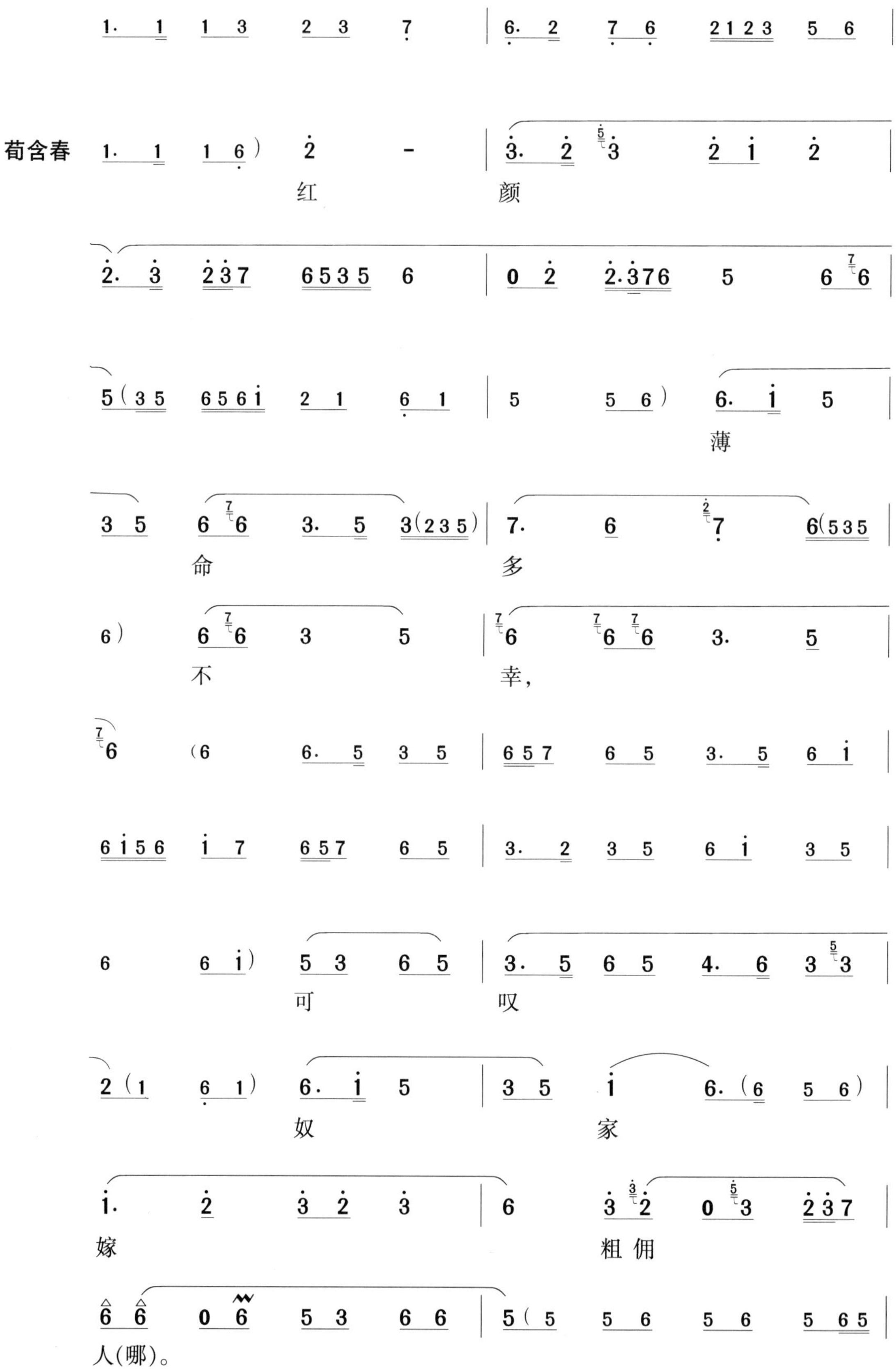
荀含春
红
颜
薄
命
多
不
幸，
可
叹
奴
家
嫁
粗 佣
人(哪)。

天雨花

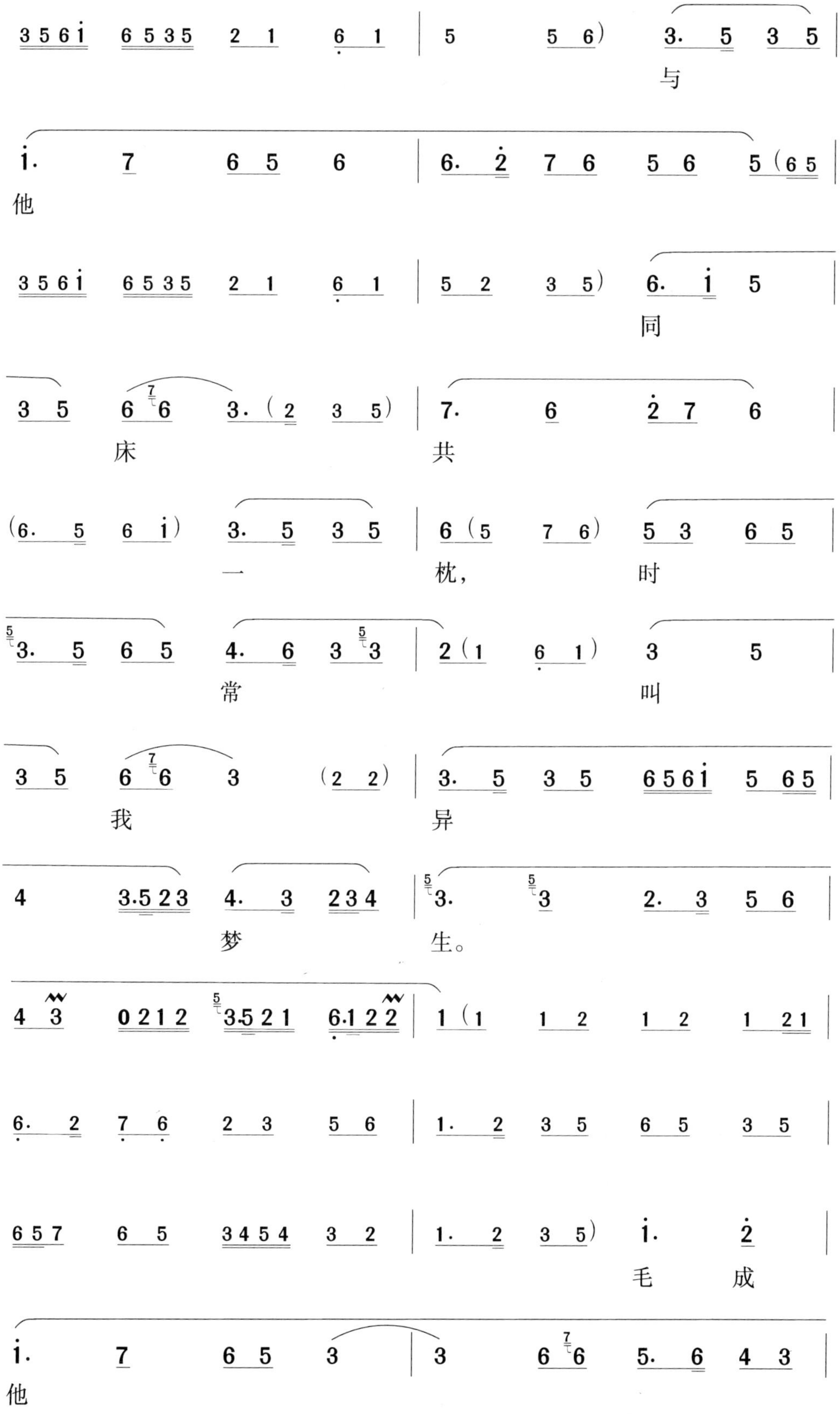

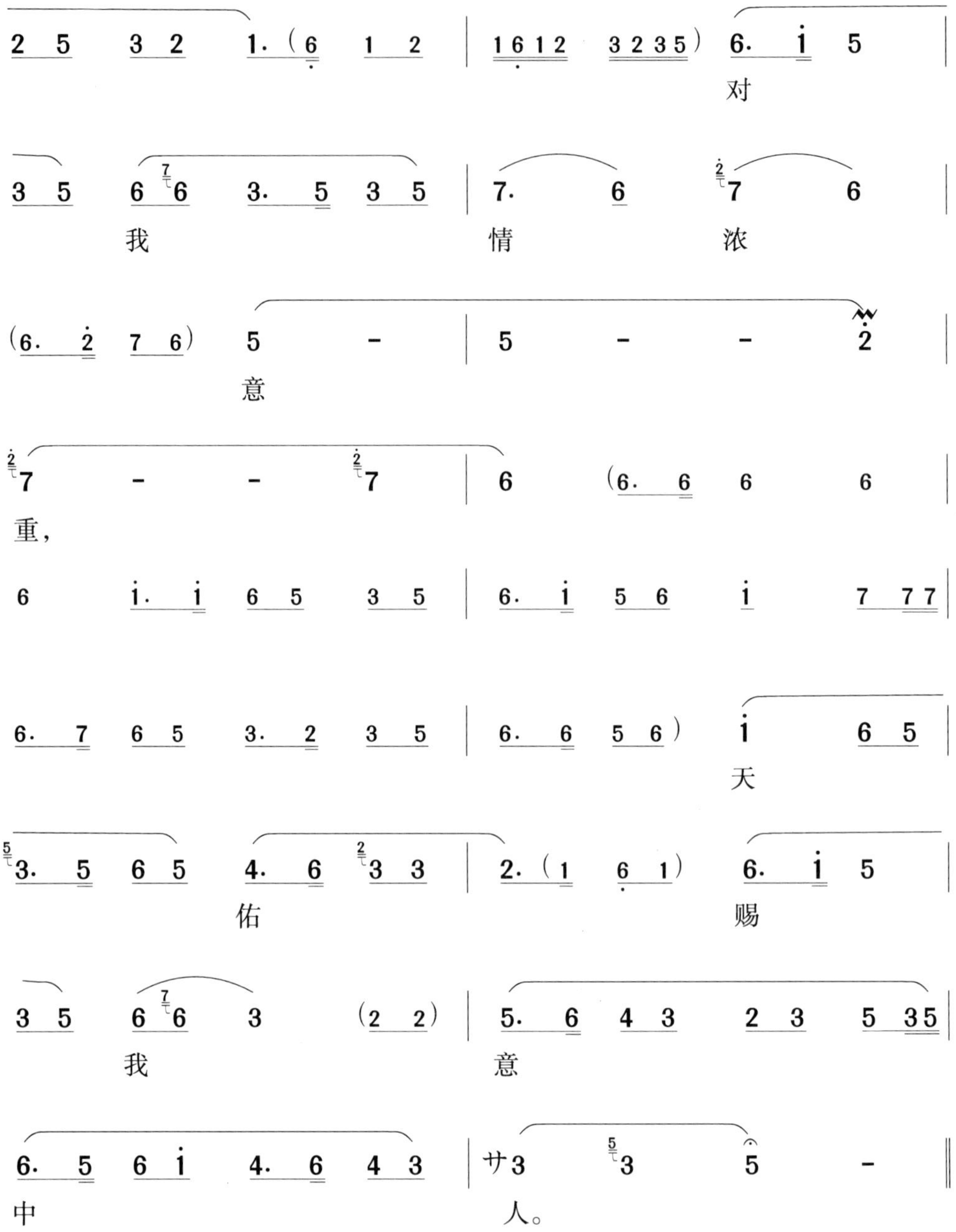

(京白)奴家荀含春，爹爹荀文古。可恨爹爹听信媒婆之言，贪图彩礼将我许配陈济川为妻。此人粗庸无比，更不晓夫妻之道。自从过得门来终日吵闹不休，真是度日如年。说来也巧，昨日有一位毛师爷前来吃茶，仗义把几个前来讨便宜的无赖赶走。我看他对我眉目之间似有情义，为此趁婆婆染病在床，我到外面照应生意。毛师爷若对我有情，今日定要前来吃茶，趁机再试探一番，我就是这个主意。

〔西皮摇板〕

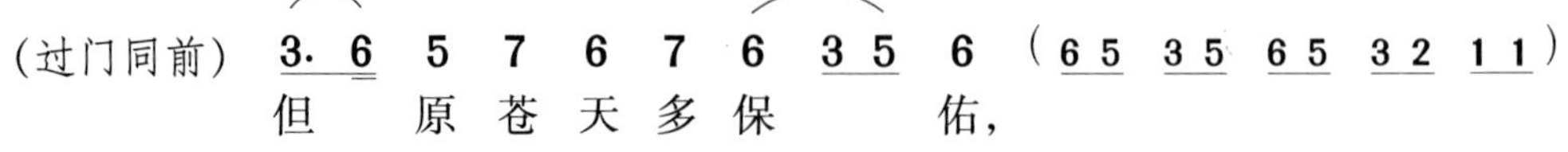

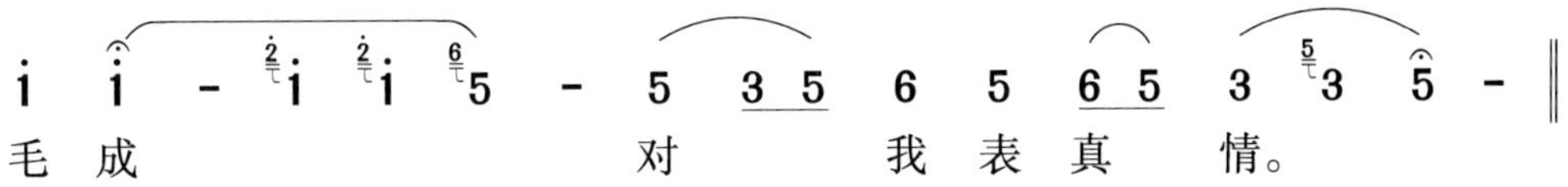

〔【小锣打上】陈济川“上场门”拿药包上。

陈济川　（京白）老母身染病，抓药尽孝心。（进门，看见荀含春在收拾桌椅）呔，你出来啦，这两天咱妈病啦，叫你到前面来帮我沏个茶倒个水照看照看生意，你可倒好，不但没帮我干什么，还尽给我惹事。就拿昨天说，你往这儿一坐，惹来些个不三不四的人找便宜。要不是遇见了毛师爷把那些个无赖赶走，咱怎能太太平平做买卖。得，今天也不早啦，你到后面把火点着。这是给妈抓的药，赶快把药煎好，快去。

荀含春　你在这说了半天是想叫我煎药是不是呀？

陈济川　是呀。

荀含春　这些事我都不会干。【小锣一击】

陈济川　什么，一个妇道人家连点火煎药都不会？

荀含春　不是我不会，我是怕你看我干活不顺眼，这也不是那也不好的。我看不如这样吧，你到后面去生火煎药，我在前面照应,要是来客人我再把你叫出来你看怎么样啊？

陈济川　（一想）那也好,我到后面去点火煎药，来了客人你叫我。（“上场门”下）

荀含春　我知道了。天不早啦，他也该来了，我也收拾收拾。（把椅子搬成“大座”）

〔【小锣抽头】毛成“上场门”上。

〔西皮摇板〕

毛　成　（过门同前）

毛　成　陈济川、陈济川。（边叫边进门，“挖下场门”，回头看见荀，荀喜）

荀含春　哟，敢情是毛师爷呀，您快请上坐。

毛　成　小娘子怎么是您一个人呀，您丈夫哪？

荀含春　我丈夫在后面烧火哪，我婆婆这几天病啦，家里没人，【小锣一击】我就出来照应着。您待会儿要是有什么事要办，您只管叫我当家的去办好啦。

毛　成　嗯，我……我明白明白。

荀含春　（向“上场门”里喊）我说毛师爷来啦，快沏一壶上好的龙井茶来。

〔陈济川一手拿茶壶一手拿茶碗由“上场门”上。

陈济川　怎么，毛师爷来啦。

荀含春　是啊毛师爷来了，你快去。（“下场门”下）

陈济川　（进门，把茶放在桌上，站在“大边”）毛师爷您来啦，这是给您沏的最好的龙井，您喝着。

毛　成　（品茶）陈济川这茶是不赖，你近来的买卖怎么样啊？

陈济川　（边倒水边回话）买卖到还可以，就是时常有些个无赖到这占便宜，吃茶不给钱，昨天要不是您在这把那几个无赖赶走，我老婆可就吃大亏了，我还得好好谢谢您哪。

毛　成　没关系，往后要是有人敢来捣乱，你只管去找我，量他们也不敢欺负你。

陈济川　得，有您这句话我就放心了。

毛　成　没什么没什么。（一想）陈济川，你能帮我办点事吗？

陈济川　瞧您说的，有事只管吩咐。

毛　成　好吧，我今天早上还没吃早饭，又喝了两杯茶觉得肚子空空地，想叫你给我买趟点心你看怎么样？

陈济川　那还不是小意思，不就是去买趟点心么，但不知道您要吃什么？

毛　成　吃什么……（想）你到鼓楼采芝斋给我买点绿豆糕你看行吗？

陈济川　吆，这趟可不近哪，我妈又病了，谁来照应哪？得啦，叫我们那口子她来照应照应吧。

毛　成　那合适吗？（给陈钱）

陈济川　遇见您这样的大好人有什么关系，您等会儿，我去叫她。（出门）我说家里的。

荀含春　（"上场门"上）什么事呀？

陈济川　我跟你说，毛师爷没吃早饭，叫我去鼓楼买绿豆糕去，我怕一时半会儿的回不来，叫你出来替我去照应照应，毛师爷可是个大好人哪。

荀含春　我知道了，你快去快回呀。（陈济川"下场门"下）

毛　成　有人吗？给我冲茶来。

〔荀含春进门两人对望，荀走至"小边"。

荀含春　来啦来啦，哟，怎么就您一个人在这儿坐着，我去取水去。（走一步）**【小锣一击】**

毛　成　原来是小娘子，何劳大驾，不知您可有空闲坐下来叙谈叙谈？

荀含春　要说空闲我可没有，要是伴着毛师爷说会子话那我们可是高攀了。

毛　成　真会说话，有话咱们坐下说。（毛成把自己的椅子搬出来与荀成八字坐）

荀含春　那我们先谢谢您啦。

毛　成　我说小娘子，我有句话想说，说得对不对的您可别生气呀。

荀含春　瞧您，有话就说，何必这么吞吞吐吐地。

毛　成　我想，就凭您这么如花似玉的美人，怎么会嫁给陈济川哪？

荀含春　唉，这就叫红颜多薄命，谁叫我是这个命哪，又有什么法子呀！

毛　成　法子到有，就不知小娘了愿意不愿意。（把椅子往近挪）

荀含春　那愿意怎么说不愿意又怎么讲哪？（把椅子往外拉）

毛　成　小娘子我对你实说，想我毛成祖居嘉兴，实属富豪，今天在仁和县当一名护印师爷，可算有财有势；如小娘子愿随我而去，我愿辞去师爷之职，我们一同回老家，我保你是享不尽的荣华富贵，不知小娘子意下如何哪？

荀含春　（假意）哈哈，我丈夫不在，我好心好意在这陪你说话，你竟敢调戏良家妇女，我一张状纸到公衙，管叫你吃不了兜着走！

毛　成　怎么你要告我，你告我什么，你告我调戏你有见证吗？到了衙门口我是干什么的你明白。这话又说回来了，我是看小娘子对我是有情有意才向你表白我对娘子的一片真情，如果小娘子对我真没这个意思，那就算我没说。得，你也别生气了，我这跟您告辞了。

天 雨 花

〔毛成欲走，荀拉毛的袖子。【小锣一击】

毛　成　得啦，刚才我该说的都说了，你倒是说句话呀，到底是有意还是没意呀？

荀含春　那我可得问问你，你可对我是真心吗？

毛　成　那还有假？刚才我把真心话都对你说啦，你就给我这个痛快话吧。

荀含春　你说你把我带回老家去，可是你是有太太的人，我要跟了你，那你太太可怎么办哪？

毛　成　只要你答应跟我走，我那口子你就别管了，我管叫她回老家。

荀含春　怎么你要她回老家？【小锣一击】得了，一不做二不休，今晚三更（耳语）……

毛　成　好主意，我现在就去雇船在江边等候，你可千万把你的衣服带来，二更天我在后衙门口等你。

荀含春　我知道了，那你走吧。

毛　成　我走啦。

〔毛成“下场门”下，陈济川“上场门”拿点心包上。

陈济川　毛师爷绿豆糕买来啦。

荀含春　看你买点心买了这么半天，毛师爷衙门有事等不及先走了。

陈济川　走啦，更好，给我妈吃。（往“大边”走，看见药煎糊了）（仓）哎呀我说你这婆娘，我叫你看着点药，你把药都煎糊了，妈还怎么吃？你知道吧这一付药得多少钱哪，你真是一个败家精哪！

〔王小三“上场门”遛上，进门，见夫妻吵架。

荀含春　你叫我在这照应生意，又叫我看着药，我顾得过来吗？

陈济川　你这个婆娘还有理了，煎汤熬药本来就是妇人家的事，你把药煎糊了还有理啦，真是三天不打上房揭瓦。（拿椅垫打荀）

荀含春　你敢打我？

〔【乱锤】二人对打。王小三劝架。陈母“上场门”上，归中。

陈济川　我打死你，你往后再这样好吃懒做，我还要杀了你那！

荀含春　哎呀他要杀我呀！（坐在“大边”地上撒泼）

王小三　你怎么要杀人呐！（将桌上的茶壶藏进怀中）

陈　母　休要胡言！

陈济川　王小三你干什么来啦，又偷我的茶壶来了。

王小三　陈济川我什么时候偷过你的茶壶，你们两口子打架还要杀人，你走着瞧。

陈济川　你给我滚。

王小三　（出门亮茶壶）这叫贼不走空。（　“下场门”下）

陈　母　媳妇你二人又因何争吵起来？

荀含春　婆婆呀！

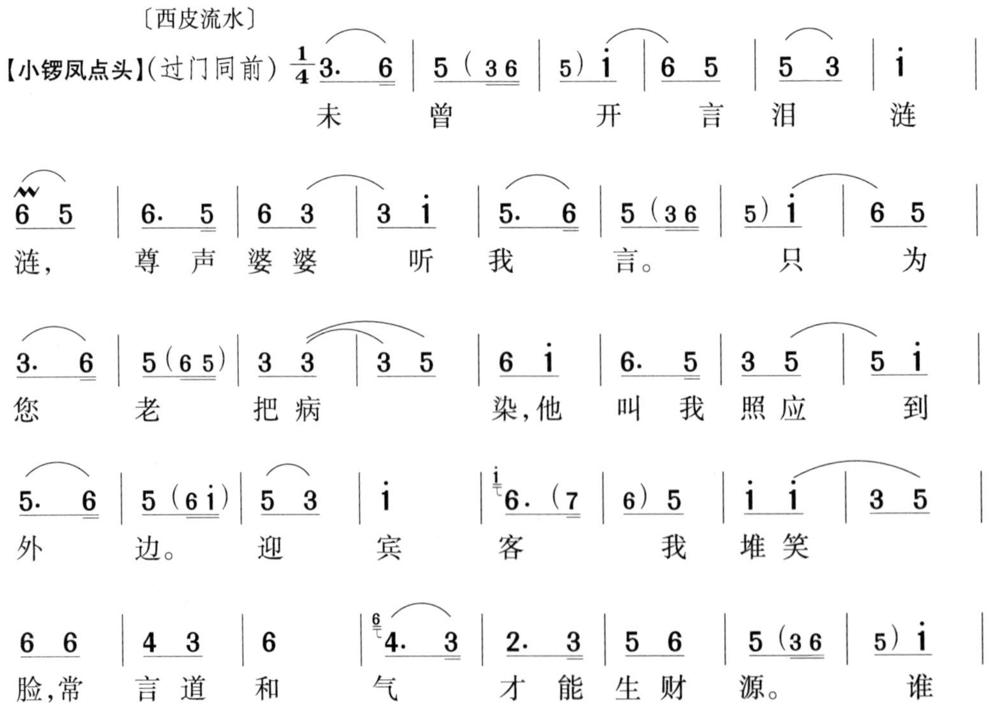

6 5 | 3. 6 | 5.（6）| i i | 3 5 | 6 7 | 6 5 | 3. 5 |
想他 骂 我 多下 贱,又 骂我 不守

3 5 | 3. 5 | 6. i | 5（36 | 5）i | 6 5 | 3. 6 | 5 |
妇道 甚是 不 贤。 拳 打 脚 踢

i i | i 5 | 6 7 | 6 5 | 5. i | 3 5 | 6 5 | 3. 5 |
披头 盖 脸,这 样的 残 暴我 怎能

6 3 | 0 i | 5 35 | 656i | 5（36 | 5i65 | 356i | 5）‖
活在 人 世 间。

〔西皮摇板〕

陈 母 【小锣凤点头】（过门同前）3 2 2. 1 1 3 1 2（65 55 36 55 32
听一言 来心暗转,

12）63 2 2. 1 1 2 - 2 0 12 16 i - ‖
埋 怨我 儿 理 不 端。

儿啊，夫妻吵闹时常有的，你不该胡言乱语。你今晚到为娘房中安歇，快去。

陈济川 这是您非要给我取这么个媳妇，忙没帮上，尽叫您生气了。

陈 母 有道是不孝有三，无后为大，为娘还要等抱孙孙呐。（陈济川“上场门”下）媳妇，好了不要哭了，你丈夫性情不好，少时为娘与你出气也就是了。你看天色不早，你回房去吧，为娘也要歇息去了。（“上场门”下）

荀含春 且喜三言两语骗过婆婆，我不免回房收拾收拾。（“下场门”下）

〖闭二幕。起三更。荀含春、毛成“下场门”上，荀背包袱手拿一只鞋，脱下原来的大坎肩和褶子，另换一件，把原来的大坎肩、褶子当“尸首”放“下场门”。

荀含春 哎呀我的妈呀，真是死人沉哪。把我的衣服给她换上了，你看，我的脚大她的脚小，这鞋她穿不得，我给她扔这儿一只，把尸首扔在江边，有人看见都以为是我死啦，叫陈济川打这场官司。

毛 成 好主意，你看天都快亮了，快走吧，船还在江边等着我们哪。

〖毛、荀圆场。船夫“下场门”上。

毛 成 船家搭扶手。（船夫搭扶手，毛成、荀含春上船【水声】）快开船直奔嘉兴。

荀含春 这可好了。（【回头】船夫摇船，三人“下场门”下）

〖乐队起五更。王小三“上场门”上，伸懒腰。

王小三 昨晚打了一宿的牌，手气可真不好，输了个精光，去江边洗把脸去。（走至“下场门”口处）哎，怎么江边趟着一个人，是个醉鬼吧。哎呀我的妈呀！怎么没有头啊？看这衣服到眼熟，真把他媳妇给杀了。我得快给他老丈人送个信。（走反圆场到“小边”）荀老伯快点开门，出大事啦！

〔【小锣打上】荀文古“上场门”上。

荀文古 是哪一位？王小三你有何事呀？

王小三 你快去看看你女儿叫陈济川给杀了，尸首现在江边。

〔荀文古大惊，【水底鱼】二人反圆场至“下场门”边幕处。

荀文古 （哭）儿呀……

〔西皮散板〕

【大锣凤点头】（ 7 6 - 6 5 3. 1 2 7 2 1 - ） 1 3 2
见 尸 首

2 2. 1 1 - 3 2 1 1 - 2 2. （ 7 6 1 2 - ）
不 由 我 珠 泪 难 忍， （仓）

1 3 2 3 2. 1 1 2 2 0 7 6 7 2 6 6 1 - ‖【住头】
是 何 人 杀 我 儿 尸 首 两 分？

不知何人将我儿杀死？

王小三 昨天我见你女儿和陈济川吵架，我去拉架，听陈济川说她要是再跟他打架就把她杀了，没想到真把她杀了。

荀文古 既然如此快去陈家要人。

〔闭二幕。【冲头】二人走圆场、叫门。

荀文古 开门，快开门。

陈济川 这是谁呀，大清早叫什么叫。

〔陈济川开门，荀文古打陈嘴吧，荀与王小三站“大边”。

陈济川 妈呀你快来，你看我老丈人来了就打我。（陈母“上场门”上）老丈人你来的正好，你不来我还要去找你呐，你那个女儿太好啦！

陈　母 亲翁来了？

荀文古 我来问你我那女儿呢？

陈　母 媳妇在她房尚未起床。

荀文古 怎么？尚未起床，好，唤她前来。

陈济川 我说家里的，你爹来啦，快起来吧。（往里一看）怎么没人哪？妈，媳妇不见了。

荀文古 怎么我女儿不见了，分明是你这个奴才将她杀死，你要与她偿命。走，你我公堂辩理。

〔【大锣水底鱼】所有人走圆场至“小边”站“一条鞭”。荀文古击鼓。

〔开二幕。正场一桌一椅“大座”，桌上放文房四宝、大印。【急急风】四青袍拿堂板与仁和县“上场门”上。归座。

仁和县 什么人击鼓，带上堂来。

青　袍　击鼓人上堂。

「荀文古、王小三到“大边”，陈母与济川“小边”，同跪。

仁和县　咳……你们来了这么些人，谁是原告谁是被告？

荀文古　小老儿乃是原告。

仁和县　怎么你是原告，有什么冤情一一讲来。

荀文古　小老儿有一女儿许配陈济川为妻，不知为了何事他将我女儿杀死了。

仁和县　怎么把你女儿杀死了？尸首今在何处？

荀文古　现在江边。

仁和县　打道尸场。

「闭二幕。所有人出门，仁和县上轿。**【水底鱼】**一翻两翻，仁和县下轿。“上场门”搬把椅子，仁和县坐下。

仁和县　仵作向前验尸。

「仵作到“下场门”拿一只绣鞋上。

仵　作　启大人，女尸一具有尸无头，胸前一刀丧命，现有绣鞋一只。

仁和县　呈上来。（仵作将绣鞋呈上，仁和县放入袖内）打道回衙。

「开二幕。公堂。**【水底鱼】**接**【回头】**众一翻两翻，仁和县归座。

仁和县　带荀文古上堂。

荀文古　参见大人。（跪）

仁和县　你说陈济川杀妻可是你亲眼看见？

荀文古　小老儿未曾看见，乃是王小三对我讲的。

仁和县　带王小三。

青　袍　王小三上堂。

王小三　参见大人。（跪）

仁和县　王小三，陈济川杀妻你亲眼看见的吗？

王小三　回老爷，昨天陈济川和他媳妇打架，他说要把他媳妇给杀了。今天早上就在他家后江边发现了媳妇的尸首，不是他杀的还有谁呀？

仁和县　可是实情？

王小三　句句实情。

仁和县　带陈济川。

青　袍　陈济川上堂。

陈济川　给太爷叩头。

仁和县　你老丈人告你无故杀妻还不从实招来！

陈济川　回禀大人，我们夫妻吵架是真，说要杀她也是真，那是一句气话，是谁杀了她我也不知道。

仁和县　人是苦虫，不打不招，来，用刑！

「**【冲头】**接两个**【撕边一击】**青袍用夹棍对陈施刑。

仁和县　有招无招？

陈济川　大人小人实实的冤枉。

仁和县　给我收。

「**【大锣搜场】**青袍用刑。

陈济川 受刑不过，招认了。

仁和县 叫他画供，松刑。

〔青袍拿纸笔让陈济川画供。

陈济川 供招是实。

仁和县 荀文古、王小三暂且下堂，陈济川打入死牢。

〔**【冲头】**荀、王二人“下场门”下；陈济川由青袍给戴上手杻，下堂遇见母亲。

陈　母 儿啊，你这是怎么样了？

陈济川 妈呀，我受刑不过招认了。

陈　母 儿啊暂受一时之苦，为娘与你喊冤。（**【冲头】**陈济川“下场门”下。陈母左右两看）冤枉！

仁和县 堂下何人喊冤，带上来。

〔**【慢冲头】**陈母上堂，至“小边”跪。

陈　母 与大人叩头。

仁和县 这个老太婆你有什么冤枉？

陈　母 乃是我儿陈济川的冤枉。

仁和县 你儿子陈济川无故杀妻，现有他亲笔供词，他有什么冤枉？

陈　母 我儿为人忠厚孝尽，况昨晚他与老身一房安睡，他是怎能杀人，望大人详情。

仁和县 嘟！**【撕边一击】**我要不看你偌大年纪，定要判罪与你，至少也要打你四十板子。来呀，把这个老太婆给我轰下堂去！退堂。

〔**【冲头】**四青袍两边下，仁和县“下场门”下。

陈　母 **【叫头】**且住！这狗官不问青红皂白，将我儿问成死罪，我不免去往府台大人台前告他一状便了。

〔**【扫头】**陈母“下场门”下。

第三场

〔空场。

〔**【回头】**船夫、四家将、左昇等“上场门”上，“站门”。

左　昇 大人接圣命，未见转回程。

〔（**嘟儿八大仓**）左维明内白：“众家将，回船。”

〔**【望家乡】**四龙套、来庆“上场门”上，站“一条鞭”。

〔**【快长锤】**左维明“上场门”上。

〔西皮流水〕

左维明 **【串锤】**（过门同前）$\frac{1}{4}$ 4 | 3（12 | 3）3 | 3 2 | 3 5 | 3 2 |

适 才 我 主 把 旨

3（12 | 3）1 | 3 2 | 3. 2 | 1 2 | 3 21 | 621 | 1 2 |

降， 他 封 我 八 府 巡 按 察 看 两 广 与

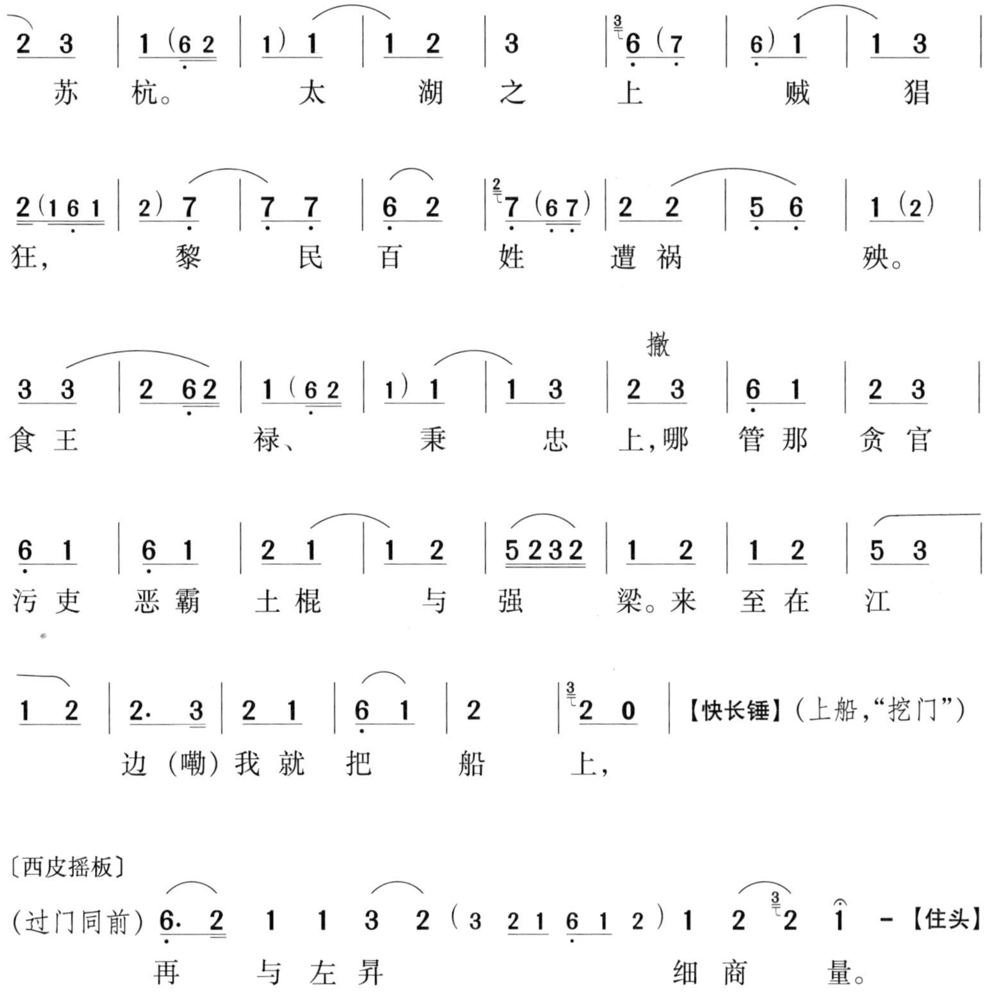

左　昇　参见大人，不知圣上是怎样传旨的？

左维明　蒙圣恩封我八府巡按查看苏杭二州，闻听人言此一带惯出强梁，民不聊生。我有意改扮书生模样，一路私访，你可代我前去上任。

左　昇　大人乃万金之躯，不可冒险。

左维明　我自有防备，不必多言，你我后仓改换衣帽，我带来庆下船私访，你代我前去上任。正是：（扎）巧装改扮去私访，左昇上任到钱塘！

〔**【软四击头】**左维明左脚踢蟒、右手抓袖亮相，“下场门”下。众随下。**【大锣原场】**

第 四 场

〔**【大锣原场】**仁和县、四青袍、四刽子手，陈济川身插监斩牌押“过场”。

第五场

〔【撤锣】【小锣打上】左维明、来庆"上场门"上。

左维明

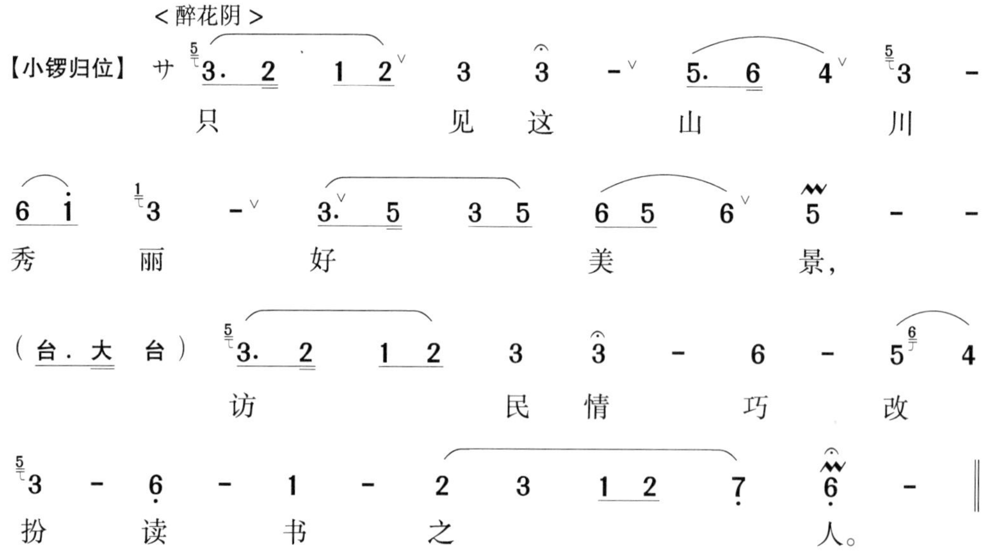

来　庆　(大　大　大大　乙　台)(摔箱于地)我不干了。

左维明　你这是怎么样了?

来　庆　别的大人出门不是骑马就是坐轿,你这个大人可好,就用两条腿走。你走不要紧,还连累我走,我一个月才挣一吊钱,走坏了一双鞋要一吊二。我不干了,您另请高明吧。

左维明　小小年纪懂得什么,这一带惯出强梁,我一路私访而来,老爷我要做个忠良。

来　庆　怎么您要做个忠良?那我就是个义仆啦。

左维明　既知义仆就不该将箱儿往地下一摔。

来　庆　您老不要生气,来庆把话来提,忙将箱儿背起,恕我年幼无知,且记、且记,就这一次,下不为例。

左维明　既然如此我们慢慢地走。【小锣二击】

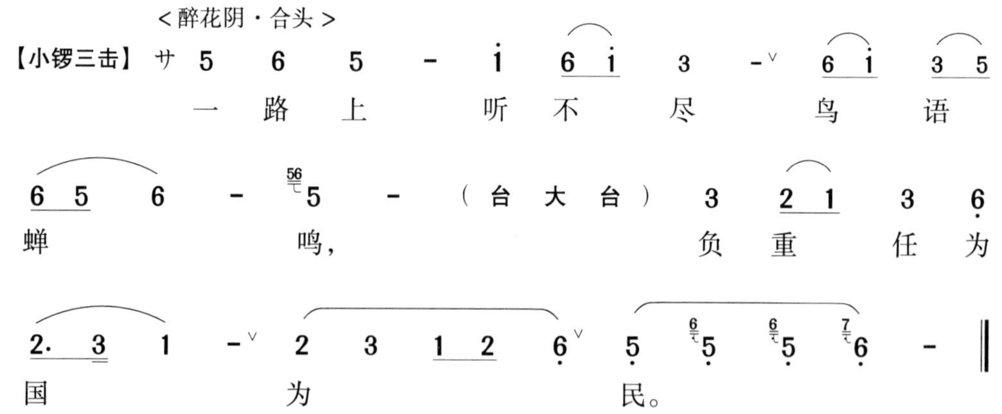

〔【小锣打下】来庆、左维明“下场门”下。

第六场

〔江边。

〔陈母“上场门”上。

〔西皮散板〕

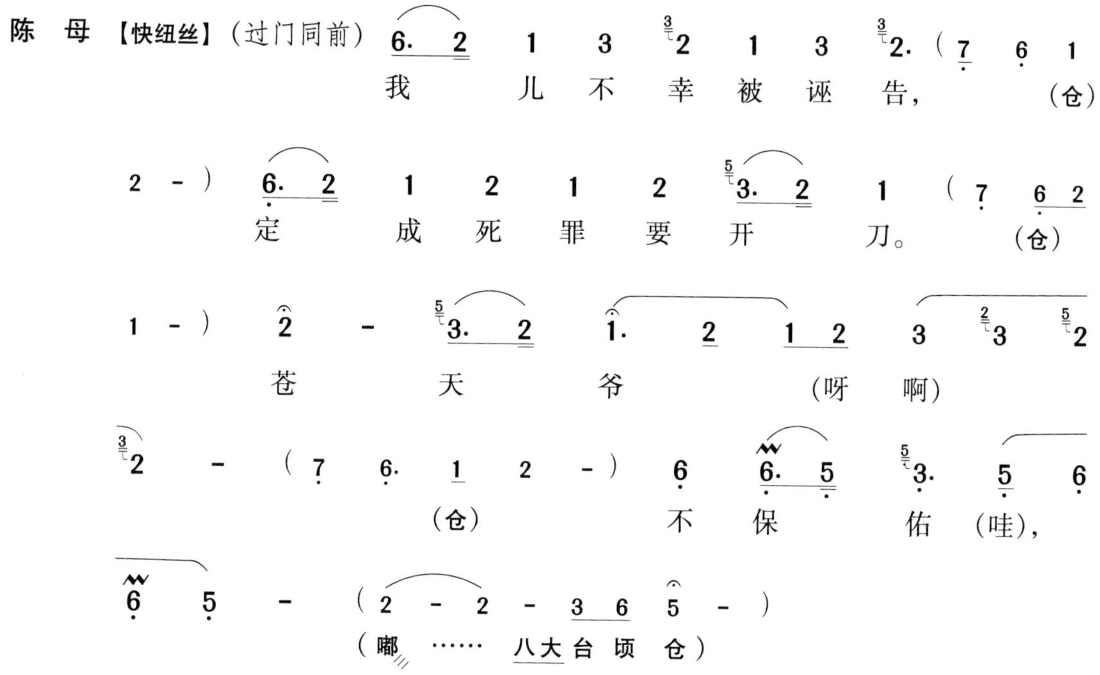

〔左维明“上场门”上。

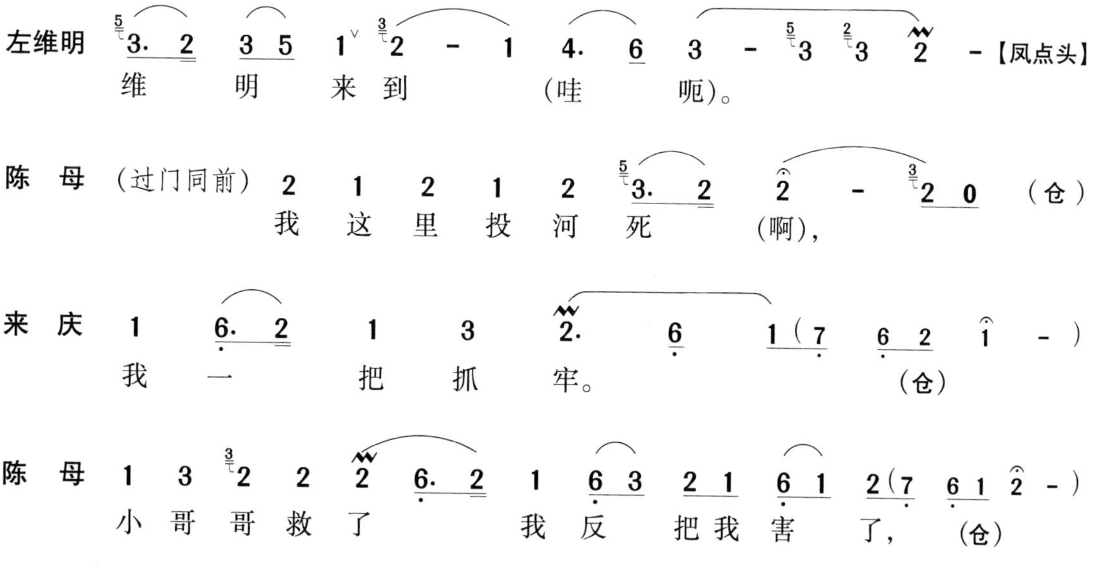

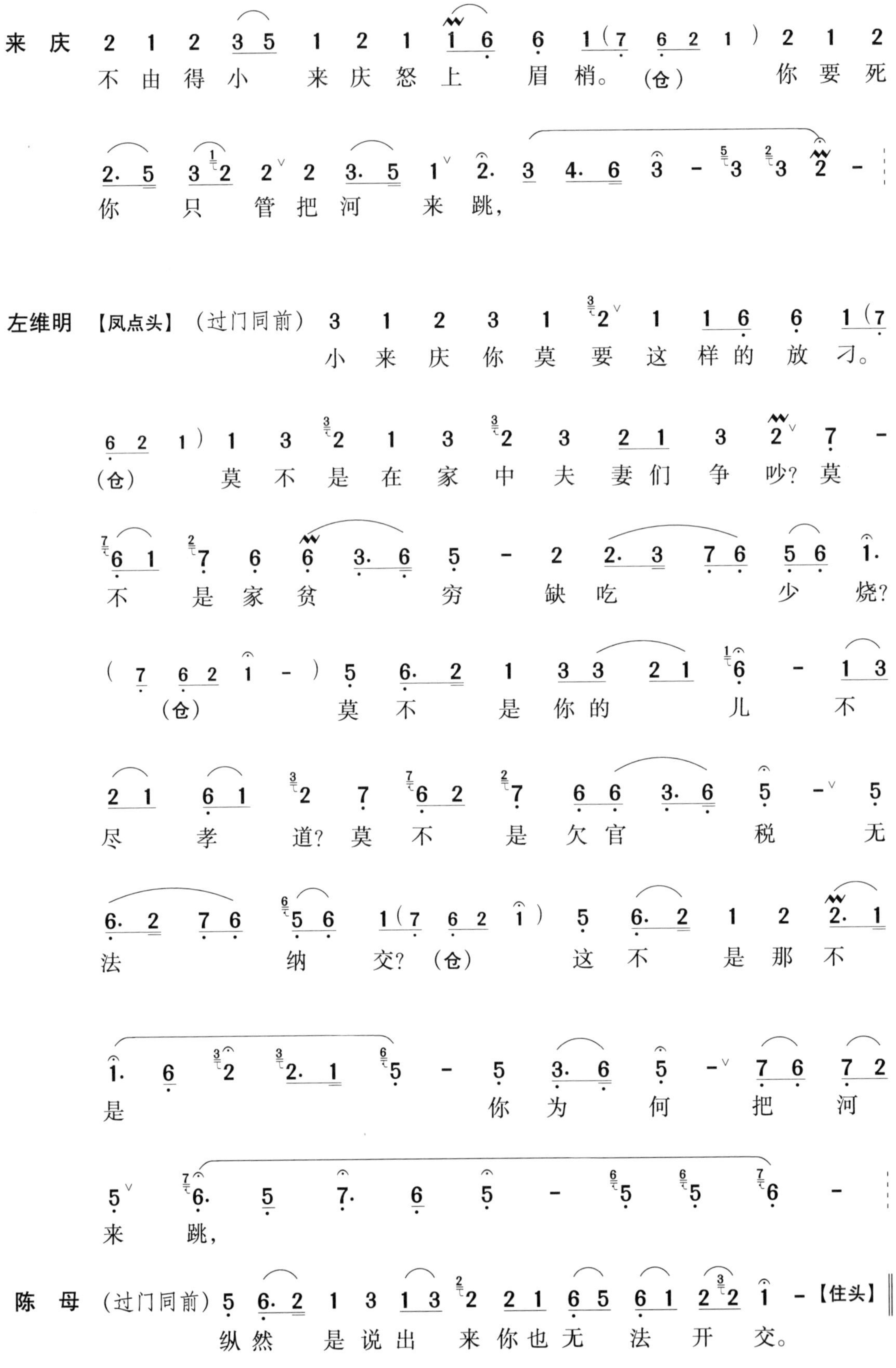
来庆
不由得小来庆怒上眉梢。(仓) 你要死
你只管把河来跳,
左维明 【凤点头】(过门同前)
小来庆你莫要这样的放刁。
(仓) 莫不是在家中夫妻们争吵? 莫
不是家贫穷缺吃少烧?
(仓) 莫不是你的儿不
尽孝道? 莫不是欠官税无
法纳交? (仓) 这不是那不
是 你为何把河
来跳,
陈母 (过门同前)
纵然是说出来你也无法开交。
【住头】

左维明 这位老妈妈，你有何为难之事，不妨说出来也许能与你分忧也未可知。
陈 母 客官若问，听了——

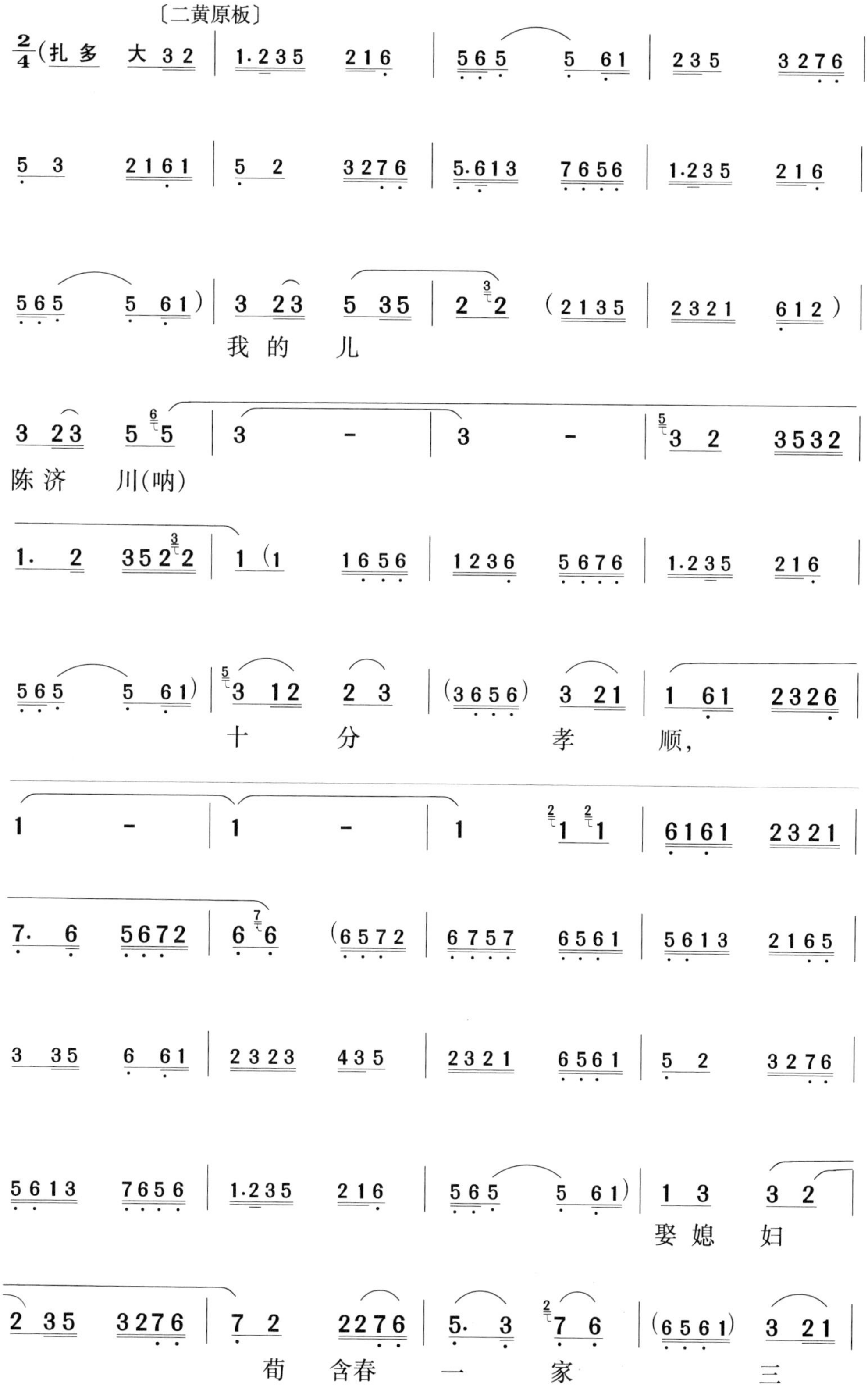

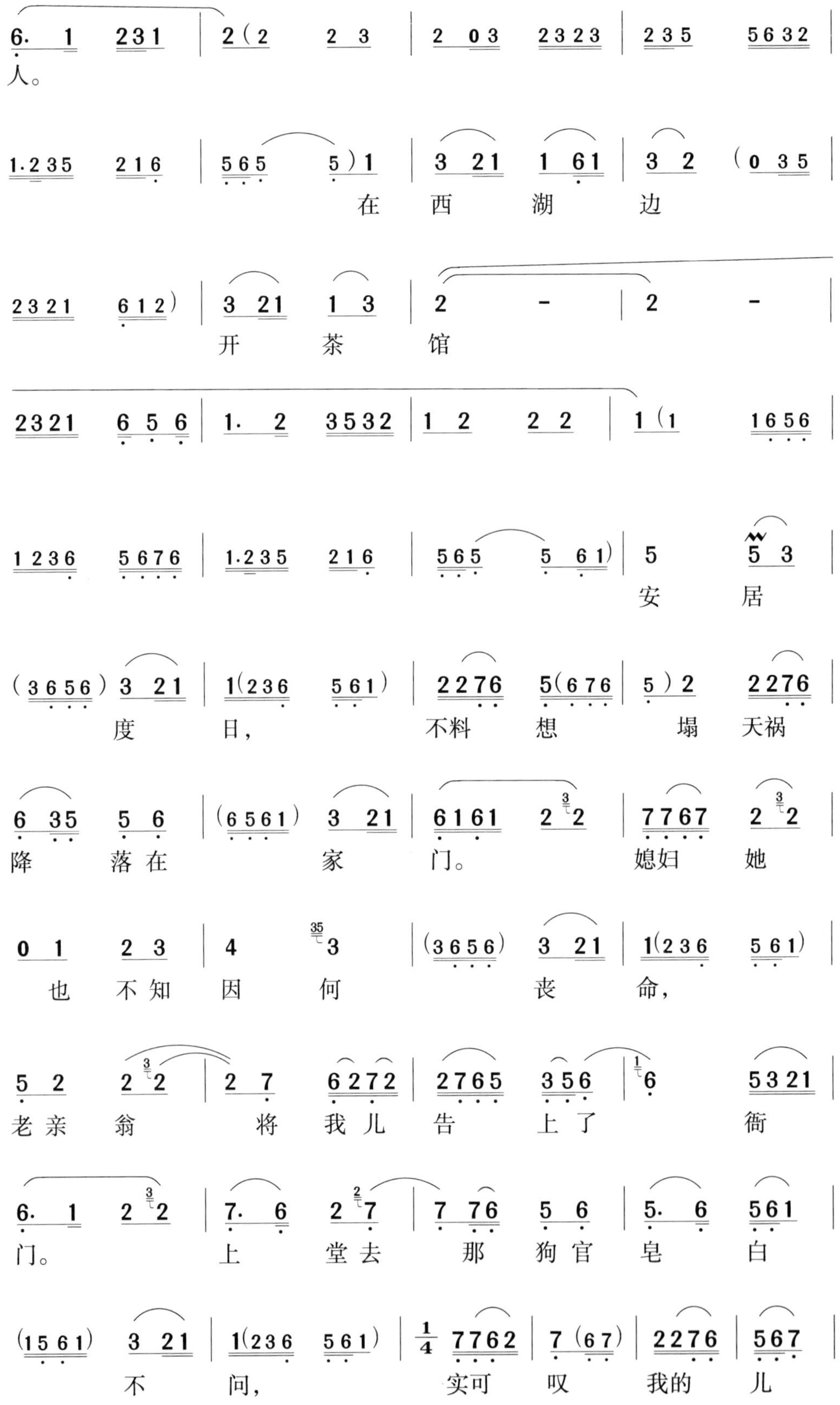
人。
在西湖边
开茶馆
安居
度日，不料想塌天祸
降落在家门。媳妇她
也不知因何丧命，
老亲翁将我儿告上了衙
门。上堂去那狗官皂白
不问，实可叹我的儿

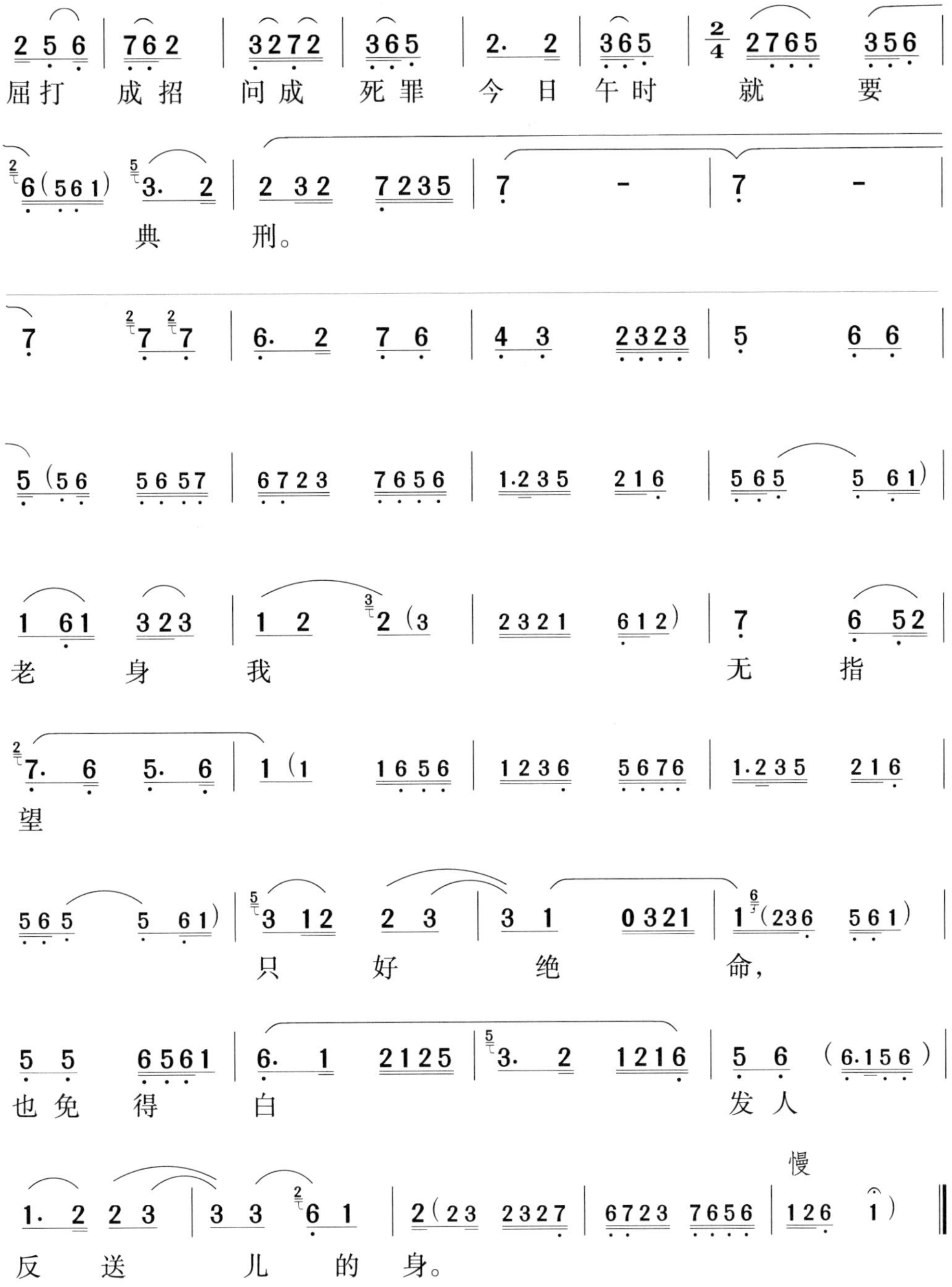

左维明 我当为了何事，原来人命关天，我也管他不了啊。

陈　母 既然你管他不了，我还是死了吧。（欲投江）

左维明 慢来慢来，要死也不能死在此处，不如你赶去法场与你那儿子死在一起，岂不是好？

陈　母 你言之有理，我赶往法场去了。

〔【扫头】陈母“下场门”下。来庆又摔箱子。

左维明 你又怎么样了？

来　庆 刚才你还说要做清官，这位老妈妈有这么大的冤枉你都不管，你算什么清官？我不干了。

左维明 你晓得什么，我们只听他一面之词难辨真假，你我赶到法场看个明白再管不迟。

来 庆 那我再对付两天。

〔【大锣打下】来庆背箱子跟左维明“下场门”下。

第七场

〔【缓锣】场上设高台，“下场门”摆虎头椅。

〔奏唢呐曲牌<小傍妆台>，四青袍、四刽子手、仁和县“上场门”上。仁和县上高台，曲牌止。

仁和县 天上冷嗖嗖，
地下滚绣球，（台·大 台）
大炮一声响，
本县有人头。（扎）
本县奉命监斩，来呀，将陈济川押上来！

〔【冲头】二刽子手押陈济川“上场门”上，至台中，面向里。

仁和县 叫他抬起头来。（陈抬头）验明正身绑至法桩。（刽子手将陈推向虎头椅）来呀，吩咐下去，有人祭奠早来祭奠，时辰一到，想见也难。

〔【水底鱼】陈母“上场门”上，奔向陈济川。

陈 母 哎呀儿啊，想你遭此不白冤枉，如今就要典刑，有什么言语对为娘讲上几句吧。

陈济川 【叫头】老娘啊、娘啊！实指望把您养老送终，谁想平白无故遭此大祸，儿今一死不关紧要，撇下老娘依靠何人哪？【凤点头】

〔西皮散板〕

（过门同前） 1 3 6. 2 1 2 1 3 2（1 6 1 2） 2
儿 今 一 死 不 要 紧，（仓） 抛

2 1 2 3 - 1 3. 2 1 （6 2 1） 6. 2
下 母 亲 靠 何 人？（仓） 养

1 3 2 2 2. 1 1 2 1 - 【哭头】 1 2 2 3
育 之 恩 难 报 定，

7 6 5 6. 5 5 7 6 - 6 6 5 -
老 娘 亲 （呐）。

〔【急急风】左维明、来庆“上场门”上。来庆坐台口边上，左维明站台正中，面

向观众。【快纽丝】

〔西皮散板〕

左维明 （过门同前）サ2 1 2 1 2 3 3 2· 1 1 3· 3 2（1 6· 1
法场上惨 凄凄悲不成声（呐）（呃），（仓）

2）6 6 3· 6 5 － 6 6 3· 6 5 － 6 6 5 5 3 1 －
不要 紧 不要 紧，你 放 心
（陈白：“我要紧！”） （陈白：“还不要紧呢！”）（转身面向

2 2 － 2 2· 1 6 1 2 5 3 6 1 2 2 1 －
不 要 紧。
陈济川）

【凤点头】2 1 2 2· 5 3 2 2 3 － 2 2 1 6 1 －‖
霎时间我 保 你 还在 人生。

仁和县 来呀！【凤点头】（过门同前）2 1 2 2 1 2 3 2 2 1 1 2（1 6 1 2）
快将这陈济 川刀下 丧命！（仓）

左维明 3 3 2 3 5· 3 3 2· 3 1 2 3 6· 1 1· 6 1 －‖【住头】
钢刀不 杀 （呀）无 罪的人（呐）。

（左维明背手向观众）

仁和县 怎么着，出来挡横的啦？我说你是什么人，在老爷的法场上这么摆来摆去的？

左维明 卑人久走江湖当仁不让，世上不平之事不知管了多少。方才在大街上闻得人言，那陈济川乃是忠厚大孝之人，不知犯了你的什么大法就要将他斩首？我劝你将他解下桩来，审清问明再斩不迟。

仁和县 什么？解下桩审清问明，你说此话真是吃了灯草灰——放你的轻屁。陈济川犯的乃是死罪，怎么能说改就改呢？

左维明 人命关天非同儿戏，难道你们这些做父母官的连点恻隐之心都无有吗？

仁和县 恻隐之心人皆有之，陈济川犯的乃是死罪，慢说是你，就是老爷我也救不了他，你说此话这不是混蛋吗！

左维明 你嘴里放干净些，不要骂人，律典上注着一款——凡有护刑者可以解下桩来重审重问。

仁和县 怎么律典上还有这么一条吗，老爷我到喇忽了。

左维明 （冷笑）哼哼哼……连律典都未曾读熟，竟敢出来做官，方才你骂我那两个字呀你到有点像呀。

仁和县 刚才我骂你什么来着？嗷，我骂你是个混蛋呐，照你这么说老爷我岂不成了混蛋了么？

左维明 岂敢岂敢。

仁和县 抬爱抬爱，什么乱七八糟的，你不是把我糟改透了吗？听老爷跟你说，你说你久走江湖，来到仁和县地面你就不打听打听、访问访问吗？
左维明 打听的什么，访问的什么？
仁和县 打听打听老爷我的官声如何？
左维明 有口皆碑，道老爷你好啊。
仁和县 老爷我好不是？
左维明 好一个完全的混蛋呐。
仁和县 你不要叫应了骂我，告诉你说，自从老爷上任以来，可称得是路不拾遗、夜不闭户、狱无冤囚啊！
左维明 你道狱无冤囚，这不是犯人吗？
仁和县 这个……不过是偶尔之事，常言道天作孽犹可为，自作孽不可活。陈济川犯的乃是死罪，怎算是冤囚。
左维明 我也不与你之乎者也，劝你将他解下桩来，重审重问。
仁和县 瞧，只顾跟你说闲话了，差点误了我的正事，来呀，将陈济川斩乞报来。
左维明 且慢！【大锣一击】邹衍下狱三年不雨，齐妇含冤六月飞霜，身为父母官儿草菅人命，难道你就不怕伤感天河？【大锣一击】
仁和县 什么是天河，哪个又是地河？爷就知圣命一到，要斩人头，慢说是你，就是老爷我也难保他的命。
左维明 孟子云“民为贵，社稷次之，君为轻”，难道说你就不能超度与他。
仁和县 老爷还不知道爱民如子，可是这个案子是三推六问且又是老爷我亲自审的，难道还屈赖他不成吗？
左维明 怎么，是老爷你亲自审的？
仁和县 那还有假。
左维明 怪不得他就倒了霉了。
仁和县 怎么我审得他就倒了霉了？
左维明 他身犯何罪？
仁和县 无故杀妻。
左维明 错了。
仁和县 怎么错了？
左维明 既然杀妻必然有故，无故怎么会杀妻？
仁和县 这个……不管他有没有故，反正他杀了妻了。
左维明 杀妻之后？
仁和县 弃尸江中。
左维明 可曾打捞上来？
仁和县 打捞上来啦。
左维明 检验是怎样丧命？
仁和县 胸前一刀丧命。
左维明 是快刀还是菜刀？
仁和县 我也不管它是快刀、菜刀、剃头刀、修脚刀，反正是把刀。
左维明 仔细地验一验可是他的妻室？
仁和县 你怎么这么糊涂啊，有尸无头无有面目你叫老爷我怎么验哪？

左维明 既然是有尸无头无有面目你怎知是他的妻室，是你糊涂啊还是我糊涂啊？

仁和县 这个，有他妻室绣鞋一只作为铁证。

左维明 可是从死尸足上扒下来的？

仁和县 不是。

左维明 可曾将那一只寻了来对上无有？

仁和县 无有。

左维明 他杀了人身上必有血迹，验一验他身上可有血迹？

仁和县 （不耐烦）也没有。

左维明 这把凶器他藏在何处可曾招出？

仁和县 不知道。

左维明 哎呀，这个也无有，那个也无有，就把好好一个人问成死罪？

仁和县 （抢说）是他亲口招认，难道还是老爷我屈赖他不成吗？

左维明 既是他亲口招认，这人头藏在什么地方他必然招认。

仁和县 你问这个人头哪？老爷我到是知道一点，想是他杀他妻子之时这刀不怎么快，一刀下去连着一点皮带着一点筋扔下江去,被大水冲过来冲过去把人头冲掉了也是有的。

左维明 这倒好办得很，你下来我也杀上你一刀，连着一点皮带着一点筋抛下江去，被水冲过来冲过去,我看它是冲得掉还是冲不掉。**【大锣一击】**

仁和县 老爷的脑袋岂是你当实验品的，这不是胡闹吗？你在法场上跟我耀武扬威的，你到底是什么人哪？

左维明 你看我像个什么人？

仁和县 我看你像个伶牙利齿破学党。自老爷上任以来本当将尔等一网打尽，怎奈苍天有好生之德,老爷我有容人之量,不忍伤害尔等,尔等就该知恩感德才是正理。怎么今天在法场之上一个劲地跟我咬言嚼字的，摸一摸你还有良心吗？

左维明 却又来，**【快五锤】**人生天地之间，全凭良心二字。为农者若无良心五谷不收；为商者若无良心必成奸商;为官者若无良心必不得善终。**【快住头】**像你这样为官专吸民脂民膏,陈济川一案实属冤枉,我劝你将他解下桩来,重审重问还则罢了,如若不然就是我也能致尔死命！

「来庆“上场门”暗下。

〔西皮摇板〕

左维明 **【快长锤·单楗凤点头】**（过门同前）

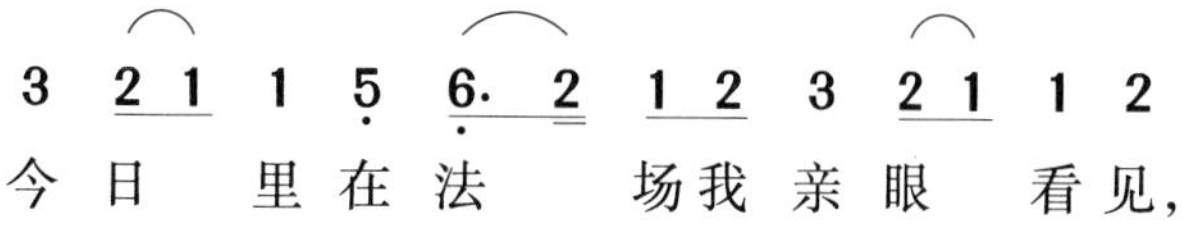

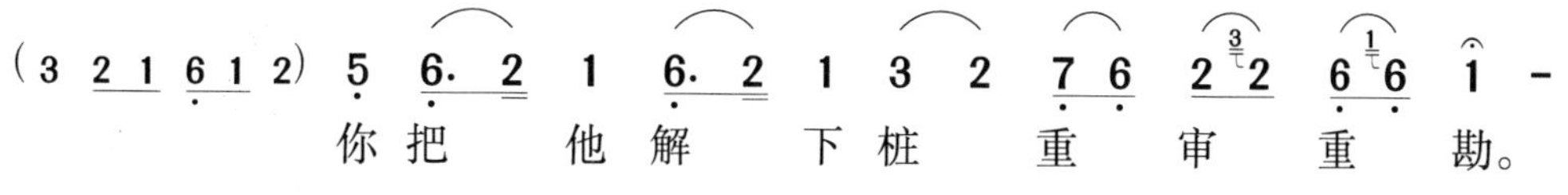

仁和县 **【凤点头】**（过门同前）

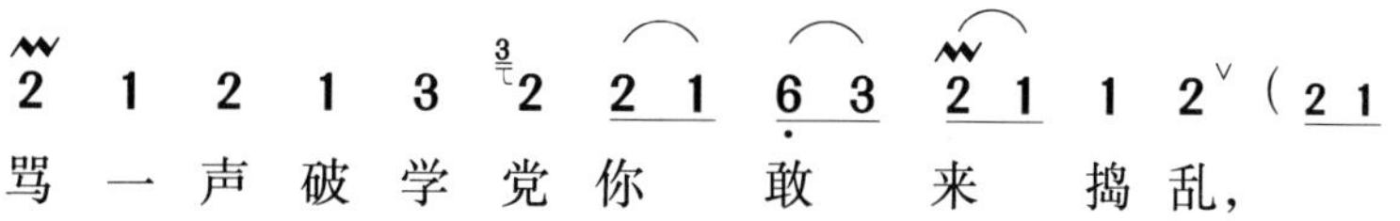

6 1 2 2） 5 6. 2 1 2 1 3 2 6. 2 1 2 1 -

怒 恼 我 管 叫 你 项 被 刀 餐。

左维明 【凤点头】（过门同前） 6. 2 1 2 3 2 2. 1 1 - 3. 2

骂 一 声 仁 和 县 瞎 了

2 1 1 - 1. 3 2 （3 2 1 6 1 2 1 6 5 5 5） 6 6

儿 的 狗 眼， 你 那

3. 6 5 - 1. 1 1 - 6 3 2 1 5 - 6 6

里 昏 沉 沉 不 认 得 泰

1 （3 2 1 6 2 1 1 6 5 5 5） 2 1 2 2. 5 3 2 2 （3

山。 我 本 是 左 维 明

2 1 6 1 2 0） 4 3 2 2. 1 4. 6 3 - 3 3 2 -

（顷 - 仓） 八 府 巡 按 （呐），

〔【乱锤】仁和县从高台掉下来，到“小边”台口。

仁和县 【凤点头】（过门同前） 5 6. 2 1 2 2 1 2 3 1 2 1 6 1 1 6 5 6 1 -

我 这 里 先 作 揖 后 叩 头 外 带 着 请 安。

左维明 【凤点头】（过门同前） 2 1 2 3 3. 2 2 （仓 0） 2. 1 1 2 2 -

陈 济 川 松 了 绑 打 道 察 院——

〔【快长锤】闭二幕，撤高台，摆公案。场上所有人“一翻两翻”。开二幕，左维明坐“小座”，陈济川与仁和县在“大边”台口相撞。

仁和县 死囚啊死囚！

〔西皮摇板〕

陈济川 【单键凤点头】（过门同前） 3 1 2 3 2 （2 1 6 1 2） 3 2 3 5

我 是 个 人 牌， 你 是 个

6. 2 1 (3 2 1 6 2 1) 1 1 6 5 6 1 -
地 牌， 他 是 个 大 天。

〔【单楗凤点头】四龙套、杭州府“上场门”上。

杭州府 （过门同前） 3 3 3. 2 2 3 3 2 -
来 在 衙 前 高 声 喊——

〔行弦〕
（仓大. |: 2161 | 2 3 | 2161 | 2 :| ）

杭州府 贵县哪！
仁和县 参见大人。
杭州府 我说贵县您这个差事怎么越当越回咯啦！按院大人在江边下轿，人家都去迎接怎么你不去哪？
仁和县 （指左维明）您往上看。
杭州府 （看）这个，哎吆，按院大人应红光满面，你看他面黄肌瘦、皮里抽肉、小辫发锈，这是个假的。
仁和县 怎么是个假的？可把我唬透了。来呀，给我绑了。（〔行弦〕止）
〔青袍绑左维明，杭州府、仁和县至“大边”把左夹在当中。

仁和县 【单楗凤点头】（过门同前） 2 1 2 1 3 2 3 1 1 6 6 1 -
大 胆 的 破 学 党 你 冒 充 长 官。

〔【急急风】四龙套、来庆、左昇“上场门”上，站“一条鞭”。

〔西皮散板〕
左 昇 （过门同前） 2 1 3 2 3 1 2 (6. 1 2 -) 1 3. 2 1 2 3
一 路 行 来 不 怠 慢， （仓） 不 知 大 人

2 1 6 1 (7 6 2 1 -) 5 3 3 2 2 2. 1 1 3 2 -
在 哪 边？ （仓） 来 到 察 院 用 目 看，

〔左昇见左维明，从杭州府、仁和县中间过去，杭州府、仁和县欲给左昇请安，左昇给左维明下跪。仁和县赶快给左维明松绑。来庆、龙套“挖”进去。

左维明 【凤点头】（过门同前）1 1 3 2 2 1 1 2 2 2. 1 6 1 1【住头】
叫左昇你与我 更 换衣冠。

〔（仓.才 仓 仓大.）接唢呐曲牌<小傍妆台>，八龙套"合龙口"，左维明、左昇下换装。杭州府与仁和县互相指责。左维明复上，归座，曲牌止。

〔西皮摇板〕

左维明 【凤点头】（过门同前）3 2 2. 1 1 1 3 2（3 2 1
开言我 把左昇唤，

6 1 2 1 6 5 5 5）6. 2 1 3 2 7 6 6 1 –
快 传知府与 县 官。

〔西皮散板〕

左 昇 【单楗凤点头】（过门同前）2. 5 3 3. 2 2 3. 2 2（3
站 在大 堂 高 声 喊，

2 1 6 1 2 1 6 5 5 5）6. 2 1 3 2 1 3 2. 6 1
大 人传唤莫迟 延。

（仓）（白）"杭州府、仁和县"5 3 5 1 2 – 2 2. 1 1 2 –
急忙进见。

杭州府 【单楗凤点头】（过门同前）5 6. 2 1 3. 3 2 1 6.
吓 得 我 得 得 得 得 战，

仁和县 1 6 1 3 2 2. 1 1（3 2 1 6 2 1 1 6 5 5 5）
我 腿 肚 子 朝 前 （呐）。

杭州府
仁和县 （二人同）5 3. 3 2 2 2. 1 1 3 2 –
躬身 施 礼 报 门 见，

〔【快长锤】切住，二人"挖"两边。

杭州府 杭州府——

仁和县 仁和县——

（同唱）（顷仓） 1 6 3 2 1 6 1 – ‖ 【住头】

把 大 人 来 参。

左维明 贵府贵县，陈济川一案是哪个审的？

仁和县 是卑职审的。

左维明 人犯可曾带齐？

仁和县 俱已带齐。

左维明 带陈济川。

左　昇 陈济川上堂

〔陈济川上堂跪下。

陈济川 参见大人。

左维明 陈济川，你为何无故杀妻？

陈济川 启禀大人，小人一向安分守己，只知开个茶馆挣俩钱孝敬我妈，也不知什么人把我媳妇杀了，老丈人说是我杀的，小人实属冤枉，望大人详情。

左维明 你岳父你叫什么名字？

陈济川 叫荀文古。

左维明 将陈济川带了下去，传荀文古。

〔陈济川下堂，荀文古上堂，跪“小边”。

荀文古 参见大人。

左维明 荀文古，陈济川杀你女儿可是你亲眼得见？

荀文古 小人未曾看见。

左维明 你既未看见为何告他杀妻？

荀文古 乃是王小三对我说的。

左维明 下去，带王小三。

〔荀文古下堂，王小三上堂跪“小边”。

王小三 小人与大人叩头。

左维明 王小三，陈济川杀妻可是你亲眼得见？

王小三 不是小人亲眼看见。

左维明 既不是亲眼得见为何告他杀妻？

王小三 大人是这么回事，只因他两口子吵架，我去劝架，陈济川说“我不但打你，我还要杀你呐”，第二天江边上有一具女尸，穿戴打扮和他媳妇一样，不是他杀的还是谁杀的？

左维明 哼，捕风捉影、妄作人证，定不是好人，暂押监中听候审问，押了下去。

〔青袍押王小三下堂。

王小三 我倒了霉了。（ “下场门”下）

左维明 何人验的尸首？

仁和县 仵作验尸。

左维明 带仵作。

〔仵作上堂跪“小边”。

左维明 可是你验的尸？

仵　作　正是小人验尸。

左维明　将尸检报上。

仵　作　是，江边女尸一具，胸前一刀丧命，有尸无头，有绣花鞋一只。

左维明　绣鞋何在？

仵　作　交给我们太爷了。

左维明　将绣鞋呈上来。

仵　作　太爷，按院大人要那只绣鞋。

仁和县　鞋，你放哪儿啦？

仵　作　我不是交给您了吗？

仁和县　什么交给我了，那鞋哪？（边说边找，结果在纱帽中找到绣鞋，呈上）

左维明　呈上来。（**八大仓**）（看鞋）贵府贵县，【**快五锤**】（杭州府、仁和县同跪）限尔等一月将那只鞋儿寻来还则罢了，如若不然提头来见，掩门。

〔【**冲头**】左维明及随员两边下。仁和县将要起身，被杭州府一指又跪下。

杭州府　嘟！【**撕边一击**】仁和县，本府限你半月将那只鞋儿寻来，如若不然提头来见。

〔【**冲头**】杭州府及随员两边下。

仁和县　（指青袍，青袍跪）嘟！【**撕边一击**】本县限你们七日将那只鞋给我找来，如若不然——什么乱七八糟的。

〔【**冲头**】青袍跟着仁和县“下场门”下。

第 八 场

〔县衙后花园。【**缓锣**】

〔左维明内唱。

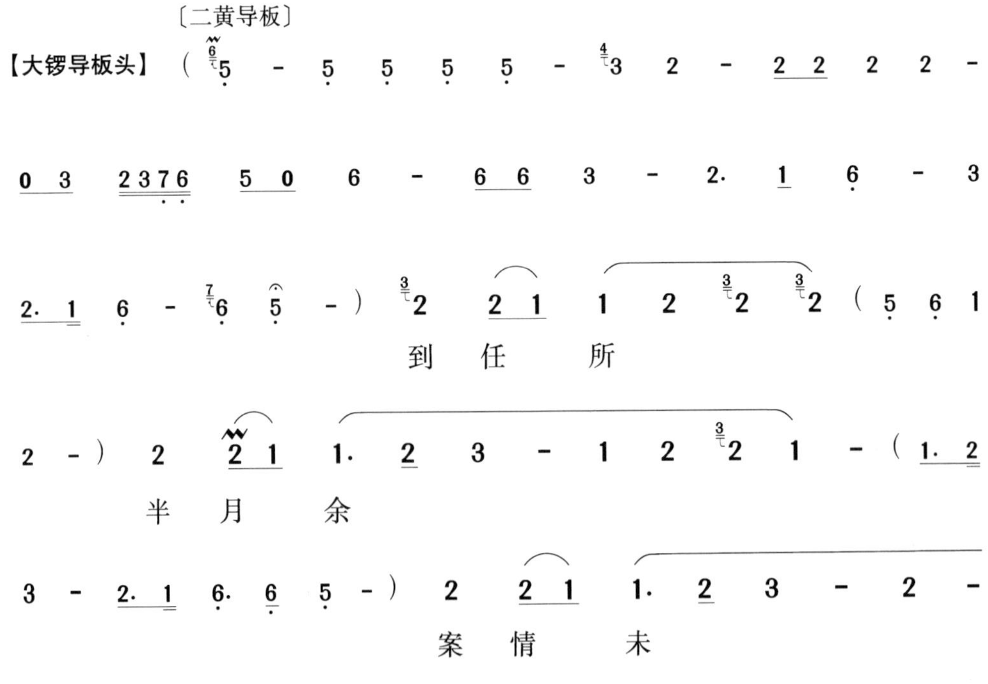

「【回头】左昇提灯引左维明上，至“九龙口”。

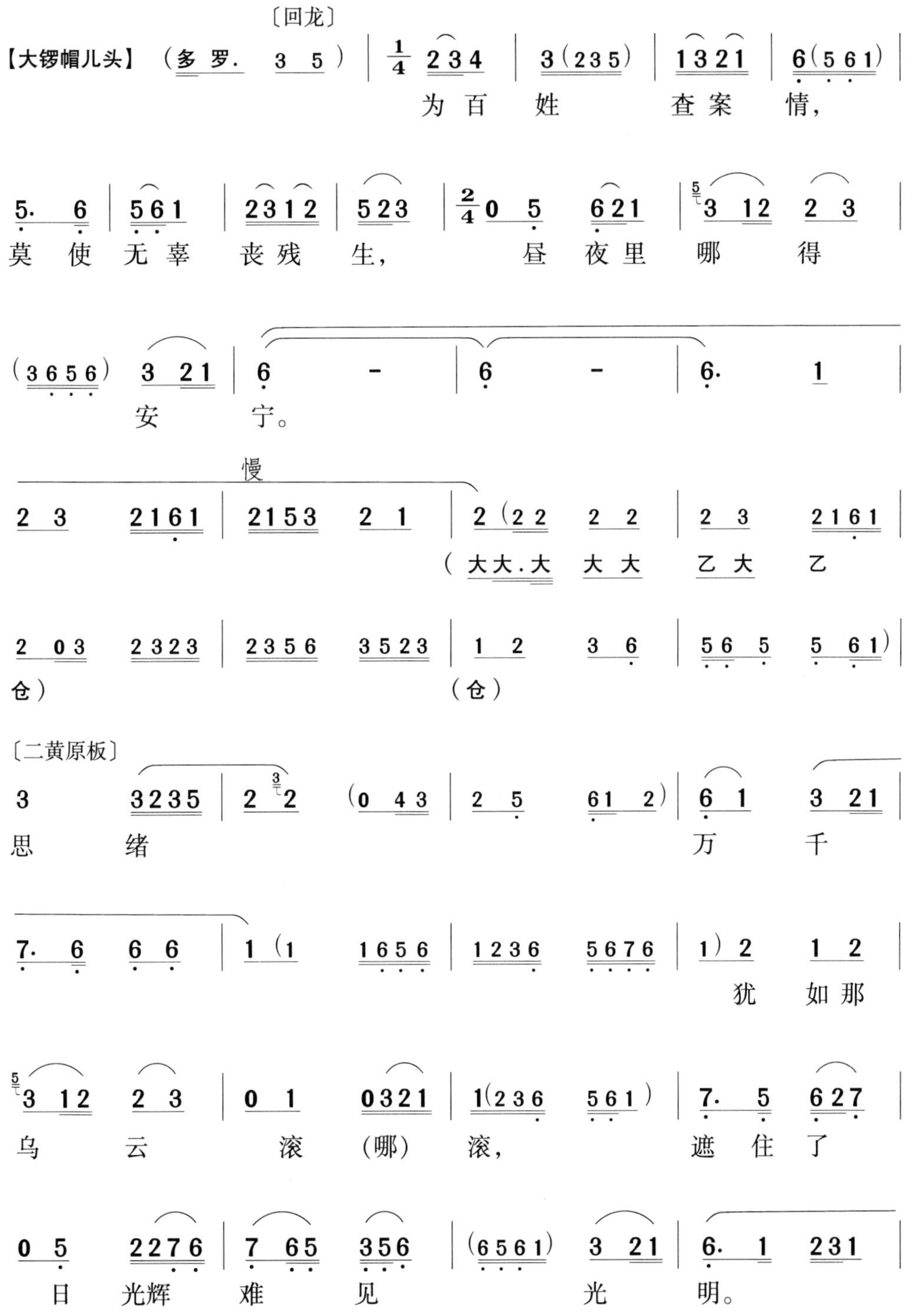

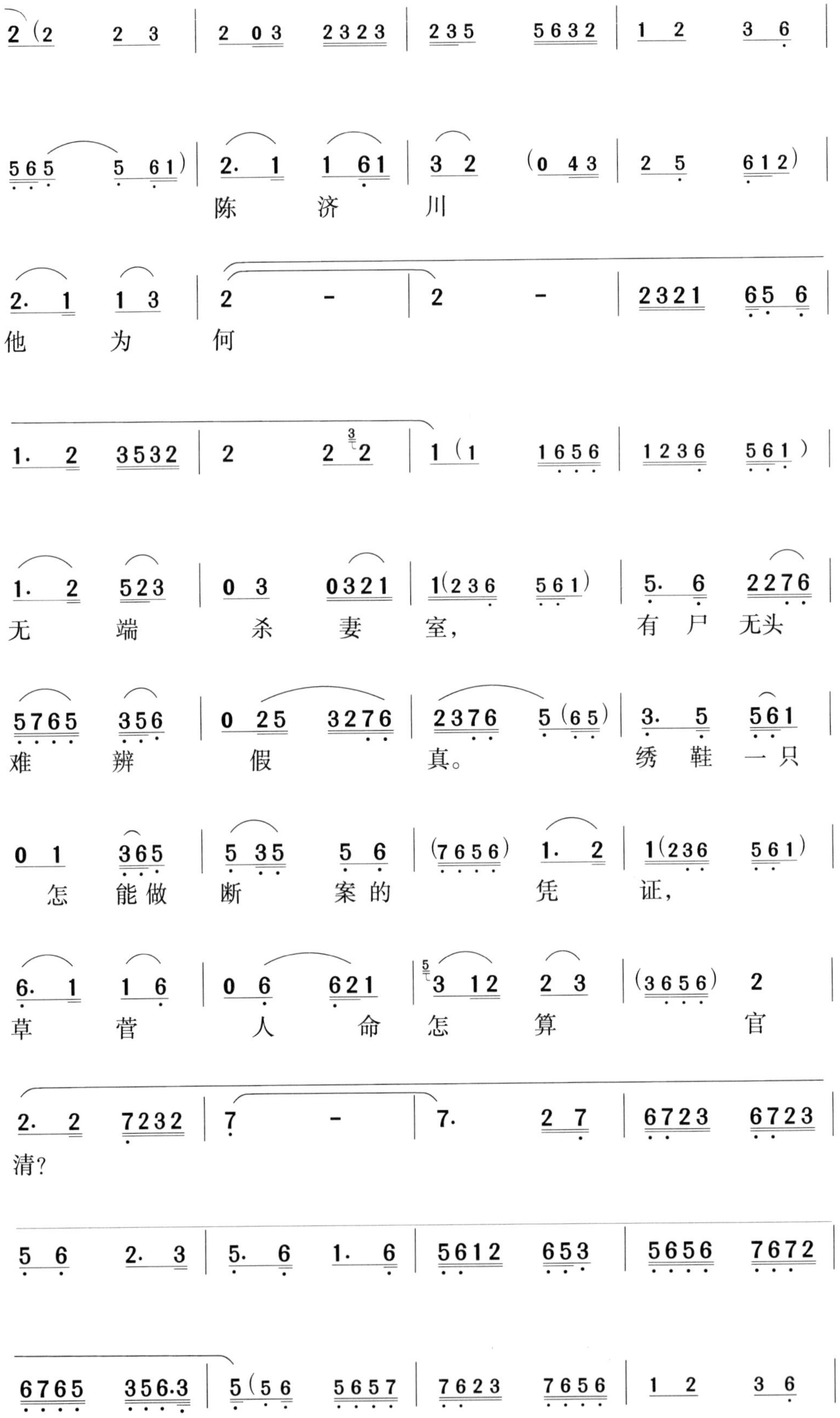
陈济川
他为何
无端杀妻室，有尸无头
难辨假真。绣鞋一只
怎能做断案的凭证，
草菅人命怎算官
清？

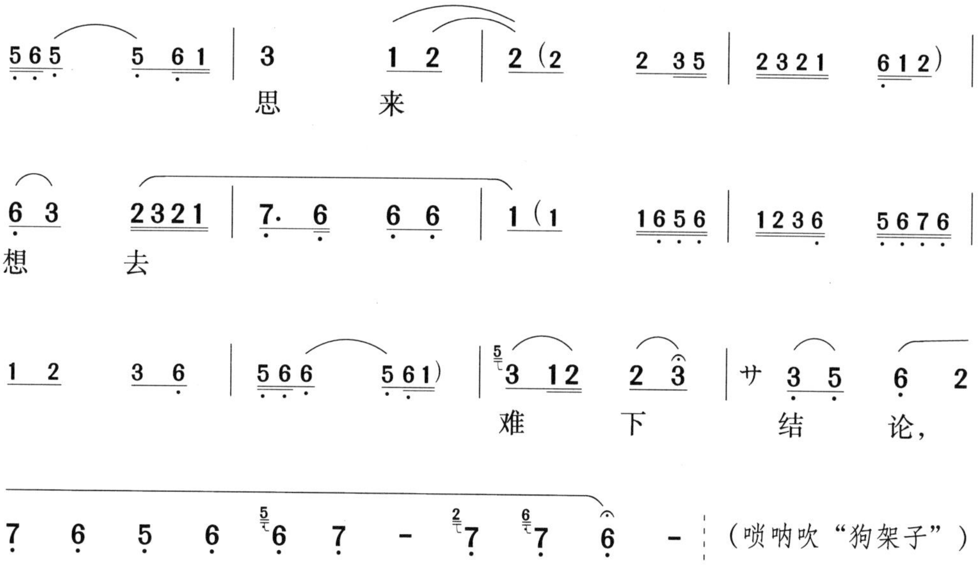

〔二黄散板〕

左维明 左昇，向前看来，那黄犬为何对树而吠？（左昇“下场门”下）

〔二黄散板〕

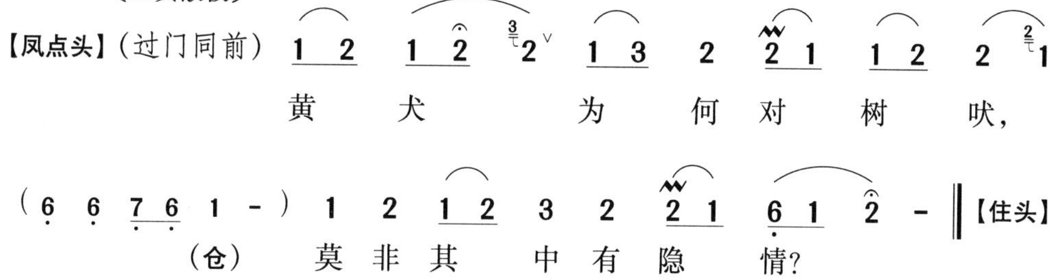

［左昇复上。

左　昇 启禀大人，见一黄犬对树而吠，并将桂花树下泥土刨动，露出衣衫物体。是小人寻来铁镐将土刨开，只见树下埋有人头一个，血衣一件，钢刀一把，特来报知。

左维明 你快去叫仵作前来。（左昇“上场门”下）这县衙后院竟埋有血衣人头，不知是何人所为？

［**【冲头】**左昇带仵作“上场门”上。

仵　作 参见大人。

左维明 罢了，起来。左昇领他前去观认是何人的人头。

［左昇带仵作“下场门”下。**【搜场·冲头】**左昇、仵作复上。

仵　作 启禀大人，人头虽然有些腐烂尚可辨认，是毛成的妻室朱氏的人头。**【撕边一击】**

左维明 毛成是什么人？

仵　作　毛成乃是前任冯大老爷的护印师爷。
左维明　此人如今何在？
仵　作　转回家乡嘉兴去了。
左维明　左昇，赏些银两。（左昇给仵作银）此事对外不可声张，下去。
仵　作　小人记下了。（“上场门”下）
左维明　左昇，我有意命你去往嘉兴搬请毛成前来护印。
左　昇　大人您这是何意？
左维明　你附耳上来。（与左昇咬耳）
左　昇　哦——，小人遵命。（“下场门”下）
左维明　正是：（扎）任你多奸巧，王法总难逃。
〔**【回头】**左维明“下场门”下。

第九场

〔毛成家客厅：一桌二椅。
〔**【小锣打上】**毛成“上场门”上。

〔西皮摇板〕
毛　成　（过门同前）3 ³2 1 1 1 3 ³2 6. 2 1 2 2（3 2 1 6 1
金 屋 内 藏 娇 娘 喜 之 不 尽，
2）1 3 ³2 2 2 1 1 2. ³2 6. 2 1 2 1 - ‖
叹 只 叹 门 楣 上 无 有 功 名。

〔**【小锣抽头】**左昇“上场门”上。

左　昇　（过门同前）3 2 1 6. 2 1 6 3 2 1 2（3 2 1 6 1 2）6. 2
一 路 行 来 细 打 听， 特
1 3 3. 1 2 1 2 ³2 1 -（2 1 7 2 1 0）‖
到 嘉 兴 请 毛 成。

前面已然问过，此处便是毛成的住所，待我叩门。（叩门）有人吗？
毛　成　是哪位？（出门，见左昇）
左　昇　请问此处可是毛成的住所？
毛　成　兄台贵姓，因何知道此处乃是毛宅？
左　昇　在下左昇，乃按院大人左维明的管家，奉了大人之命前来搬请毛先生前去为大人护印，不知毛先生可在？

毛 成 哎呀……原来是左管家大人，失敬了，在下便是毛成，快快请至寒舍叙谈。（【小锣五击】进门）兄台请坐。

左 昇 谢坐。

毛 成 请问管家大人上任因何未带护印师爷？

左 昇 再休提起，大人所带之人上了几岁年纪，来到此处水土不服身染重病已送还乡。闻得毛先生为冯大老爷护过印，因此命我前来相请，不知毛先生可愿前往？

毛 成 既然按院大人如此看重，小人岂能不去。

左 昇 如此甚好，（从袖内取出银票）这是三百两银票以做安家之用。公务要紧我们明日就走，不知毛先生是一个前去还是携眷而行？

毛 成 自然是携眷而行。

左 昇 如此甚好，明日我在江边码头候着先生，告辞。（左昇出门欲走）

毛 成 啊管家大人请转。

左 昇 兄台何事？

毛 成 我跟您打听一点事，我在仁和县护印之时有陈济川杀妻一案，不知是怎样发落？

左 昇 我家大人到任之后已将陈济川正法典刑了。

毛 成 大人果然爱民如子。

左 昇 我告辞了。（“下场门”下）

毛 成 好，明天码头见。（进门）哈哈哈想不到我毛成时来运转，是官运亨通啊。我说家里的快出来呀！

荀含春 啊哈，【小锣打上】自嫁毛成遂心愿，吃喝玩乐我占先。当家的坐着。

毛 成 坐着坐着，哈……

荀含春 瞧你高兴的，一定是什么喜事吧？

毛 成 我跟你说，人要是走运城墙都挡不住呀。刚才按院大人左维明派人前来请我去护印，这不是一件天大的喜事吗？

荀含春 喜倒是一件喜事，可是你走啦我怎么办哪？

毛 成 哎呀我哪能把你一个人留在家呀，要去自然是咱俩一块去。

荀含春 那可不行，不是还有那件案子吗？

毛 成 你放心吧我问过了，左管家说已然将陈济川典刑啦。

荀含春 这我可就放心了。

毛 成 你快去收拾收拾我们明天一早就走，我去看看左管家去。

荀含春 我说我有帮夫运吧，你看你的运气就来啦。

〖【小锣打下】二人分下。

第十场

〖左维明厅堂：一桌二椅。

〖【快长锤】左维明“上场门”上。

〔西皮摇板〕

左维明 （过门同前） 6 3 2 1 6· 2 1 3 1 2 2 0 （3 2 1 6 1 2）1
只 为 案 情 多 查 问， 左

3 2 1 1 2 - 2 0 （3 2 1 6 1 2）1 2 1 - ‖【住头】
昇 前 去 请 毛 成。

〔【快冲头】左昇“上场门”上。

左　昇　参见大人。

左维明　回来了，搬请毛成怎么样了？

左　昇　毛成请到。

左维明　他是一人前来还是携眷而来？

左　昇　他是携眷而来，那一妇人油头粉面，大人还要留心一二。

左维明　知道了，有请毛先生。

左　昇　大人有话，有请毛先生。

〔【小锣打上】毛成“上场门”上。

毛　成　管家何事？

左　昇　我家大人唤你，随我进来。（二人进门，毛成站“大边”，左昇站“小边”）上面就是我家大人。

毛　成　大人在上，小人毛成参见大人，这厢有礼。

左维明　毛先生免礼。

毛　成　谢大人。

左维明　毛先生，前者可是你与冯大老爷护过印来？

毛　成　正是小人护印。

左维明　住在哪里？

毛　成　就住在这衙内。

左维明　前衙后衙？

毛　成　前衙第二间。

左维明　这就是了，你此番前来是一人还是携眷？

毛　成　小人是携眷而来。

左维明　怎么毛娘子也来了，快快请来相见。

毛　成　贱内长得丑陋不堪，冲撞大人那还了得。

左维明　不妨事，彼此都是个人呐。

毛　成　（出门向“上场门”喊）家里的快来！

〔左昇至“大边”。（**大大　大大　乙　台**）荀含春拿扇子“上场门”上。

荀含春　你干什么去了把我扔下不管了？

毛　成　我去见大人去啦，大人说要见见你呐。

荀含春　得了吧，我没见过官，见了官说不出话来，我不敢去。

毛　成　你哪知道这位大人没有官架子，说话和气着呐。

荀含春　我问问你，这位大人是个年纪轻的还是个年纪老的？

毛　成　你问他年纪轻年纪老干什么呀？

荀含春　你哪知道,要是年纪轻的我说话得规规矩矩,要是年纪老的我说话就可以随随便便啦。

毛　成　嘿，可真有你的，他是个年纪轻的。

荀含春　怎么他是个年纪轻的吗？（一想）瞧啊，一路行来我也没洗个脸我去洗个脸吧。

毛　成　来不及啦。

荀含春　那我去换身衣服梳梳头啊。

毛　成　大人等着呢，你回来，这样不是很好吗？

荀含春　你倒是给我看看这花歪不歪呀。

毛　成　不歪不歪，快跟我进来。

〔毛成领荀进门，毛站“大边”，荀站“小边”，左维明坐在中间悠闲地耍着扇子。

毛　成　上面就是大人，还不上前见礼。

荀含春　大人在上小妇人有礼了。（施礼、抬头，与左维明四目相对）**【小锣一击】**

左维明　毛成，看你不出竟有这样一位标致的夫人？

毛　成　徐娘半老不堪入目。

左维明　你的艳福不浅那。左昇，给毛娘子看座。

荀含春　大人在此哪有我的座位？

左维明　有话叙谈，哪有不坐之理？若站坏了你的两只脚**【小锣一击】**（用扇子指荀的脚）那还了得。

荀含春　那我们就恭敬不如从命，我再谢谢您呐。（坐下）

左维明　左昇，就在衙内打扫两间房屋给毛先生与毛娘子居住，你带毛先生前去打扫，毛娘子在此等候。

左　昇　是，毛先生随我来。

〔毛成随左昇出门，左昇下，荀含春跟出。

荀含春　你去干什么？

毛　成　我去打扫房间。

荀含春　那我哪？

毛　成　你在这陪大人说话呀。

荀含春　得了吧，大人年轻我也年轻，衙内人来人往的，叫人家看见有多么观之不雅呀！

毛　成　得啦，我升官发财都靠你啦。（边说边从“下场门”下）

荀含春　哎呀慢着，我只说这位大人是七老八十，没想到他长的是又白又嫩说话又好听，真是难得呀！（边说边进门）

左维明　毛娘子请坐下讲话。（荀坐下）你娘家姓什么？

荀含春　我娘家姓张。

左维明　你与毛成是从小的夫妻还是半路的夫妻？

荀含春　我们是从小的夫妻，不单是从小的夫妻，我们还是抓鬏夫妻呐。

左维明　前者他与冯大老爷护印也是你随他来任吗？

荀含春　对啦，也是我跟随他来的。因为家里没人他走到东我就跟到东，他走到西我就跟到西，我们是恩爱的夫妻一步也离不开呀。

左维明　但不知你们住在哪里？

荀含春 就住在衙内呀。
左维明 前衙后衙?
荀含春 后衙第三间。
左维明 错了。**【小锣一击】**(荀吃惊)
荀含春 哟，怎么错了呐?
左维明 方才他言道前衙第二间，你又道是后衙第三间，岂不是错了?
荀含春 大人您不知道我是个乡下人没见过官，头一次见您这么大的官。见了官我怯官怕官，见了官说不出话来，我本当说前衙第二间，可是您拿话这么一赶落，我心一发慌，就说出了后衙第三间了，这是嘴不好，打嘴打嘴。(自打嘴巴)
左维明 说错了一句话也算不了什么，我们再往下讲。
荀含春 对啦咱们再往下说，别听我的还是听您的吧。
左维明 本院此番不曾携眷而来，早晚间还有用你的地方啊。
荀含春 怎么您还有用得着我的地方么?(心喜)
左维明 我今天就要用你。
荀含春 怎么您今天就要用我?
左维明 马上就要用你。
荀含春 怎么，马上就要用我?大人我们可是现成的。
左维明 好好好,(起身在桌上拿一件衣服)我这里有袍服一件已经绽开了线,你与我缝上一缝。
荀含春 (由狂喜而失望)吆，大人您就是这样用我哇?
左维明 啊，就是这样的用你，你当怎样的用你呀?(肃正地)
荀含春 (不得不转变口气)可不是吗,想我们妇道人家浆浆洗洗缝缝连连的不是我们的本分吗?
〔荀拿过袍服转身放在桌上。**【小锣打上】**左昇“下场门”上。
左　昇 启禀大人，房屋已经打扫干净，毛先生请毛娘子前去。
左维明 知道了。
左　昇 (看左大人无反应，又对荀含春)啊，毛娘子，毛先生在那里等你前去。
左维明 混账，方才已经言过知道了，怎么还在此处絮絮叨叨，讨厌得很，还不退下。
〔左昇出门至“大边”望里看。
左　昇 哎呀，我家大人从来无有这个毛病哪。**【小锣五锤】**(“下场门”下)
左维明 啊毛娘子，既然你丈夫在那里等你，你就请便吧。
荀含春 大人，我这就走吗?
左维明 好歹住在衙内，见面之时多得很呐。
荀含春 那我就跟您告辞啦。(抬脚欲出门又退回。左维明面对荀的背后态度严肃，面对面时转为笑脸)我说大人我今儿走啦往后您这儿我还能来吗?
左维明 怎么不能来，你可常来常往。
荀含春 怎么我可以常来、常往吗?
左维明 有道是长线放远绕——
荀含春 嗷,长线放远绕,那我先走了。(刚出门又回去)大人我要是来的时候没人拦我吗?
左维明 我对他们言讲，不许拦阻与你。
荀含春 对啦，你可告诉他们可别拦着我。
〔荀含春出门，又想回去，摇摇头出门。二人同时打扇子，左维明右手拿扇子往

“大边”跨三步；荀含春左手拿扇子往“小边”走三步。（扎扎台）两个相看，左维明“下场门”下。

荀含春 哎呀慢着,这位大人气度不凡,我荀含春要是有这么一个丈夫岂不是无穷的富贵吗!

〔毛成“下场门”溜上，拍荀的肩膀。

毛　成 家里的。

荀含春 干什么呀?

毛　成 房屋打扫好了，你去看看呐。

荀含春 房子打扫好了就说打扫好了，这么动手动脚的，衙内人多你叫人看见成什么样子。

毛　成 那怕什么，咱们不是夫妻吗?

荀含春 什么夫妻，我跟你说，上床是夫妻，下床是君子，往日看你还有人样，今儿这么一看呐，三分不像人七分到像鬼，你他妈的是怎么揍来着！（【小锣五锤】“下场门”下）

毛　成 嗯，属猫儿眼的变得真快呀？早知如此何必如此，已然如此只好如此，如此这般这般如此。（【小锣打下】“下场门”下）

第 十 一 场

〔二幕外奏唢呐曲牌＜急三枪＞，四青袍“站门”上，仁和县随上。

仁和县 下官仁和县，今当钱塘金大老爷寿诞之日前去拜寿，左右——

四青袍 有!

仁和县 开道。

四青袍 啊!

〔奏＜急三枪＞，四青袍引仁和县“下场门”下。

第 十 二 场

〔场上一桌二椅，桌上放绣鞋一双。

〔【快长锤】左维明“上场门”上。

〔西皮摇板〕

左维明

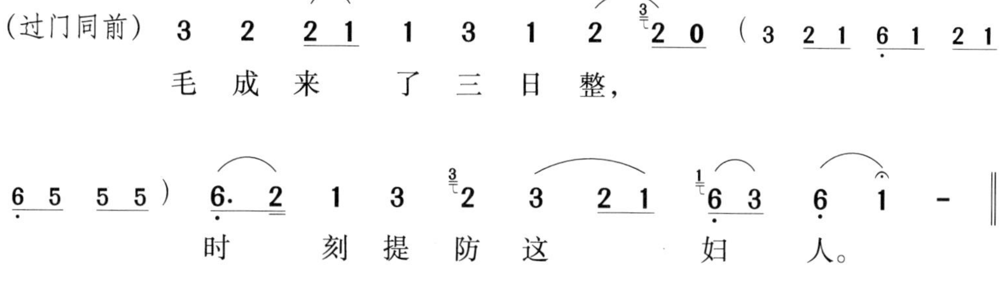

〔坐“小座”。左昇“上场门”上。

左　昇　启禀大人，今乃钱塘金大老爷寿诞之期，就该派人前去拜寿。

左维明　唤毛成来见。

左　昇　（出门）有请毛先生。

〔毛成"上场门"上。

毛　成　管家何事？

左　昇　大人唤你，随我进来。

〔二人进门，毛成站"大边，左昇站"小边"。

毛　成　参见大人，将小人唤出有何吩咐？

左维明　今乃钱塘金大人寿诞之期，命你前去拜寿，钱塘路远你今晚不要回来了。左昇给毛先生备份礼单，去吧。

左　昇
毛　成　（同）遵命。（二人同出门，"下场门"下）

左维明　毛成前去拜寿今晚是不回来了，他不回来他的妻子必然前来缠绕与我，不知以何为题？有了，（回身拿桌上的一只鞋）我不免就以这只鞋儿为题，待我与它擦上些泥土。

〔<西皮小开门>左维明拿鞋在地上擦土。

〔西皮摇板〕

【快长锤】（过门同前）3 2 2 1 1 3 1 2（3 2 1
心 中 巧 计 安 排 定，

6 1 2）6. 2 1 3 2 3 2 1 6 6 1 – ‖
看 她 今 夜 怎 样 行。

〔【小锣抽头】荀含春"上场门"上。

〔西皮摇板〕

荀含春　（过门同前）i 5 7 6 5 6 3 5 – 6（6 5 3 5
适 才 毛 成 对 我 论，

6）i 6 5 3 5 6 5 6 5 3 3 5 – ‖
今 夜 拜 寿 不 回 程。

适才毛成对我言道，他今儿去往钱塘拜寿，今晚他是不回来了。他不回来那么我那，我不免去往衙前与大人调情，大人心里这么一喜欢那，我不就是一位夫人了吗？说得有理就此前往。

〔西皮摇板〕

【小锣凤点头】(过门同前）i 5 7 6 5 6 6 5 5. 5 6 –〔行弦〕
转 移 莲 步 后 衙 奔，

天雨花

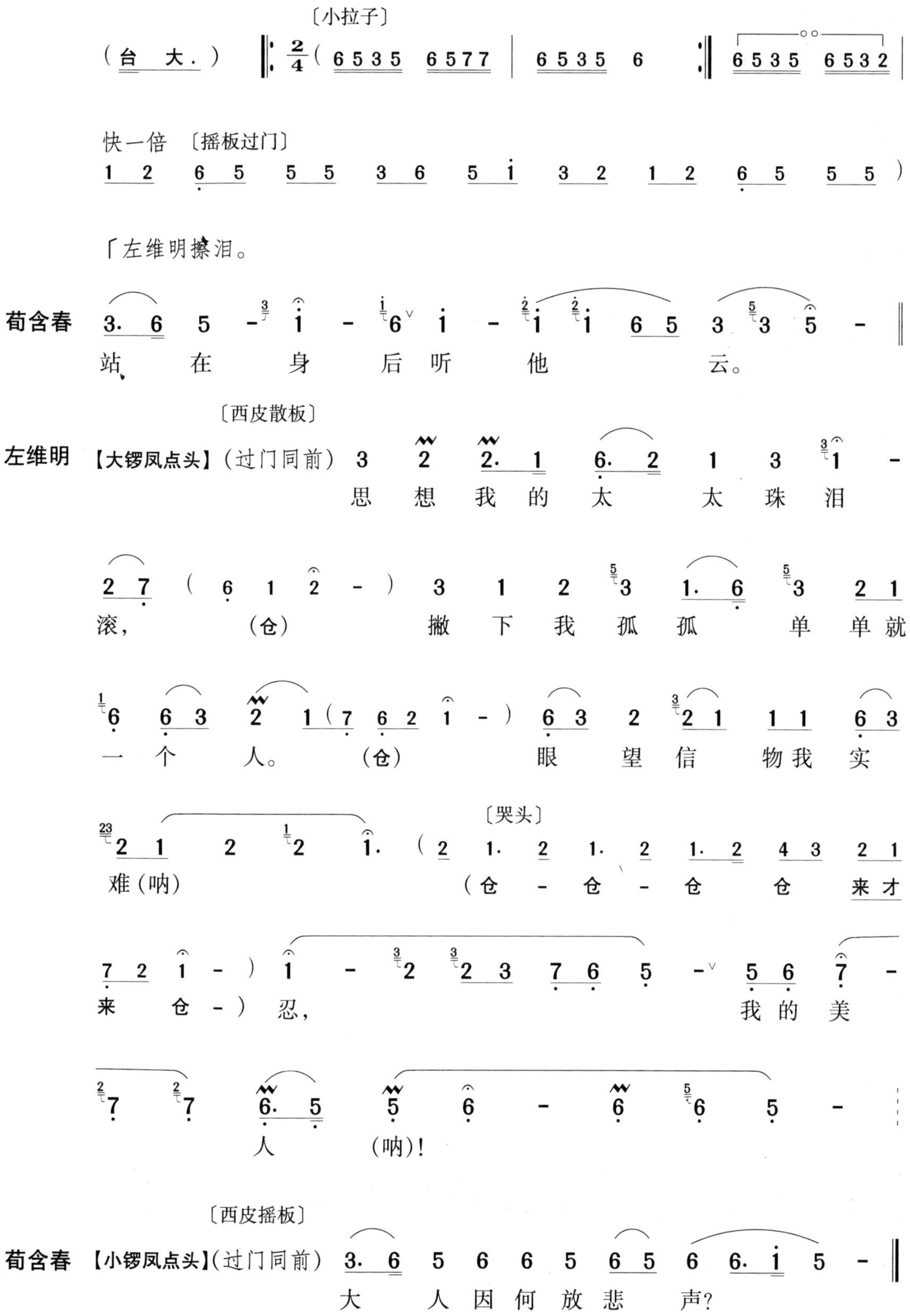

我说大人，您独坐前厅愁思落泪，你为什么呀？

左维明 我在思念一个人故而落泪，被你看见你不要见笑啊。
荀含春 大人您想的这个人我能猜得着。
左维明 你就猜上一猜。
荀含春 八成是您的太太。
左维明 我那个太太一辈子不见也不想她。
荀含春 那是为什么呀？
左维明 长得奇丑无比。
荀含春 有道是丑丑夫人相啊。
左维明 昔日的乌鸦也无有这样的难看。
荀含春 那到底是什么人哪？
左维明 乃是爱妾。
荀含春 哦，姨太太。
左维明 正是，那日你进得衙来我就是一愣呀。
荀含春 哟，您愣什么呀？
左维明 你与她长得一般的无二呀。
荀含春 我像吗？
左维明 青丝——
荀含春 我们可是黄头发。
左维明 一样的黑。这窈窕吗——
荀含春 我们可是粗腰大屁股。
左维明 你比她好看一些，因此我看见了你就想起了她，这几日我食不甘味夜不安宿，想她想得有点瘦了。
荀含春 我看看，哎呀可不是瘦了么，大人我像您的姨太太吗？
左维明 像得很。
荀含春 那我就做您的姨太太。
左维明 你是有丈夫的人了。
荀含春 您说的是谁？
左维明 毛成不是你的丈夫吗？
荀含春 毛成啊，我说他是我的丈夫他就是我的丈夫，我要说他不是我的丈夫他马上就不能算是我的丈夫。
左维明 哎呀，这丈夫还好算好不算么？
荀含春 大人别听我的啦，还是听您的吧。大人您这么想她为什么不把她接来呢？
左维明 接不成了。
荀含春 怎么接不成了？
左维明 她死了。
荀含春 说了半天敢情是个死鬼呀？
左维明 可不是死了么。
荀含春 她死了我还活着哪！
左维明 你怎么又来了，她临死之时还赠了我一样物件。
荀含春 是什么物件？

左维明 就是绣鞋一双。

荀含春 哟，怎么剩了一只啦？

左维明 你哪里知道，我到任之时众位年兄请我游玩西湖，无意之中落入湖中一只，今只剩一只，叫我见物思人怎不伤心怎不落泪…… （故意拭泪）

荀含春 （背供）好一个有情有意的男子呀！大人，您不要伤心，把这只鞋交给我，三日之内包做一只凑成一对，您看好不好呀？

左维明 好好好，鞋儿啊鞋儿你又要成对了。（左手拿鞋、右手用扇把左、右两点，绕腕指鞋）

荀含春 大人我们也要成对了。

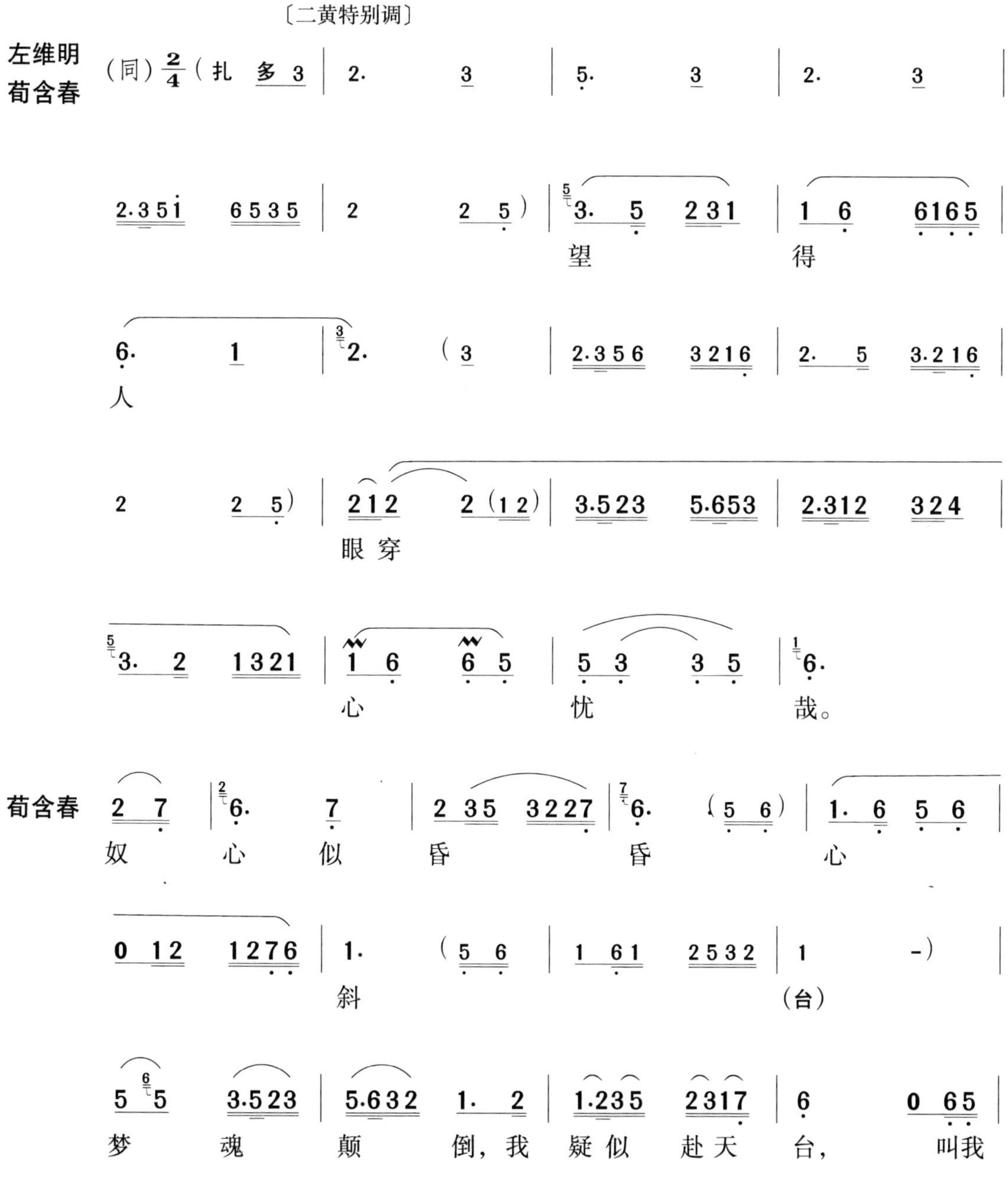

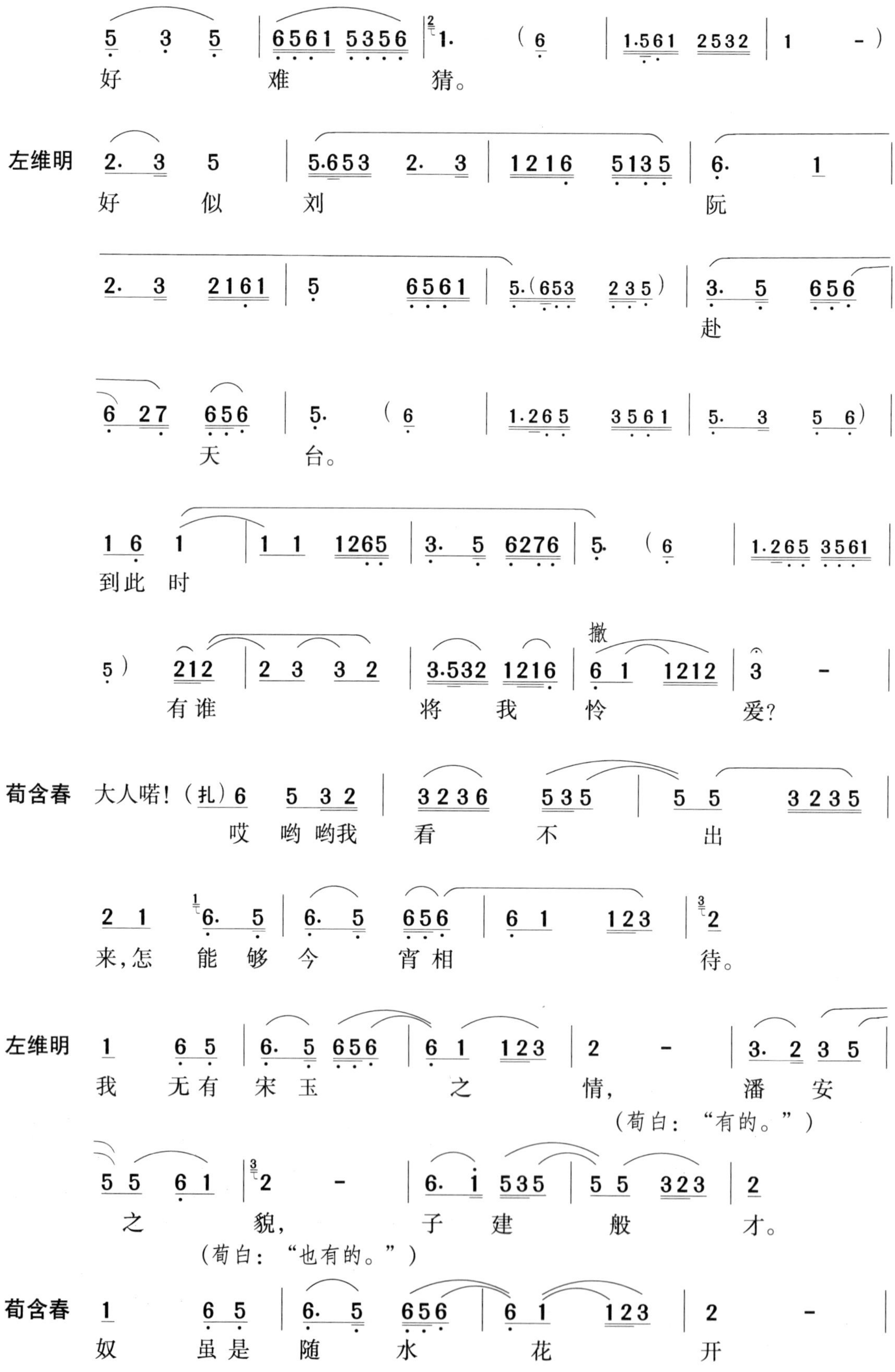
好 难 猜。
左维明
好 似 刘 阮
赴
天 台。
到此 时
撤
有谁 将 我 怜 爱?
荀含春
大人喏!(扎)
哎 哟 哟我 看 不 出
来,怎 能 够 今 宵 相 待。
左维明
我 无有 宋 玉 之 情, 潘 安
(荀白:"有的。")
之 貌, 子 建 般 才。
(荀白:"也有的。")
荀含春
奴 虽是 随 水 花 开

天雨花

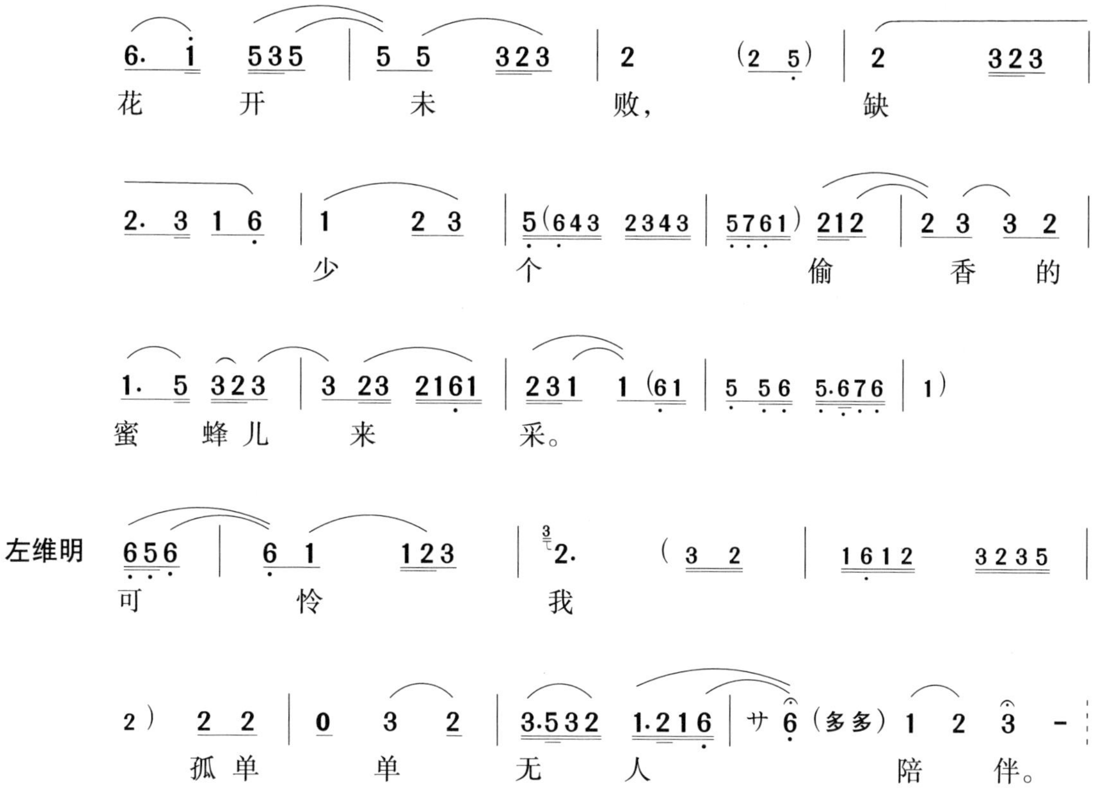

荀含春　大人有奴陪伴哪！

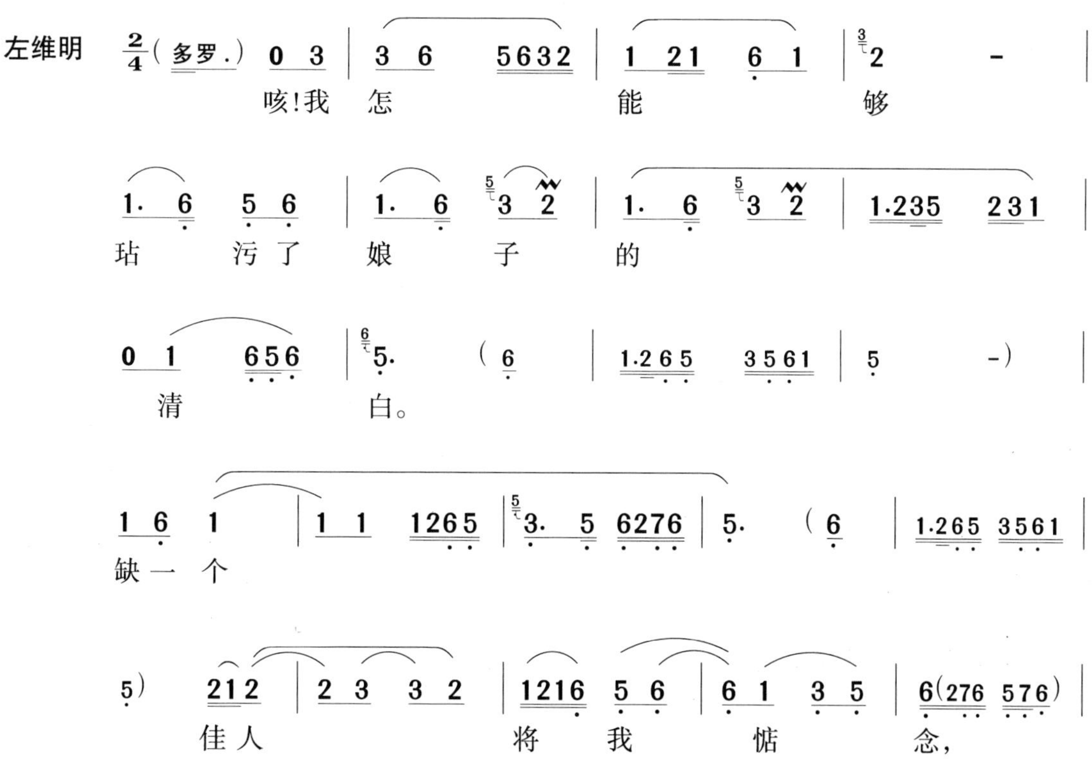

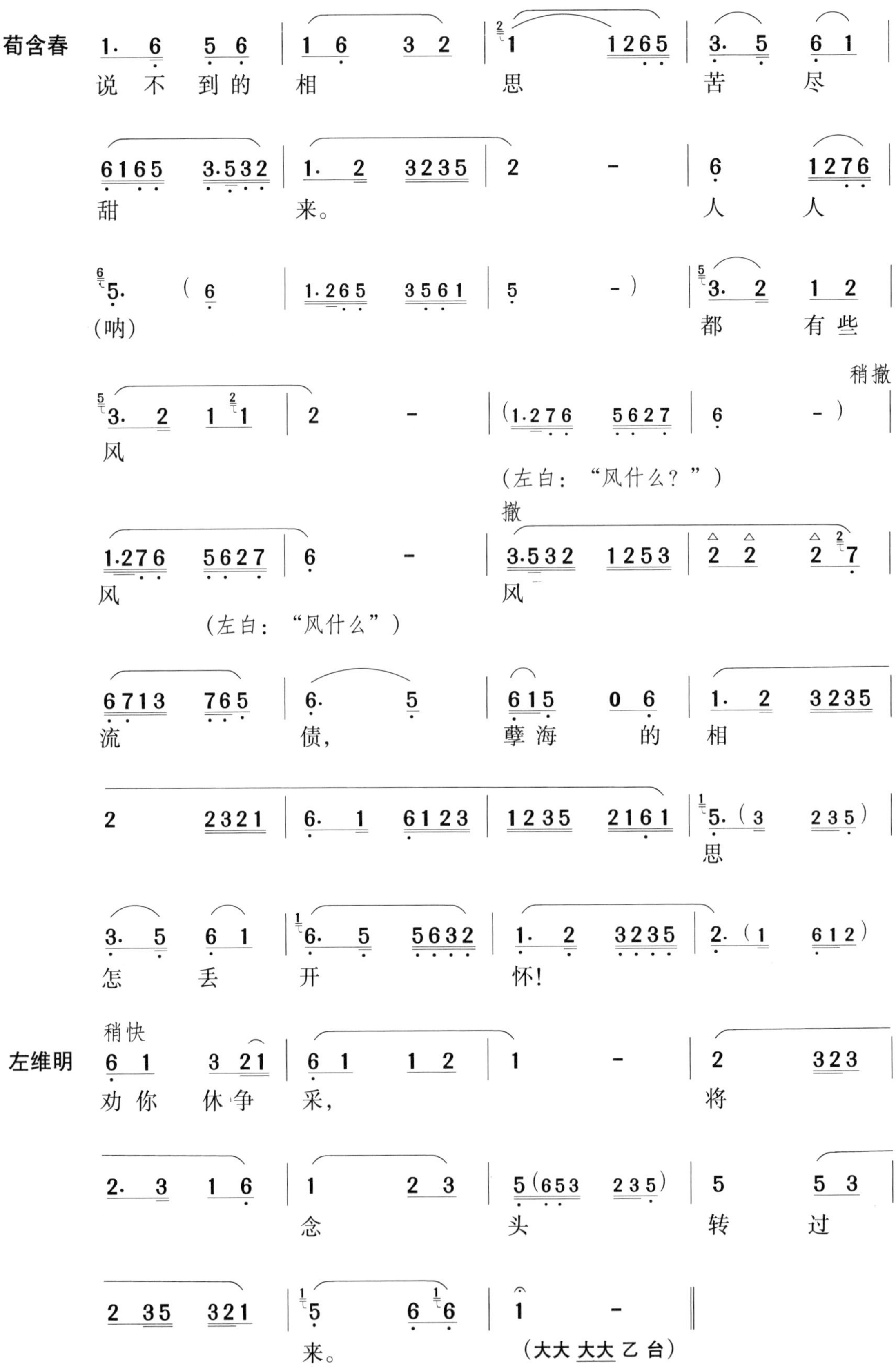
荀含春
说不到的相思苦尽
甜来。人人
(呐)都有些
风
稍撤
(左白:"风什么?")
风
(左白:"风什么")
撤
风
流债,孽海的相
思
怎丢开怀!
稍快
左维明
劝你休争采,将
念头转过
来。
(大大 大大 乙 台)

〔动作提示：（**多多**）起，二人随音乐节奏至台口中央四目相对，往后退三步。左维明将鞋放入袖内，扇子交左手，开唱时共同打开扇子。唱“望得人”三字时二人做“合扇式”的同时，左维明用左手、荀含春用右手晃动扇子三次。唱“梦魂颠倒”时二人再同时打开扇子走“双进门”，左维明将扇子交右手，前伸，荀含春右手在上左手在下乘机夹住；左维明用左手拨开，夹白“嗯”。荀含春唱“叫人好难猜”时往“上场门”后退三步，右手扇子在上亮“蹲式”。左维明观察荀的举动，唱“好似刘阮赴天台”时手指荀，荀慢慢起来。左维明唱“怜爱”时假哭，荀含春夹白“大人喏”，用右手二指做羞状，唱“哎哟哟我看不出来”向左靠拢。左维明唱“我无有宋玉之情”时荀含春夹白“有的”，左接唱“潘安之貌”时荀又夹白“也有的”。荀含春唱“奴虽是随水花开”时二人同时打开扇子居台中，双手高伸，往下做一个打开双手蹲下动作。荀接唱“花开未败”时二人同时左一看、右一看。荀接唱“缺少个”时二人将扇子交左手伸右脚用右手交叉点脚尖三次。接唱“偷香的蜜蜂儿来采”时荀往“小边”三个转身“卧云”倒地，左维明走小蹉步、小掂步前弓后箭用手指荀亮住。二人起身左维明唱“我怎能玷污了娘子的清白”时，二人面对面交叉舞动扇子，往里一盖、往外一盖，荀含春抬右腿单腿半“卧云”亮相；左维明拿出袖中的鞋往荀脚上对比亮住。荀含春唱“人人”时双手抱膀，唱“风”字时双肩晃动两番，唱完“风流债”后用扇子挡脸。左维明唱“将念头转过来”后把鞋交给荀，荀用左手接鞋，右手在上，亮相；左维明交鞋后左转身、右手用二指拿扇把晃动扇子亮相。荀含春起身向前，左维明“背供”（**大大大台**）比示荀长得美貌、双手反上做抱状，荀羞左，左维明挡脸向观众点点头“下场门”速下。**【小锣打下】**

荀含春 哎呀慢着，大人把这只鞋夸了又夸、讲了又讲，我看看它到底是怎么个好法？(看鞋、吃惊)哎呀不好！**【大锣五锤】**这只鞋好像是我与毛成定计害他妻室的那只，怎么会落到左维明他……他的手里呢？是了！**【大锣五锤】**闻听人言那左维明断案如神，莫非他要拿这只鞋问我的口供吗？**【撕边一锣】**有了，临来上任时我那只鞋也曾带来，不免回房对上一对，不是一对还则罢了，要是一对呀荀含春呐荀含春，恐怕你这个吃饭的家伙也就保不牢啦！闲话少说就此回房对鞋便了。**【纽丝】**(跑圆场)

〔西皮摇板〕

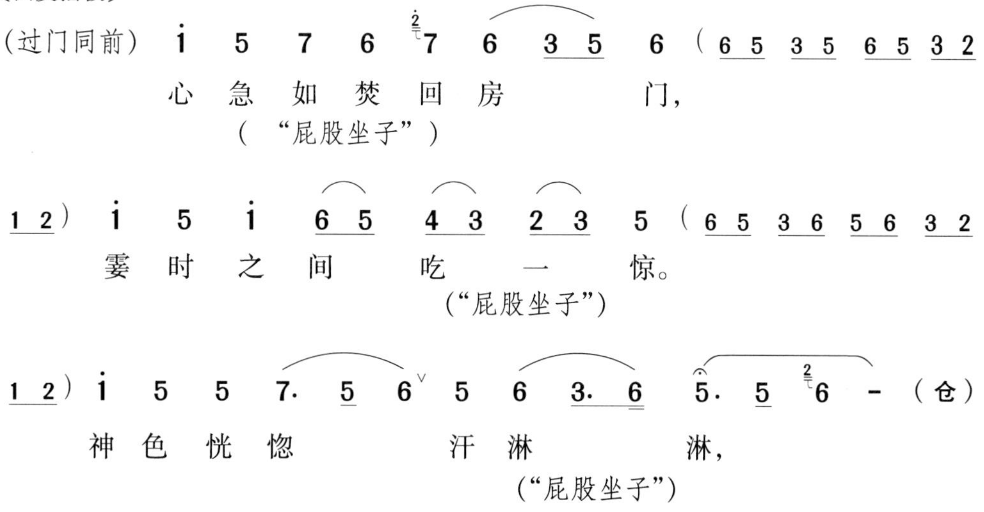

（开门，**【五锤】**放扇子，在桌上拿另一只鞋，转身向台口单起“屁股坐子”）（**八大仓**）（前后对鞋）（**台台仓八大仓大……仓**）哎哟我的妈呀，真是聪明一世懵懂一时呀，人家这只鞋是旧的，我这只鞋是新的，怎么会是一对哪？（站起来）有啦，我不免把鞋就给大人送去，大人心里这么一高兴我就是一位姨太太啦。说得有理，就此前往。

（过门同前） i 5 5 3 i 6 5 6 5 3 3 5 - ‖
欣 喜 就 要 做 夫 人

〔**【小锣打下】**“下场门”下。

第十三场

〔二幕外“小座”。
〔**【快长锤】**左维明穿蟒“上场门”上。

〔西皮摇板〕
左维明 （过门同前） 3 2 2 1 1 3 1 2 （3 2 1 6 1
一 切 大 事 安 排 定，

2） 6. 2 1 1 3 2 1 2 2 i - ‖（入座）
顷 刻 就 要 见 分 明。

〔**【小锣抽头】**荀含春“上场门”上。

荀含春 （过门同前） 3. 6 5 7 7 5 6 7 6 3 5 6（6 5 3 5 6 5 3 2
手 拿 鞋 儿 心 欢 庆，

1 2） 3. 6 5 5 3 5 6 5 6. 5 3 5 -（5 5 3 6 5 0）‖
大 人 面 前 显 才 能。

左维明 你做什么来了？
荀含春 大人您叫我做的鞋我做好了，您看看好不好呀？
左维明 （接鞋放在袖内）好。
荀含春 对不对呀？
左维明 对！**【大锣一击】**
荀含春 大人，您说我做好了鞋您要重谢与我，不知是怎么个谢法哪？

左维明　（加重语气）少时我来重谢与你，哼哼！**【大锣一击】**

〔西皮摇板〕

荀含春　**【小锣凤点头】**（过门同前）3. 6　5　7　7. 5　6　7　6　3. 6　5. 5
往　日说话　多亲　近，

6　－（大　大　大大　乙　仓）**【小锣凤点头】**（过门同前）5　1　－　1　1　5
如　今

5　3 5　6　4. 6　4 3　2　－　3　3　5　－　‖（**【小锣抽头】**下）
为　何冷　如　冰？

左维明　**【单键凤点头】**（过门同前）5　3.　3 2　2　2　2. 1　1.　3　2　－
忙将鞋　儿来　对（呀）定，

（大大　大大　乙大　大　仓）（大.大　大大　乙大　大　仓）（过门同前）6. 2　1
铁　证

1　3　2（3 5　2 1　6 1　2 0）2. 1　6 53　2. 6　1　－　‖
如　山　定　罪　名。

〔**【小锣抽头】**毛成“上场门”上。

〔西皮摇板〕

毛　成　（过门同前）3　3　3 2　2　2 1　1 3　2（3　2 1　6 1
拜　寿　已　毕　来　复　命，（进门）

2）3　2　2 1　1　2　1　2 2　1　－　‖
金　大　老　爷　问　安　宁。

左维明　**【单键凤点头】**　6 3　2　2 1　1　3.　3　2（3　2 1
毛　成　办　事　多　精　明，

6 1　2）6. 2　1　1 3　2　7 6　6 6　1　－
少　时　重　谢　在　你　身。

毛　成　【小锣凤点头】（过门同前）2 2 ^{2}1. 5 3 ^{1}2 2 2. 1 1 | 2 - 6. 2 1 3 ^{3}2 ^{3}2. 1 1 6 1 6 1 - ‖

辞别大人出衙门，看看佳人荀含春。

左维明　【单楗凤点头】（过门同前）5 3. 3 2 2 2 1. 2 3 5 6. 1 2 -

左昇击动升堂鼓（哇），

〔冬冬冬（击鼓三下）【急急风】开二幕：已摆好三张桌，四龙套、四刽子手已站好。左维明归“大座”，左昇站“大边”。杭州府、仁和县“上场门”上。转【冲头】

左维明　【凤点头】（过门同前）3 1 3 2 1 2 2. 1 1 - ‖

知府知县快来临（呐）。

左　昇　【凤点头】（过门同前）5 3. 3 2 2 2. 1 1 3 2（3 | 2 1 6 1 2）3 1 3 ^{3}2 1 2 2 1 -

大人堂上传下令，知府知县上公庭。

杭州府　【凤点头】（过门同前）3 2 2 1 1 6. 2 1 ^{3}2（3 2 1 6 1 2）

忽听大人传唤声，

仁和县　1 3 2 1 1 2 ^{3}2 ^{5}3 2 1 1 6.5 6 1 -

不知为的何事情？

左维明　【单楗凤点头】2 1 2 2. 5 3 2 2（3 2 1 | 6 1 2）2 1 6. 2 1 2 - ^{3}2 -

陈济川人命案要重审重问，

天雨花

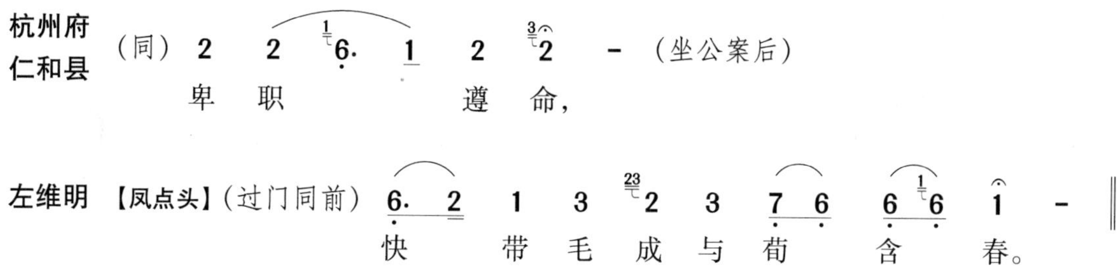

〔【小锣抽头】毛成、荀含春“上场门”上。

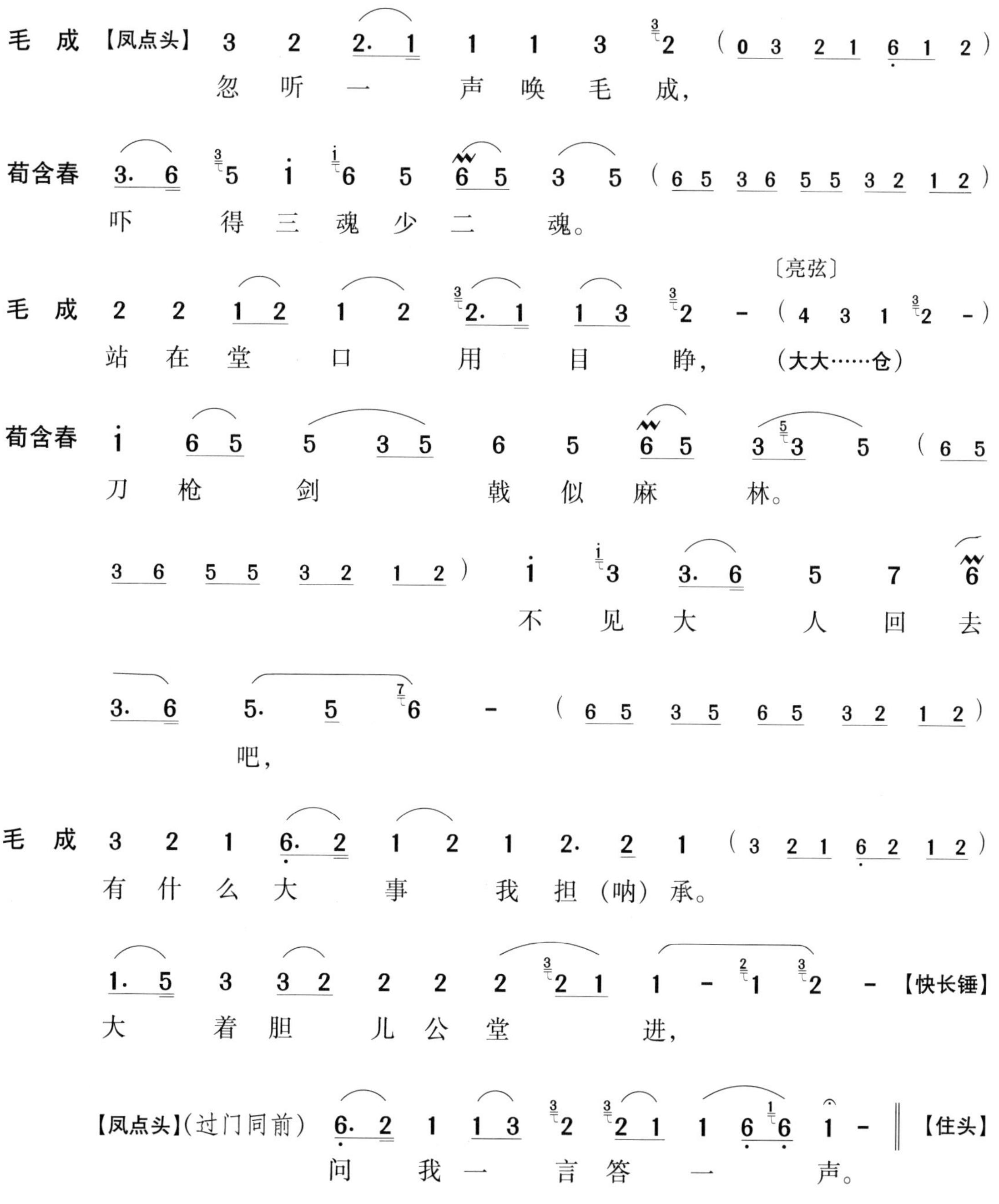

左维明 贵府审呐。

杭州府 嗯审呐。

左维明 贵县问呐。

仁和县 问、问……啊嘟，你这个人姓什么叫什么家住什么地方，上面问你，你有话快说。

杭州府 你都做了什么事，怎么到这儿来啦，快回大人的话。

毛　成 你说我姓什么叫什么我做什么事啦，你叫我说什么呀？

〔杭州府、仁和县同摘纱帽。

杭州府
仁和县 （同）大人。

左维明 公案撤去，朝上跪。

〔衙役撤去两边公案，杭州府、仁和县带好纱帽站立两厢。

左维明 吠！**【快五锤】**你娘家姓什么？

荀含春 我娘家姓张。

左维明 这只鞋儿是哪里来的？

荀含春 旧的是你的，新的是我给你赶做的。

左维明 荀含春，你哪里来的这样快手，一夜之间做成一只。你怎样与毛成通奸，害死他妻室，从实招来，如若不然，你是难逃公道！（将鞋摔在地上）

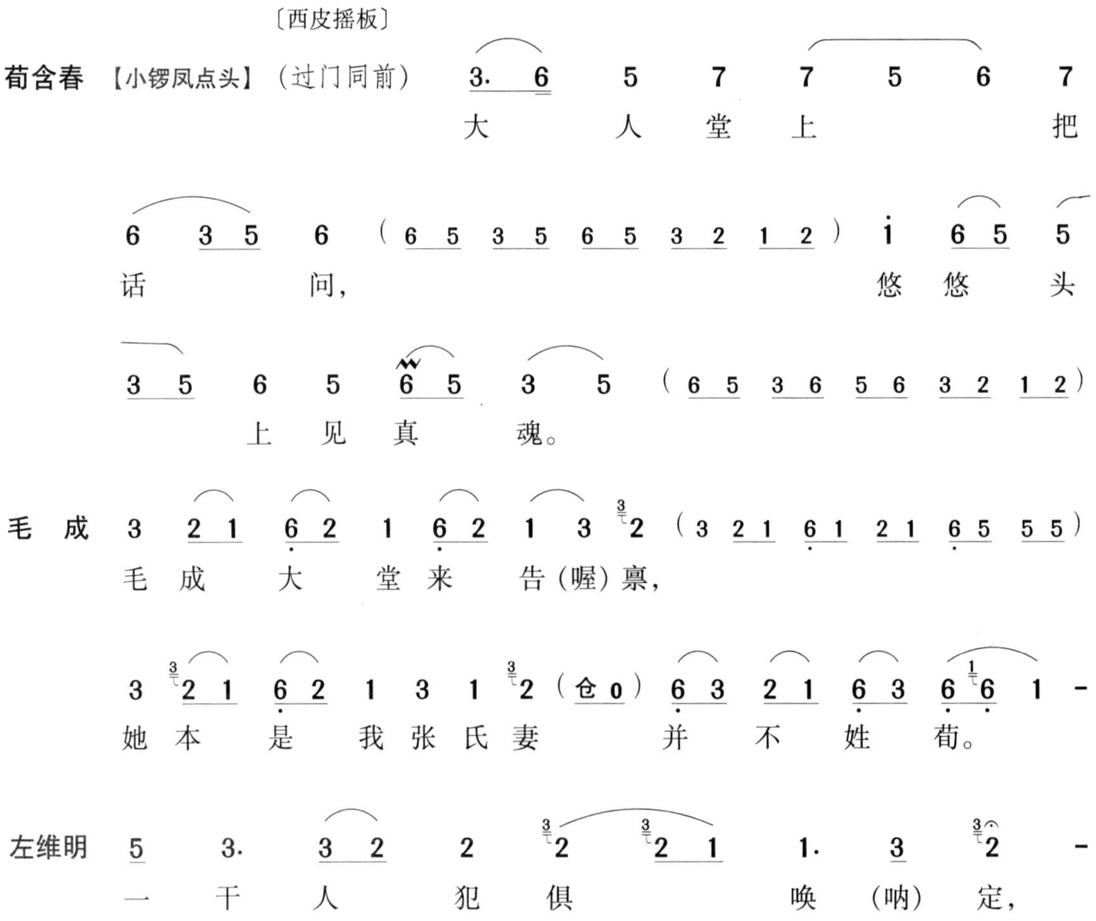

天 雨 花

〔【急急风】转【乱锤】荀文古、王小三“上场门”、陈济川、陈母“下场门”两边上。

〔西皮散板〕

荀文古 【凤点头】(过门同前) 3 2 2 1 1 2 2 0 1 6. 3 6 1 -（7 6 2 1 -）

一见女儿 吓掉魂。（仓）

王小三 2 1 2 5 3 2 2 2 2 1 1. 3 2 -（7 6. 1 2 -）

莫不是死得屈前来讨命？（仓）

陈 母 5 6. 2 1 3 1 2 1 6 1（3） 2 2. 1 1（7 6 2 1 -）

莫不是还念在我婆媳之情（呃）？（仓）

陈济川 1 2 2 5 3 2 2 2 2 2. 1 1. 6 2 -

莫不是你还念夫妻情份？

〔西皮散板〕

荀含春 住了！【快纽丝】（过门同前） 3 3. 6 5 5 3 i 6 3

我和你不相识有

3 i 6 6 5 3 5（2 3 6 5 -）

的是什么情？

毛 成 1 2 2 5 3. 2 2 2 2 1 1 1 2（7 6 1 2）

你说我杀妻室有何为证？（仓）

左维明 2 1 2 1 3 2 2 1 1 6 i 1（7 6 2 1 -）

叫左昇取赃证去到花阴。（仓）

左 昇 4 3 3. 2 2 3 2 - 2 -

躬身施礼花阴奔，

〔【快纽丝】左昇“下场门”下，复上手拿衣物。

〔西皮散板〕

左 昇 （过门同前） 6. 2 1 3 2 2 1 6 5 6 1 －（7 6
取 来 衣 物 作 证 凭。

2 1 －） 5 3 3. 2 2 2. 1 1 3 2 －【大锣五锤】
（仓） 迈 步 且 把 大 堂 进，

（白）钢刀一把、人头一个、血衣一件，

（八大台 顷 仓） 6 3 2 1 6. 5 6 1 － ‖
大 人 验 明。

左维明 【凤点头】（过门同前） 5 6. 2 1 1 3 2 1 6 6 3
大 堂 上 摆 好 是 件

2 1 1 2 （7 6 1 2 －） 6. 2 1 3
件 物 证， （仓） 哪 怕 尔

1 2 2 0 1 3 1 2 2 2. 1 6 1
等 不 招 承。

毛 成
荀含春 （同）没什么可招的！

左维明 【凤点头】 5 3. 3 2 2 2 1 1 2 2 （【纽丝】衙役给二人上刑）
一 个 拶 子 一 个 夹 棍，

（过门同前） 6. 2 1 3 2 1 2 1 － ‖
看 你 招 承 不 招 承。

〔西皮拨子〕

荀含春 （大大台 顷 仓）（5 －） 5 6 6 i －
拶 子

毛 成 3 1 2 －
夹 棍

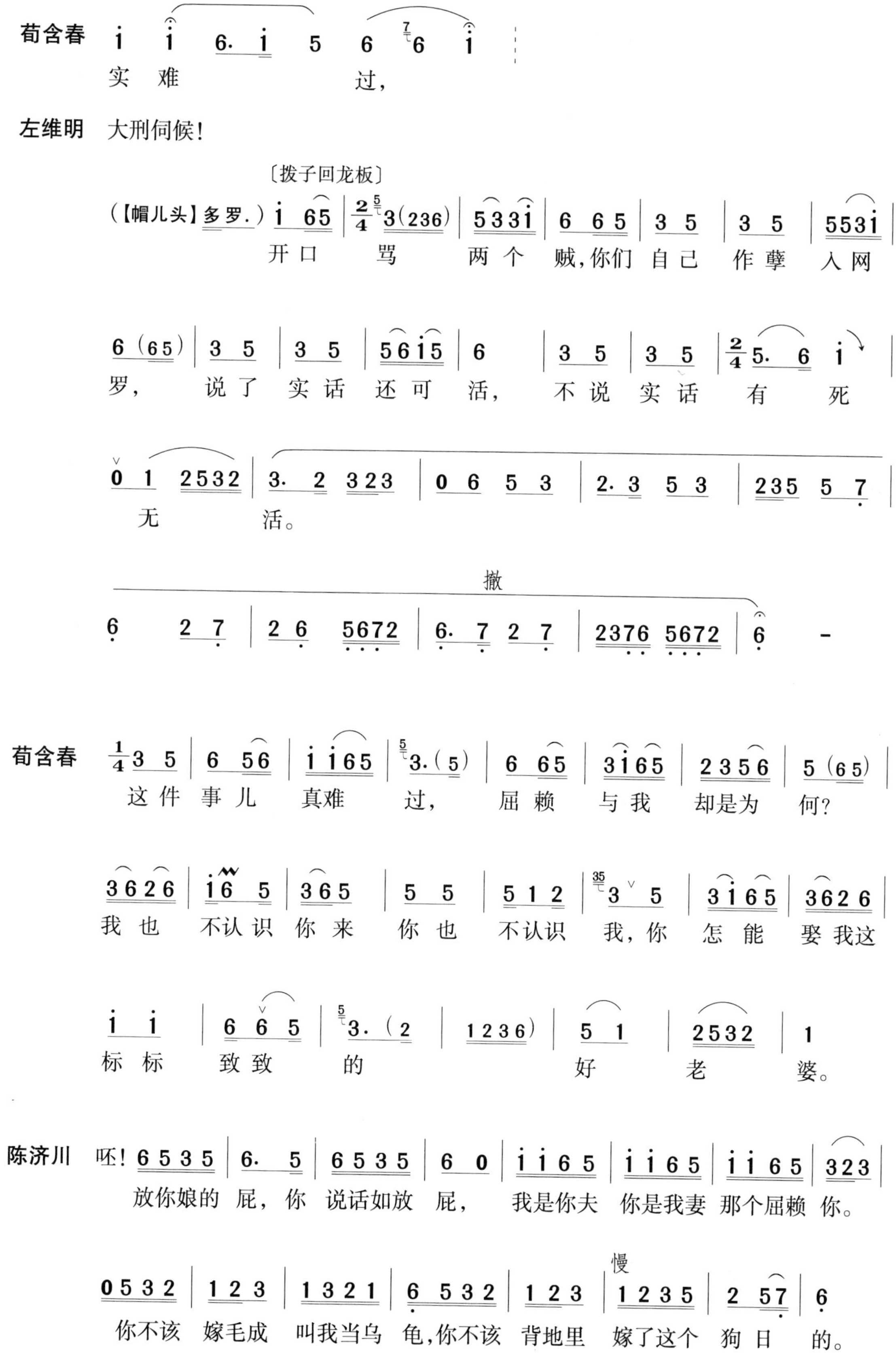
荀含春
实 难 过，
左维明 大刑伺候！
〔拨子回龙板〕
（【帽儿头】多罗.）
开口 骂 两个 贼,你们 自己 作孽 入网
罗， 说了 实话 还可 活， 不说 实话 有 死
无 活。
撤
荀含春
这件 事儿 真难 过， 屈赖 与我 却是为 何？
我也 不认识 你来 你也 不认识 我，你 怎能 娶我这
标标 致致 的 好 老 婆。
陈济川 呸！
放你娘的 屁，你 说话如放 屁， 我是你夫 你是我妻 那个屈赖 你。
慢
你不该 嫁毛成 叫我当乌 龟，你不该 背地里 嫁了这个 狗日 的。

左维明

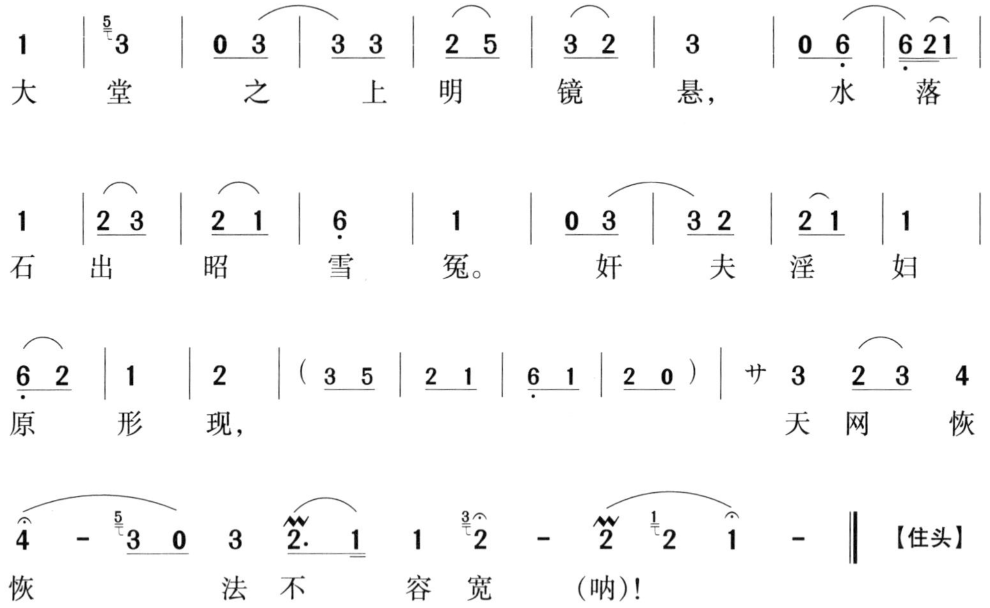

毛　成
荀含春 （同）有招。

左维明 叫他画供。

〔左昇拿状纸叫毛、荀画供。

左维明 一个出斩，一个三绞非命。其余人犯明日再审！

〔场上所有人原地亮相。

——剧　终

关静和　整理　　关静国　记谱

三顾茅庐

关盛明藏本

《三顾茅庐》又名《卧龙岗》，故事源于《三国演义》第三十七回和第三十八回。刘备得到徐庶和司马徽的推荐，想请诸葛亮出山助他成就大业。不想前两次与关羽、张飞前去，诸葛亮都没在家；三人第三次去请，诸葛亮正在午睡，刘备命关、张与自己恭敬等候。刘备的诚心感动了诸葛亮，在茅庐与刘备纵论天下大势，规划出三分天下的格局。而后随刘备到营中，辅佐势力尚微的刘备，与曹操、孙权鼎足而立。

《三顾茅庐》的故事是《三国演义》中的精彩片段，也是中国家喻户晓、妇孺皆知的故事，但在京剧中却是很冷僻的剧目。当代仅马连良、李盛藻、关盛明等人偶尔演出。马连良的演出留下了演出录音并制成了音配像节目。李盛藻在《京剧丛刊》第三集留下了文学剧本。本《集成》则选的是关盛明的演出本。其实这三个版本都是按《三国演义》第三十七回和第三十八回的情节演义的，剧本结构和故事情节基本相同，有地方都采用《三国演义》的原词。像“一请”遇到农夫所唱的山歌三个版本都是《三国演义》的原词。三个版本见到诸葛亮以前，都是误以为崔州平、石广元、孟公威、诸葛均、黄承彦等是诸葛亮；他们都是以自己是野鹤闲云，无心从政，拒绝了刘备的邀请。刘备三次说服关羽、张飞与其同往卧龙岗去请诸葛亮，三个版本也都没有层次和深度的变化。总之，三个版本都是《三国演义》的复述，缺乏戏剧性的创作；三家的演出也没有创作出精彩的可以传世的唱腔和念白。因此，这出戏难以吸引观众。再加上此剧用的演员很多，戏班也很少演出。因此，《三顾茅庐》是京剧中的冷僻剧目也就不足为奇了。

然而，《三顾茅庐》虽是冷僻的剧目，但这个故事登上戏剧舞台却很早。明代就有《草庐记》传奇问世。故事从“三顾”开始展开，包括“火烧博望坡”、“长坂坡”、“赤壁鏖兵”、“黄鹤楼”、“过江招亲”，一直到“刘备称帝”，歌颂诸葛亮传奇般的丰功伟绩及桃源弟兄的英雄事迹。根据20年代出版的《戏考大全》和1933年出版的《平剧戏目汇考》所载，全本《三顾茅庐》包括“徐母骂曹”、“走马荐诸葛”、“徐母训子”、“三顾茅庐”几折。解放后，中国京剧院《初出茅庐》，诸葛亮由小生行当扮演，戏中增加了崔平州等人反对诸葛亮出山和新妻子支持诸葛亮出山，出山后建立“火烧博望坡”功绩等情节。1954年北京京剧院曾恢复演出该剧，由马连良饰诸葛亮，谭富英饰刘备，裘盛戎饰张飞，马盛龙饰关羽，马富禄饰黄承彦，珠联璧合，堪称经典。

此次整理的《三顾茅庐》，以关盛明先生藏本为底本，仅对文字进行了校订，基本保持了原貌。

哈鸿儒

人物行当

刘　备	老生
诸葛亮	老生
关　羽	红生
张　飞	净
诸葛均	小生
崔州平	老生
石广元	老生
孟公威	小生
黄承彦	净
书　童	丑
酒　保	丑
二农夫	丑
四红文堂	杂

服装扮相

刘　备　俊扮。金踏镫、黑三，红蟒、玉带，红彩裤，厚底靴。（后换红将巾、红后兜、红风帽，红斗篷、红龙箭衣、黄大带、苫肩）

诸葛亮　俊扮。灰豆包巾、黑三，灰改良褶子、黑改良坎肩、绦子，青彩裤，白布袜、云头鞋。

关　羽　勾专谱红脸。黑头发长三、绿扎巾、黑牵巾、绿将巾，绿素花箭衣、大带、绿绣花开氅、绿绣边斗篷，红彩裤，厚底靴。

张　飞　勾十字门脸。黑扎、黑耳毛子、黑扎巾、牵巾、黑将巾，黑素花箭衣、大带、黑绣花开氅、黑绣边斗篷，青彩裤，厚底靴。

诸葛均　俊扮。桥头巾，青色绣边或皎月绣边褶子，皎月彩裤，白布袜、福字履。

崔州平　俊扮。改良豆沙色软巾、改良黪五绺，豆沙色素褶子、黑坎肩、绦子，白布袜、福字履。

石广元　俊扮。黑高方巾、黑三，青素褶子，青彩裤，厚底靴。

孟公威　俊扮。文生巾，皎月褶子，粉彩裤，厚底靴。

黄承彦　揉红底勾老脸。老人巾、改良白二涛，古铜褶子宝蓝大坎肩、绦子，黑彩裤，白布袜、福字履。

书　童　丑扮。孩儿发，茶衣，青彩裤，白布袜、圆口布鞋。

酒　保　丑扮。蓝毡帽，茶衣腰包，青彩裤，白布袜、圆口布鞋。

二农夫　丑扮。白毡帽、蓝毡帽头，茶衣，青彩裤，白布袜、圆口布鞋。

四红文堂　俊扮。戴红大板巾，红龙套服，红彩裤，薄底靴。

道具

桌　子	两张	椅　子	五把
酒　具	两份	茶　盘	一个
文房四宝	一份	茶　盅	两个
马　鞭	三根	农　锄	两把
古　书	一册	扫　帚	一把
拐　杖	一根	小驴鞭	一根
羽　扇	一把	银　锭	一锭
礼　盒	一个	西川挂图	一张

第一场

［【大锣快原场】（缓锣）【一锤锣】四红文堂从“上场门”上，“站门”。刘备双手端带从“上场门”上，至“九龙口”抖袖，提袖，整冠理髯，双手端带至前台口。【大锣归位】左手抖袖。

刘　备　（引子）

覆地翻天，（台. 大 台）扶汉室，（多多）

3 1 2 3 2 ^{3}2 ^{3}2 $\underset{\cdot}{6}$ $\underset{\cdot}{7}$ - $\underset{\cdot}{7}^{2}$ $\underset{\cdot}{7}$ $\underset{\cdot}{6}$ - ‖

特 访 高 （哇） 贤。

（拱手示意）

［【大锣回头】向左转身回身归“小座”。【大锣归位】

（诗）水镜先生对我言，

卧龙凤雏二英贤；（台大台）

徐庶曾把诸葛荐，

汉室重兴有望焉。（双手按掌）【大锣归位】

俺（仓）刘备，【大锣住头】弟兄桃园结义以来，常思恢复汉室。不幸征曹兵败，暂投荆州刘表，（右手按掌）屯兵新野，待时而动。【大锣住头】徐元直临行之时，也曾言道：襄阳城外二十里隆中卧龙岗，有一贤士，名唤诸葛亮，有经天纬地之才。我意欲请他出山，（拱手）共图大业。日前更得水镜先生推荐，求贤若渴，我不免与二弟、三弟一同前去聘请。左右！有请关、张二位将军。

四红文堂　有请关、张二位将军。

［关羽、张飞内白：“来也！”【大锣原场】关羽、张飞从“上场门”上，至右台口。

关　羽　一心辅佐大兄长，（拱手）

张　飞　恢复汉室锦家邦。（双手按掌）

［【大锣五击】二人双进门，关羽、张飞并排而立。

关　羽
张　飞　参见大哥。（躬身施礼）

刘　备　二位贤弟少礼，一旁坐下。

关　羽
张　飞　谢座。

［【大锣原场】关羽归“大边”跨椅，张飞归“小边”跨椅。

关　羽
张　飞　大哥呼唤，有何吩咐。（二人双手摊掌）

刘　备　前者徐元直与水镜先生，推荐诸葛孔明，我意欲亲到隆中卧龙岗拜访，（拱手）请他出山，共图大业，二位贤弟可愿同往？（右手摊掌，看二人）

张　飞　此番又非出兵打仗，大哥一人前去也就是了，何必要弟等同往？（左手一扬）

刘　备　桃园弟兄，谁人不晓，三人同行方是我等敬贤之意。

关　羽　大哥言得极是，弟愿同往。

张　飞　好，一同前往。

刘　备　如此你我弟兄卧龙岗去者！

〔**【闪锤】**三人站起，出门，刘备抖右袖。闭二道幕撤桌椅，二幕复开。刘备站中间，关羽站“大边”，张飞站“小边”。

〔西皮流水板〕

刘　备　**【闪锤】** 1/4（7 | 6 | 5 | 5 5 | 3 6 | 5 5 | 3 2 | 1 2 | 6 5 |

5 5 | 3 6 | 5 5 | 3 2 | 1 2） | 1 | 353 | 0 3 | 3 3 |
水　镜　先　生
（拱手）

2 5 | 3 2 | 3 | 0 5 | 3 5 | 1 | 2 | 3 1 | 1 2 |
对　我　云，　伏　龙　凤　雏　何　处
（右手摊掌）

6 | 0 3 | 3 2 | 2 1 | 1 6 | 0 61 | 1 1 | 2 3 | 3 1 |
寻。　多　亏　徐　庶　从　实　论，　卧

1 2 | 1 | 2 | 3 5 | 1 2 | 1 | 2 | 1 |
龙　岗　上　隐　贤　人。　二　贤
（右手赞美指）　（看关、张二人）

2 | 3 5 | 3 | 1 2 |（3 5 | 2 1 | 6 1 | 2）|
弟　与　我

サ 65 1 2 3 5 － 65 65 4 6 3 53 53 232 － |
把　路（哇）引，
（右手向外指出）

〔**【快长锤】**三人出门，四红文堂“合龙口”带马，双分下，三人上马，张飞、关羽打马从“下场门”下，刘备走至左台口，右转身右手向里缓马鞭横握亮住。

〔西皮摇板〕

（7 6 5 5 5 3 6 5 5 3 2 1 2 6 5 5 5）

刘　备　1 3 32 32 6 1 1 2 32（3 5 2 1 6 1 2）6 2
但　愿　此　去　得

1 - 6 5 3 ³2 3 2 3 2 5 ¹6 ¹6 ²1 - ‖

会 先 生。

（双手拱请式）

〔【大锣打下】刘备向左转身，右马鞭击打左手，食指、中指（掌心朝外）后向下打马，从“下场门”下。

第二场

〔【小锣抽头】农夫甲、乙扛锄头，从“上场门”上，至前台口。

〔西皮摇板〕

农夫甲 （过门同前）4 ⁵3 3 2 3 3 5 1 2 3（4 6 3 2 1 2 3）

高 山 流 水 景 色 新，

农夫乙 6 2 1 3 2 3 1 2 1（3 2 1 6 2 1 1）

夏 去 秋 来 绿 满 村。

农夫甲 2 1 2 3 ⁵3 2（2 1 6 1 2 2）2 1 2 3 5 3 ⁵3 ³2

携 锄 耕 碎 杨 柳 荫，

农夫乙 【小锣凤点头】（过门）1 3 2 1 1 2 2 ³2 1 2 1（2 1 7 2 1）‖

负 薪 踏 破 陇 头 云。

农夫甲 小哥，你听说没有，有人看见三个骑马的军官，一个长着长胡子的红脸大汉，一个是豹头环眼的黑脸大汉，还有一个是穿红袍白脸的，看上去好像是个头儿吧！

农夫乙 嗯！（点头认真听）

农夫甲 这三个人哪，是到处打听卧龙先生。（拱手）

农夫乙 （不解地）那打听卧龙先生（左手拿锄、右手指出），他们想干什么呀？

农夫甲 说的就是哪，想咱们这卧龙岗一带，压根儿就没有他们这样打扮的人来过，偏偏的又是找咱们的卧龙先生，简直摸不清是怎么回子事。

农夫乙 嗯！说的是呀！

农夫甲 想卧龙先生乃贤德之士，既是有人前来相访，是料无歹意呀。（一看农夫乙戳着锄把怔着）咱们别闲着，耕起田来！

〔二农夫扛起锄头，向“下场门”方向走去，二人面向里耕起田来。

〔【快长锤】张飞右手举鞭从“上场门”出，一亮，随即走至右台口加鞭后，领走小圆场。关羽从“上场门”尾随而上，走至右台口加鞭，跟随张飞走圆场。刘备随后从“上场门”上，走至右台口，一亮。

〔西皮摇板〕

刘　备　（过门同前）1 3 3 25 3 6 2 1 2 3 3 -

扬 鞭 打 马 往 前 进，

（右手加鞭）

（7 6 5 5 5 3 6 5 5 3 2 1 2 6 5 5 5）

关　羽　3 2 3 1 2 2 3 1（3 5 2 1 6 2 1 1 6 5 5 5 3 6 5 5）

辨 不 出 路 径 与 山 村。

（站至台口，右手撇鞭，向左转身走小圆场。刘备举鞭至右台口）

刘　备　1 2 3 5 1 2（3 2 1 6 1 2）2 2 35 3 2 3

卧 龙 高 岗 何 处 问，

（左手摊掌）

2 1 2（大大 大大 乙大 大 仓）

（三人斜线站，同时勒马看农夫）

吟＜山歌＞

农夫甲、乙　i 6 i 2 - 6 -

耕 田 喏！

〔【大锣凤点头】张飞右手执鞭向左指农夫，亮相。

张　飞　2 5 3 3 2 1 2（7 6. 1 2 2）3 2. 1 1 1 2 2 3 2 1 -‖【住头】

那 旁 农 夫 笑 语(呀) 频。

（左手平抬，右手执鞭，点指农夫）

大哥，那旁有两个农夫，待小弟前去问路。

吟＜山歌＞

农夫甲、乙　i 6 i i 6 -【小锣一击】

耕 田 喏！

刘　备　听他二人口唱山歌，三弟少待。

张　飞　是。

唱＜山歌＞

农夫甲、乙　（多多）6 5 6 | i 5 6 5 | 5 i 6 5 | 3 - | 5 5 6 |

世 人 俱 走 名 利 路， 利 锁

（农夫甲、乙做耕田状，刘、关、张侧耳听歌）

5 32 1 | 2 3 2 1 | 6 - | 1 1 1 6 | 1 1 6 |

名 缰 牵 缚 住。 苍 天 如 圆 盖 哟，

刘　备　三弟问这山歌何人所作，再问卧龙岗离此有多少路程。

张　飞　是。（走至台中，拱手示意）农夫哥请了。

「二农夫转过身来看张飞。

农夫甲 农夫乙　请了，请了！（二人同时放下锄头）

张　飞　请问农夫哥，口唱山歌何人所作？（左手摊掌）

农夫甲 农夫乙　您不知道，我们这儿有位诸葛先生，人称卧龙，他时常作些个山歌，我们也不懂得是好是歹，倒是唱着很顺嘴儿，我们就时常地念叨念叨，乐和乐和！

张　飞　哦，卧龙所作。诸葛先生他住在何处？

农夫甲 农夫乙　就住在卧龙岗。（二人同向左指）

张　飞　卧龙岗在哪里？

农夫甲 农夫乙　您顺着我的手儿瞧（左手指左前方），【小锣一击】从这往南，一带的高岗，那就叫卧龙岗，前有疏林密竹，内中有座茅庐，那就是诸葛先生高卧之所。

张　飞　离此有多少路径？

农夫甲 农夫乙　您顺着这股小道儿往西，（左手指左前方）穿过树林子、崎岖山路，近着有一里多地儿（左手出一指），只是道路狭窄，（摇头）难以行走。要不您从这小山往西南一拐（左手伸食指前指），一带的漫山坡，平平正正的，车马皆可行走，只是远着小二里地儿（伸出左手二指）。这两条道您爱走哪条道您走哪条道，倒是随您的便儿。

张　飞　多谢了。

农夫甲
农夫乙　不值一谢呀，天不早啦，该歇晌啦。正是：（扎）（二人同时扛锄头）

农夫甲　要知山上路，

农夫乙　须问过来人。

〔【小锣五击】二人从“下场门”下。

张　飞　大哥，（归原位）农夫口唱山歌，乃诸葛先生所作。

刘　备　哦！诸葛先生所作。路径可曾问明？

张　飞　已然问明，大路稍平，小路稍近二里。

刘　备　愚兄盼望先生，如饥思食，如渴思饮，恨不得一步去到茅庐，与先生高谈阔论，方称下怀，自然是走小路的为是呀。马上（呃）加鞭！

〔【闪锤】刘、关、张三人加鞭，均面向里迈左右步，右转身，上左右步，刘行至中心偏左。

〔西皮流水板〕

刘　备

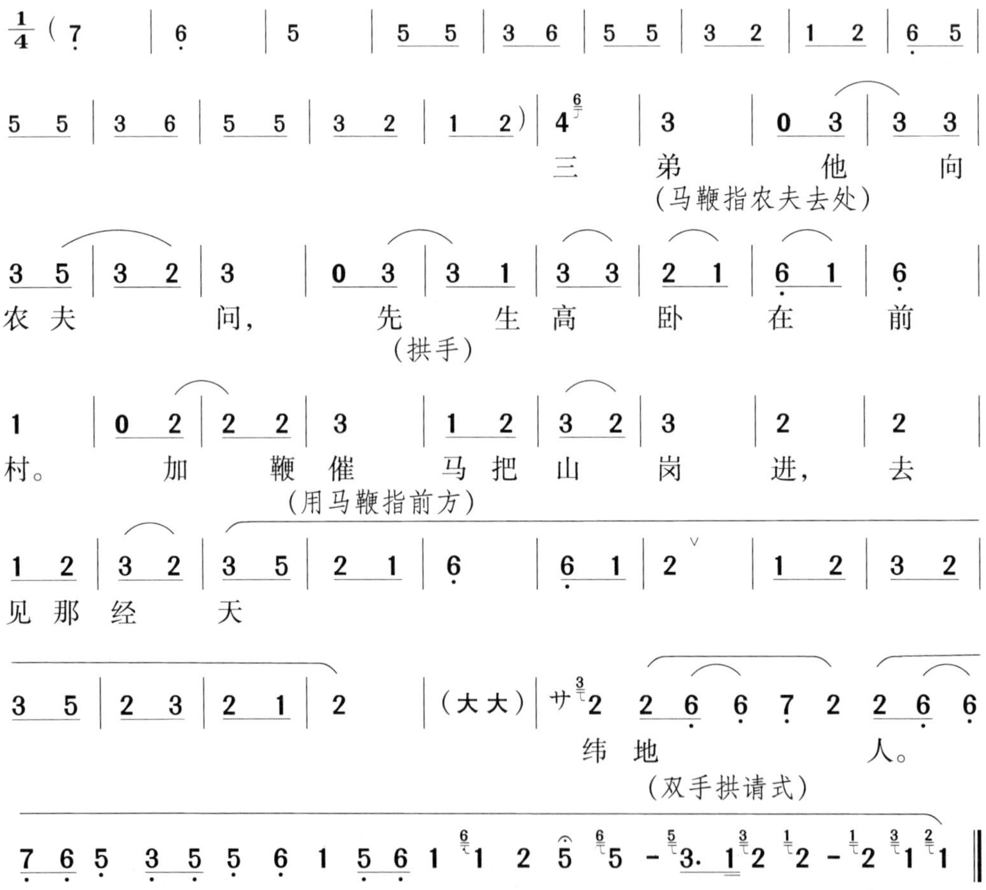

〔刘备右手加鞭，向“下场门”先下。【快长锤】关羽站“大边”，张飞在“小边”。

〔西皮摇板〕

关　羽　【凤点头】（过门同前）

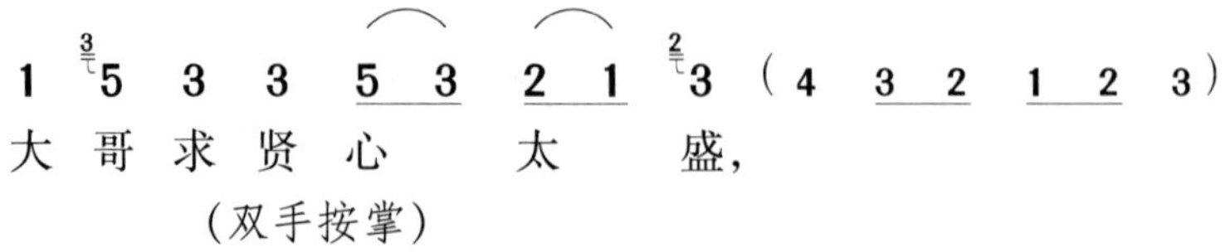

张 飞 3 6 5 6 1 1 6 3 2 6 1 （3 5 2 1 6 2 1 1）
恨 不 得 一 步 见 先 生。
（右鞭向左指）

关 羽 2 2 1 2 3 2 3 2 3 2 3 - 2 3 2 1 1 2 - |
相 随 大 哥 松 林 进，

〔【快长锤】关羽打马从“下场门”下场。张飞尾随而行，至“下场门”前一勒马，右转身成右丁步，右手绥马鞭。

张 飞 （过门同前）2 5 3 3 2 1 2 3 2 3 21 1 1 6 1 6 1 1 - ‖
徐 庶 的 言 语 未 必（呀） 真。

〔【大锣抽头】张飞打马从“下场门”下。

第三场

〔接【小锣抽头】书童由“上场门”上，行至台中央。

〔西皮摇板〕
书 童 （过门同前） 2 1 3 3 5 2 2 5 3 2 - 1 2 - |
先 生 今 早 赴 西 村 （呐 呃），

【小锣凤点头】（过门同前）1 3 2 1 1 2 2 3 5 2 1 1 - ‖
临 行 命 我 守 柴 门。

〔【大锣快长锤】张飞、关羽，右手持马鞭“上场门”上，行至右台口，站“一条鞭”，刘备随上，至“九龙口”，绥马鞭抖左袖。

〔西皮流水板〕
刘 备 【闪锤】（7 | 6 | 5 | 5 5 | 3 6 | 5 i | 3 2 | 1 21 | 6 5 |

5 5 | 3 6 | 5 5）| 4 | 3 | 0 3 | 3 3 | 2 3 | 4 6 |
襄 阳 城 外 一 山

3 | 0 1 | 1 6 | 3 3 | 2 1 | 1 1 | 1 2 | 6 | 0 61 |
岗， 枕 流 倚 岭 气 派 长。 前
（左、右摆身眺望） （刘抬头

1 61 | 3 2 | 32 3 | 0 6 | 6 1 | 2 3 | 3 61 | 6 1 | 3 |
面 高 峰 如 壁 挡， 后 面 松
左右仰望，右转身望向后方）

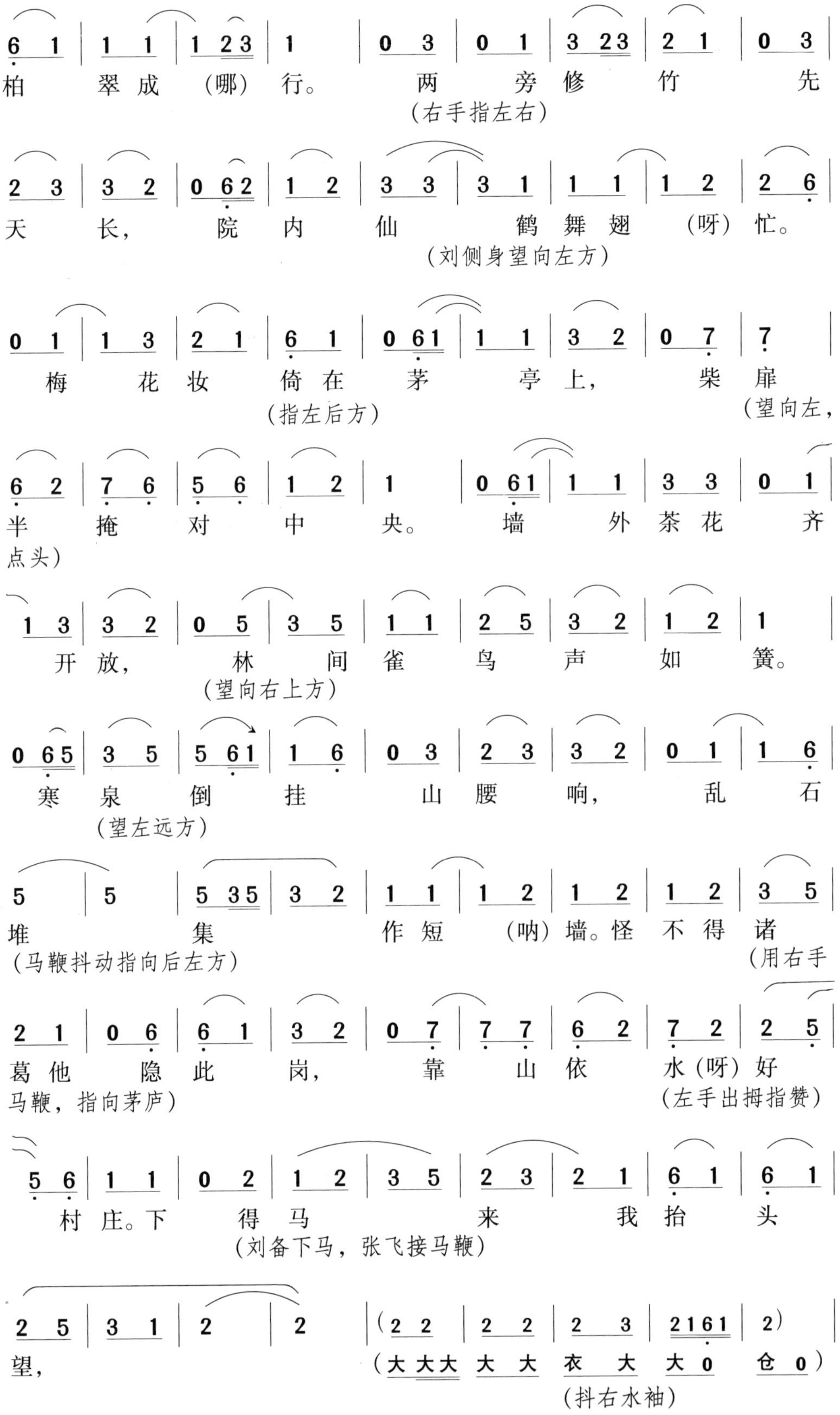
柏 翠 成 （哪） 行。 两 旁 修 竹 先
（右手指左右）
天 长， 院 内 仙 鹤 舞 翅 （呀） 忙。
（刘侧身望向左方）
梅 花 妆 倚 在 茅 亭 上， 柴 扉
（指左后方）
（望向左，
半 掩 对 中 央。 墙 外 茶 花 齐
点头）
开 放， 林 间 雀 鸟 声 如 簧。
（望向右上方）
寒 泉 倒 挂 山 腰 响， 乱 石
（望左远方）
堆 集 作 短 （呐） 墙。怪 不 得 诸
（马鞭抖动指向后左方）
（用右手
葛 他 隐 此 岗， 靠 山 依 水（呀） 好
马鞭，指向茅庐）
（左手出拇指赞）
村 庄。下 得 马 来 我 抬 头
（刘备下马，张飞接马鞭）
望，
（大 大大 大 大 衣 大 大 0 仓 0）
（抖右水袖）

三顾茅庐

〔西皮摇板〕

【凤点头】（过门同前）1 3 2 2 1 1 $^{3}2$ 6 1 $^{6}1$ 3 $^{3}2$ $^{3}2$ $^{6}1$ － ‖【住头】

见一 童 儿 在 门（呐）旁。

（左手指童儿）

刘　备　书童请了。

〔书童回身一看。

书　童　请了。（还礼）

刘　备　（向前一步）请问此处可是诸葛先生庄院？

书　童　不错，正是。

刘　备　烦劳通禀，就说汉左将军宜城侯、领豫州牧、皇叔刘备特来拜访。（拱手）

书　童　这么些词，我记不清楚。（双手摆动）

刘　备　你就说刘备拜访。

书　童　没在家。（摆手）

刘　备　怎么？

书　童　先生今早出门去了。

刘　备　往何处闲游？（垂鞭，双手摊掌）

书　童　那我哪儿知道哇！他踪迹无定，任意逍遥，不知其处。

刘　备　几时才得回来？（追问，左手摊掌）

书　童　三天五日，难以定准。

刘　备　偏偏来得不凑巧。

张　飞　他既不在家中，咱弟兄暂且回去，改日再来，何必在此发呆！

刘　备　三弟呀！

〔西皮摇板〕

【大锣凤点头】（7 6 5 5 5 3 6 5 i 3 2 1 2 6 5 5 5）1 3 $^{3}2$ $^{3}2$

既 然 来

1 $^{3}5$ 1 $^{3}2$（3 5 2 1 6 1 2 1）6 1 1 3 $^{3}2$ $^{3}2$ 1 $^{6}1$ 2 $^{3}2$ $^{2}1$ － ‖

到 卧 龙 岗， 看 看 山 庄 也 清（呐）凉。

（右手按掌）

关　羽　大哥！

〔西皮摇板〕

【大锣凤点头】（过门同前）3 2 3 6 2 1 3 1 2（3 2 1

兄 长 暂 且 回 署 往，

6 1 2 2）6 2 1 3 2 2 1 1 $^{3}2$ 1 － ‖【大锣住头】

明 日 差 人 访 贤 良。

刘　备　言得极是。小哥哇：

〔碰板、西皮流水板〕

（扎扎台）$\frac{1}{4}$ 6 1 | 1 6 | 0 6 1 | 1 1 | 2 1 | 3 3 | $^{3}2$ | 0 3 |

回 头 我 对 小 哥 讲， 儿

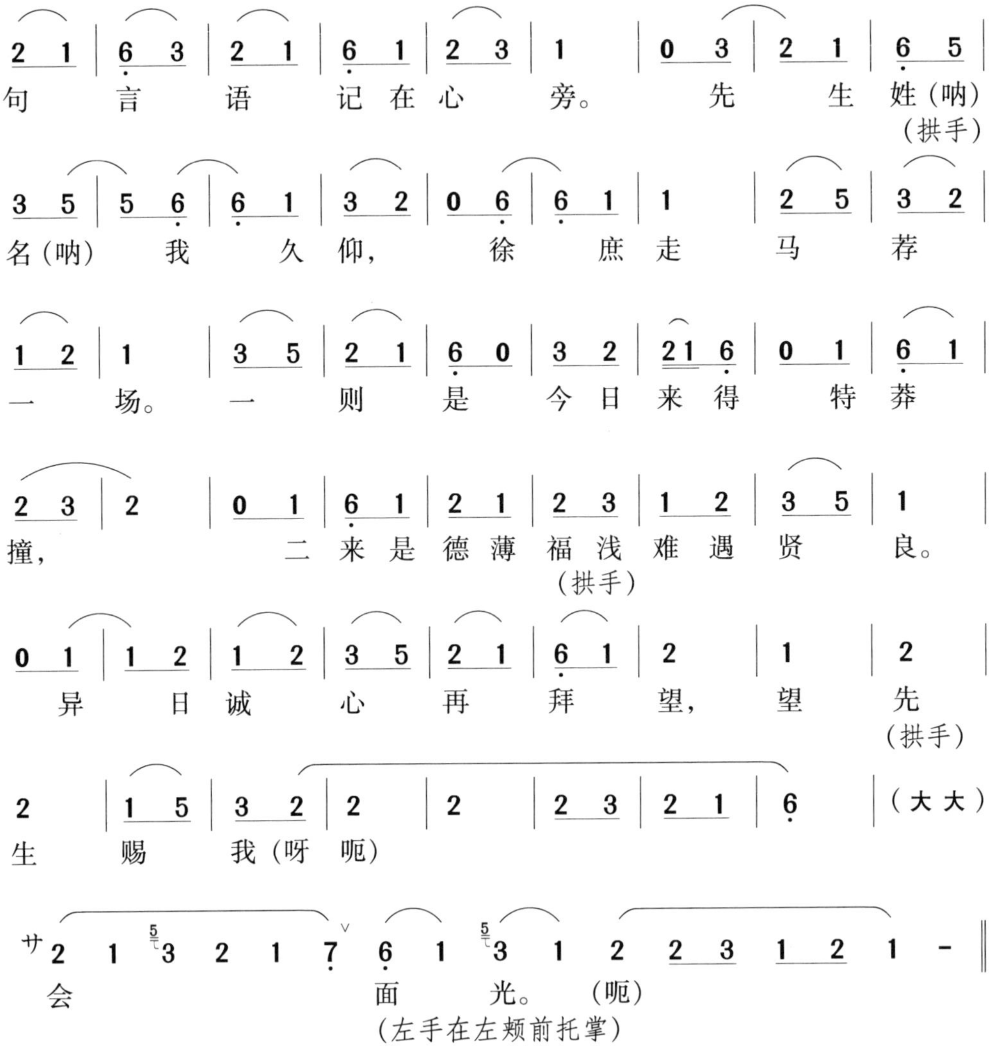

书　童　是！

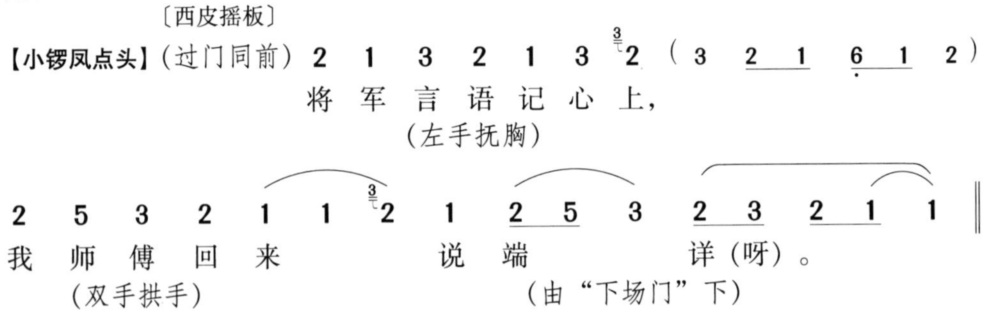

张　飞　大哥，回去吧！（扬右手）

刘　备

3 2 3 (2)1 ((2)7 2 1 -) 2 1 (5)3 2 1 7 - 0
庄 把——
（环顾山庄，不愿离去）

张　飞　大哥，上马回去吧！
刘　备　唉！

(3)5 1 2 (5)3 5 (6)3 (5)3 (2)3 (5)2 (23)2 -
马 上，

〔【快长锤】张与刘带马，后三人同上马，往“下场门”方向反圆场。三人同望“上场门”。【大锣一击】
〔崔州平内白：“嗯哼！”
〔【大锣凤点头】三人同时左回身，面向前。

刘　备　（过门同前）2 1 1 (3)2 3 2 1 2 1 7 1 - ‖
想 是 诸 葛 转 还（呐）乡。
（用马鞭指“上场门”来人方向）

〔【小锣抽头】崔州平从“上场门”上，一看三人。

〔西皮摇板〕
崔州平　（过门同前）6 2 1 3 2 1 6 1 2 （3 2 1 6 1 2）
此 地 缺 少 人 来 往，
（左手执拐杖，右手向下指地）

2 1 3 2 1 1 6 5 6 1 （2 1 7 2 1）‖
何 处 军 官 站 道 旁？
（面向外，右手指向三人）

刘　备　先生请了。（拱手）
崔州平　请了。
刘　备　来的敢是卧龙先生？（拱手）
崔州平　请问将军是谁？
刘　备　俺姓刘名备，字玄德。久仰高风，特来拜访。（躬身拱手）
崔州平　吾非孔明。（摇手）
张　飞　还是问错了！
崔州平　乃孔明之友，博陵崔州平是也。
刘　备　备曾闻水镜先生言道：阁下与诸葛、石、孟三公，为莫逆之交，今日冒叫一声，多有失敬哪！（拱手）
崔州平　山野村夫，何足挂齿。（右摆手）
刘　备　备与先生相逢，三生有幸，愿与先生立谈片刻，不知意下如何？（右手摊掌）
崔州平　既蒙将军不弃，这有何妨。请问将军，特到荒山僻壤，欲见孔明，所为何事？（右摊掌）

刘　备　方今天下大乱，四方云扰，欲见孔明先生，求济世安邦定国之策！

崔州平　哈哈哈，（笑）公以定乱为主，虽是仁义之心，但自古以来，治乱无常，何况当今天下大乱，群雄各据一方，将军欲请孔明，斡旋天地，扭转乾坤，恐非容易，枉费心机耳。

刘　备　先生所言，诚为高见，但备理当匡扶汉室，虽然时势如此，还要尽力而为！

崔州平　我乃山野村夫，不足与闻天下之事，适承明问，姑妄言之。

刘　备　先生不必过谦，既承见教，备已心领。请问先生，卧龙公往何处去了？

崔州平　我正要访他，也不知他往哪里去了。

刘　备　请先生同到敝县如何？

崔州平　愚下无意功名久矣，容他日再见，告辞了。正是：有缘千里成交往，无缘对面也参商。**【小锣五击】**（“下场门”下）

张　飞　孔明未曾访着，却遇着这个酸溜溜的书生，闲谈了许久，咱老张好不耐烦。（右手击左掌心，双手摊掌）

刘　备　此亦贤士也！（右手赞美指）

关　羽　天色已晚，你我弟兄回去吧！（向右指出）

〔西皮散板〕

刘　备　**【纽丝】** サ（7 6 6 5 i 3 2 7 6 2 1 －）

5 3 3 3 3 5 3 4 3 3 － 2 － 3 －

卧龙岗未见诸葛亮，

〔**【纽丝】**三人上马，张飞与刘带马，张立左，刘居中，关羽立右。

〔西皮散板〕

刘　备　サ（过门同前）3 2 1 1 2 6 1 1 2 2 3 2 3 5 3 2

崔州平言语动心

1（2 1 7 2 1 －）6 2 1 3 1 6 2 3 2 7 6 5

肠。（仓）汉室衰危

（3 6 5）2 7 5 6 － 5 － 7 － 6 5 5 6 －

心惆怅，

〔**【纽丝】**张飞、关羽由“下场门”下，刘备至左台口向右转身。

（过门同前）3 2 2 1. 2 3 5 2 2 2 3 2 1 6

英雄有志（呀）

（用马鞭托髯）

（6 1 2 －）6 1 1 3 1 2 2 2 1 － ‖

定四方。

（右手持鞭指出）

〔【大锣打下】刘备打马，从“下场门”下。

第四场

〔【小锣抽头】石广元、孟公威从“上场门”上。

〔西皮摇板〕

石广元 （过门同前）1 3 2 3 3 5 1 2 3（4 6 3 2 1 2 3）
平 生 隐 居 山 林 间，

孟公威 3 6 5 i 6 5 i 6 5 3 5（6 5 3 5 6 5 3 2 1 1）
富 贵 名 利 视 等 闲。

石广元 1 3 2 1 6 1 3 2（3 2 1 6 1 2）
特 约 贤 弟 赴 酒 馆，

孟公威 3 6 5 i 6 5 3 5 3 5 6 － 5 5（5 5 3 6 5）‖
踏 雪 寻 梅 乐 陶 然。

〔酒保“下场门”上。

酒　保 二位先生，外面风雪甚大，请到里面避避寒冷如何？

石、孟 我二人正想饮酒。

酒　保 您请进。（右手让请）

石广元 贤弟请。

孟公威 兄长请。（二人互让）

酒　保 二位请进！（石、孟进门，正场台桌，石坐“大边”，孟坐“小边”）您要什么酒？

石广元 “瓮头春”，可也。

酒　保 伙计们，“瓮头春”一瓶。（进“下场门”取酒，一壶二杯）酒到！

石广元 放下！

酒　保 是啦！（放在桌面后“下场门”下）（**多多台**）

石广元 贤弟请。（举杯）

孟公威 兄长请。（举杯）

〔吹腔〕

石广元 （扎）6 6 | 0 1 1 3 | 2.（3 2 | 1 2 3 5 2 3）| 1 2 1 |
踏 雪 寻 梅 酒
（右手执杯，左手指酒）

0 5 5 6 | 5 3 | 3 3. 5 | 6 － |
味 甜， 缺 少 诸

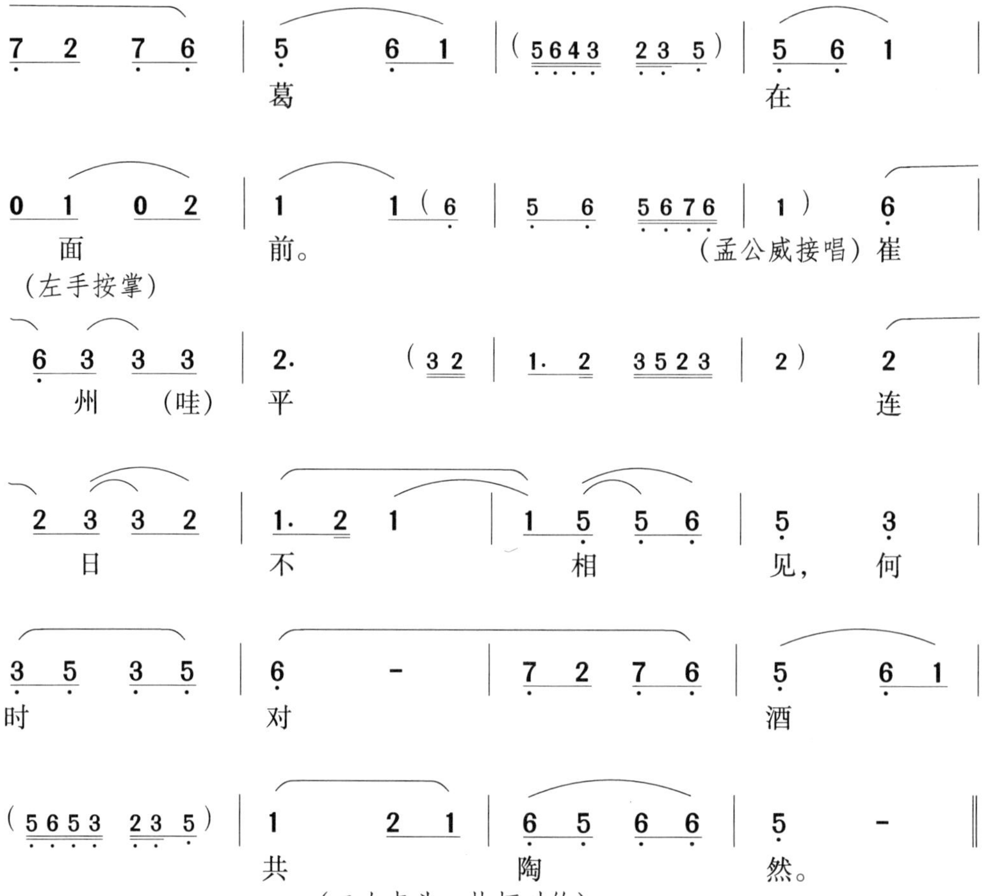

〔【冲头】接【导板头】

〔刘备内唱：

〔西皮导板〕

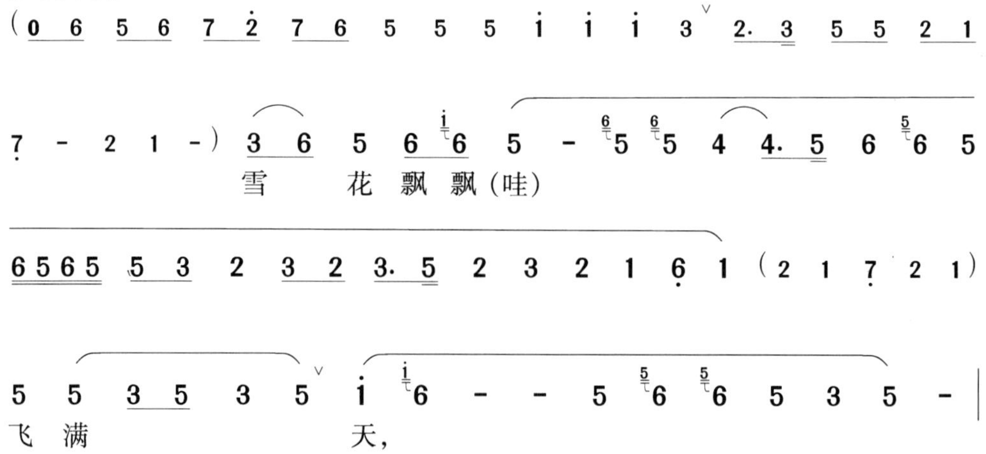

〔张飞内白：“嘚，（仓）马来！”

〔【切头】（嘟 -）张飞从“上场门”上，（八大台 顷 仓）起反“云手”，至右台口，亮左手拉开氅、右手横马鞭相。【急急风】向后退两步，上左腿，跨右腿向左转身，右手抱鞭相。（八大台 顷 仓）关羽持马鞭从“上场门”上，二人背对背一抄，随即刘备紧随而上，三人走“编辫子”，刘备归“九龙口”。紧接【四击头】刘备向左转身，右手向外缓马鞭，向右让髯口，勒马亮“斜一字”相。关羽立于刘备右侧勒马，张飞右弓步，左手勒缰，右手抱鞭，三人同视左前方。

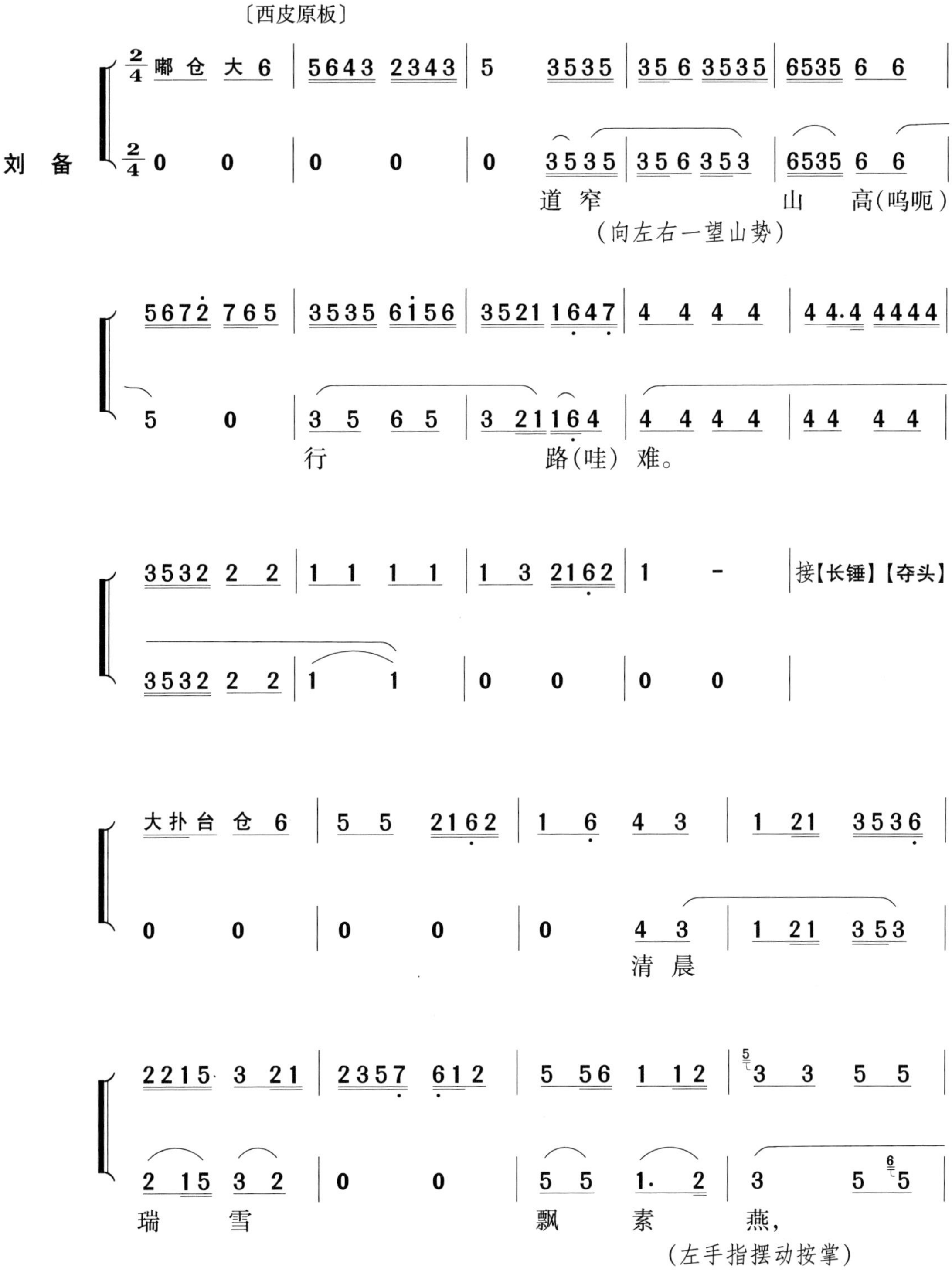

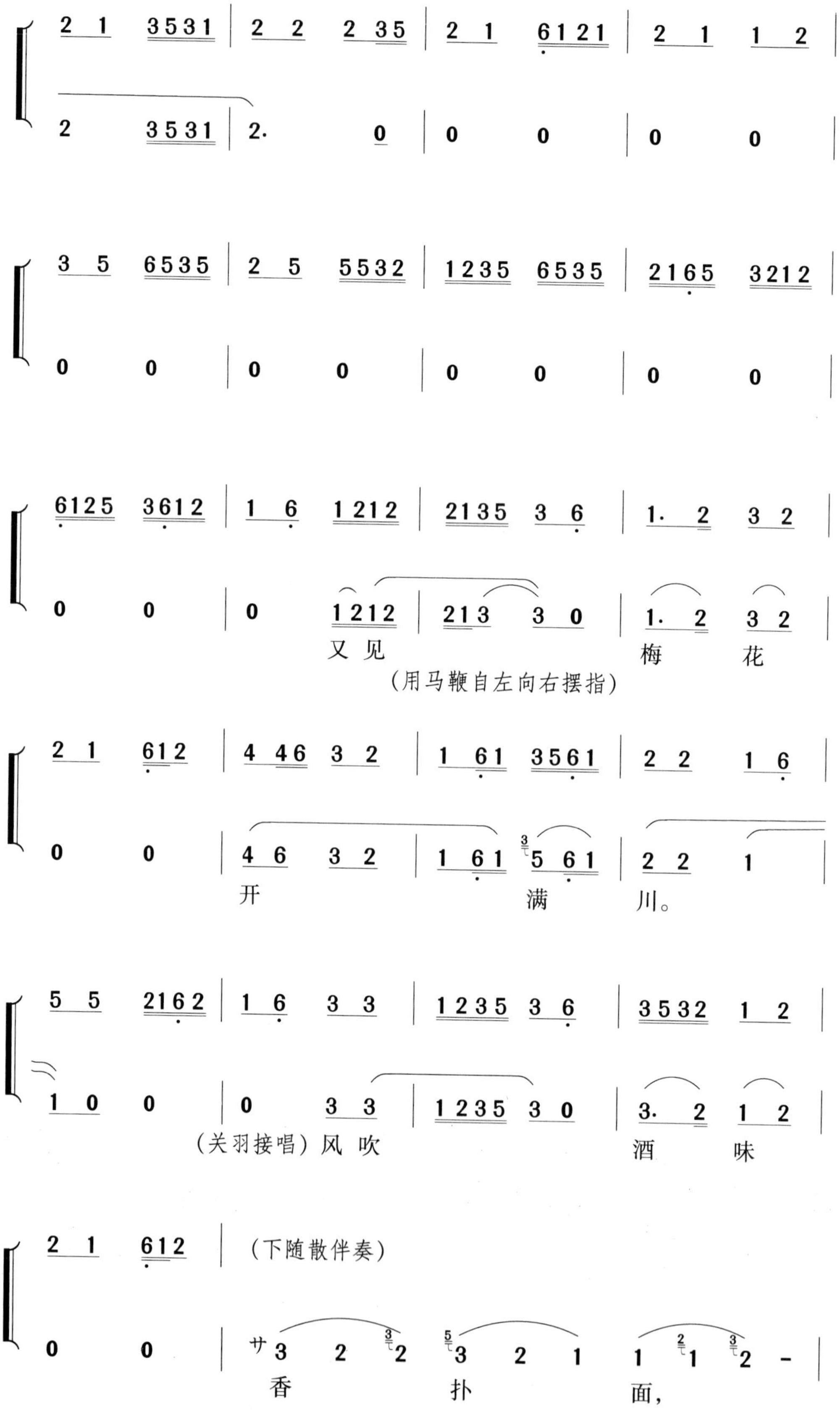
又见
梅
花
(用马鞭自左向右摆指)
开
满
川。
(关羽接唱)风 吹
酒
味
(下随散伴奏)
香
扑
面，

〔【快长锤】三人圆场，归原位。（锣切住）

〔酒保内吟 5 3 5 3 – ‖
好 酒 哦！

〔【大锣凤点头】张飞向酒楼一望。

〔西皮摇板〕

张　飞　（过门同前） 2 5 3 3 2 3 3 1 2 2 （3 2 1
且 上 酒 楼
（右手马鞭指酒楼）

6 1 2） 2 1 1 2 2 1 – ‖【住头】
避 避 （呀） 寒。
（双手抱肩抖动）

张　飞　大哥，看这阵风雪甚大，且上酒楼，避避寒冷！（抱肩）
刘　备　三弟，你既怕冷，同你二哥回转县衙，待愚兄一人前往。
张　飞　兄长说哪里话来，小弟死且不怕！焉能怕冷？只恐那诸葛有名无实，枉费大哥奔驰之苦吓！
刘　备　你晓得什么！（不满地左脚上前一步）
关　羽　大哥，这阵风雪甚大，且上酒楼少坐片时。
张　飞　着哇！（右拳击左掌）
刘　备　但凭贤弟。
张　飞　酒家！（三人下马，张左手招呼）
酒　保　来啦来啦，（"下场门"上）三位敢是饮酒的吗？
张　飞　正是。
酒　保　您请进。（右手让进）

〔刘备等三人入内，"大边"刘居中位，关坐刘右边，张坐刘左边。

酒　保　您用甚么酒？
刘　备　"瓮头春"一瓶。（右手伸食指）
张　飞　一大瓶！
酒　保　是，伙计们，"瓮头春"一瓶！（入"下场门"，取酒盘复上）酒到。（放在桌上）
刘　备　唤你再来，去罢。
酒　保　是啦！（"下场门"下）
张　飞　大哥请，二哥饮，待俺老张先干了罢。（自饮）
石广元　贤弟请。
孟公威　兄长请。（同唱）

〔吹腔〕

（令台）| 0 3 3 5 | 2 3 2 | 0 5 3 2 | 1 6 1 | 2 3 2 |
壮 士 功 名 尚 未 成，

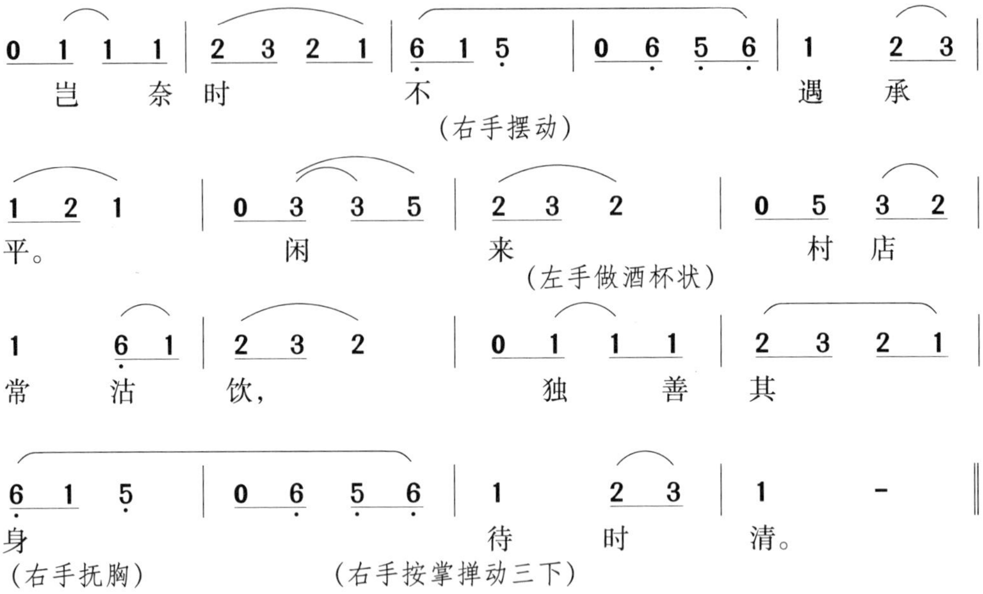

刘　备　酒保！

酒　保　来啦，来啦！（“下场门”上）再给您来一瓶？

张　飞　再烫上一瓶。（左手食指直伸，示意数字）

酒　保　是啦！（取酒）酒到。（放在桌上）

张　飞　放下，再烫上一瓶。

刘　备　不用了。我且问你楼上何人在此饮酒？

酒　保　那儿呀，这都是卧龙岗左近的隐士。

刘　备　姓字名谁？

酒　保　有位姓石的，还有位姓诸葛的，好几位呢，常来，我也记不清谁是谁了。（左手摇动）

刘　备　唤你再来，去罢。

酒　保　是啦！（“下场门”下）

刘　备　二位贤弟，听酒保之言，一定是诸葛先生在此。（拱手）

关　羽　此番来得倒也凑巧。（左手按掌）

张　飞　不是咱老张想要吃酒，你们冒雪赶到隆中，不过看看那茅庐也就完了。（双掌心相击，变双摊掌）

刘　备　如此说来，少时见了先生，倒是三弟之功也。（出大拇指）

张　飞　取笑了。

刘　备　待愚兄上楼去见。

关　羽　是。

张　飞　大哥前去，小弟在此等候。二哥你我对饮儿杯。

〔刘离座行至右台口，右转身上楼进门，至石、孟桌前。

刘　备　二位请了。（拱手）

石广元
孟公威　请了。

刘　备　请问二位，哪位是卧龙先生？（拱手示意）

石广元 公乃何人？（拱手）

刘　备 俺乃刘备也，欲访孔明先生，求济世安民之策。（双按掌）

石广元 我等均非卧龙，（摆手）乃卧龙之友也。

刘　备 请问二位尊姓大名。（拱手向左、右示意）

石广元 我乃颍州石广元。（托髯）

孟公威 卑人汝南孟公威。不知公欲访卧龙何干？

刘　备 二公听了：（拱手）

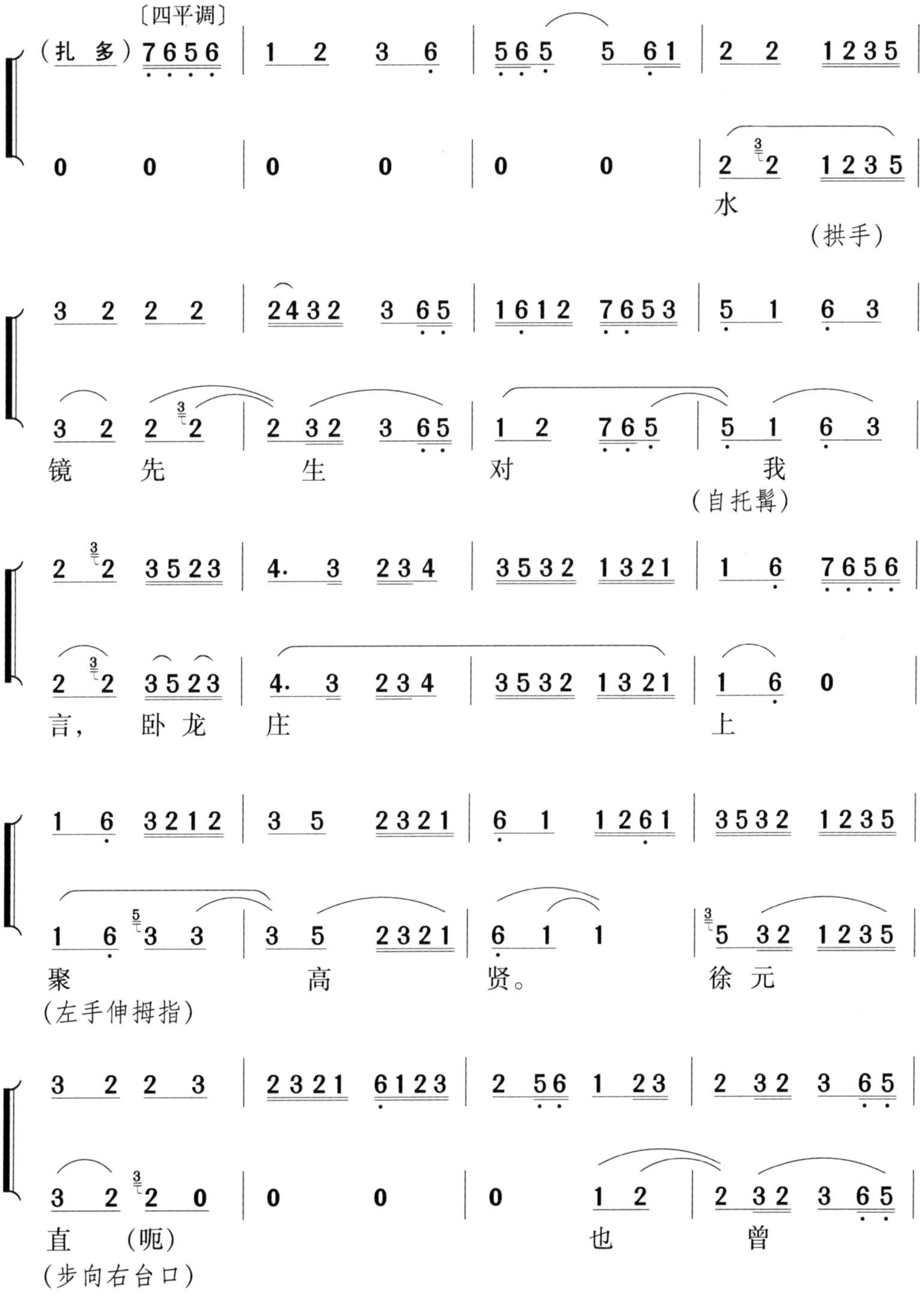

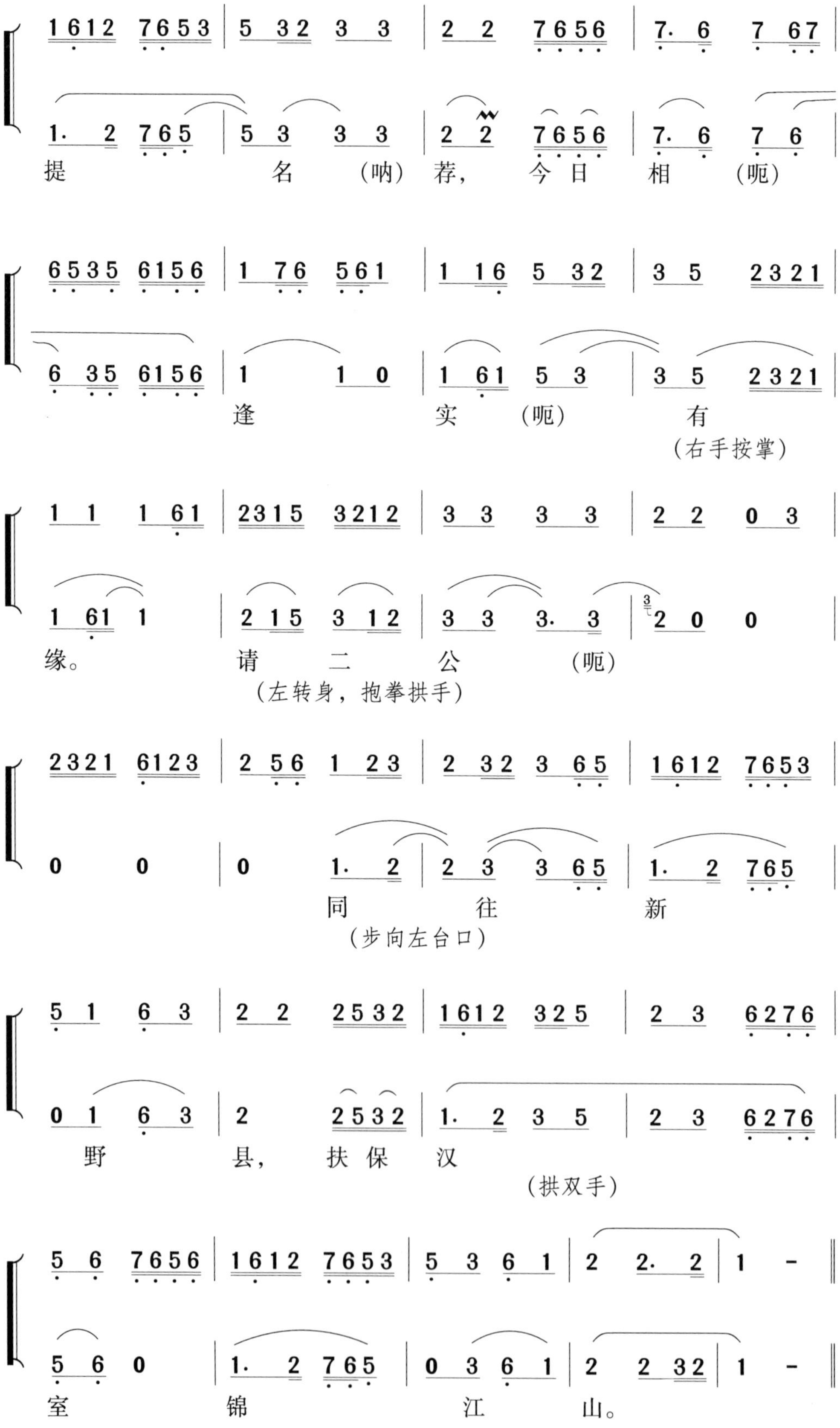
提 名（呐）荐，今日相（呃）
逢 实（呃） 有
（右手按掌）
缘。请 二 公 （呃）
（左转身，抱拳拱手）
同 往 新
（步向左台口）
野 县，扶保汉
（拱双手）
室 锦 江 山。

石广元
孟公威 我等皆山野村夫，疏懒成性，不知治国安民之事，不劳下问。

刘　备 先生不肯下山，备也不敢强求，既与孔明交好，刘备随带马匹，敢请二公同往卧龙庄上一谈如何？（右摊掌）

石广元
孟公威 这……将军请自上马，访问卧龙可也。

刘　备 如此备告辞了！（施礼）

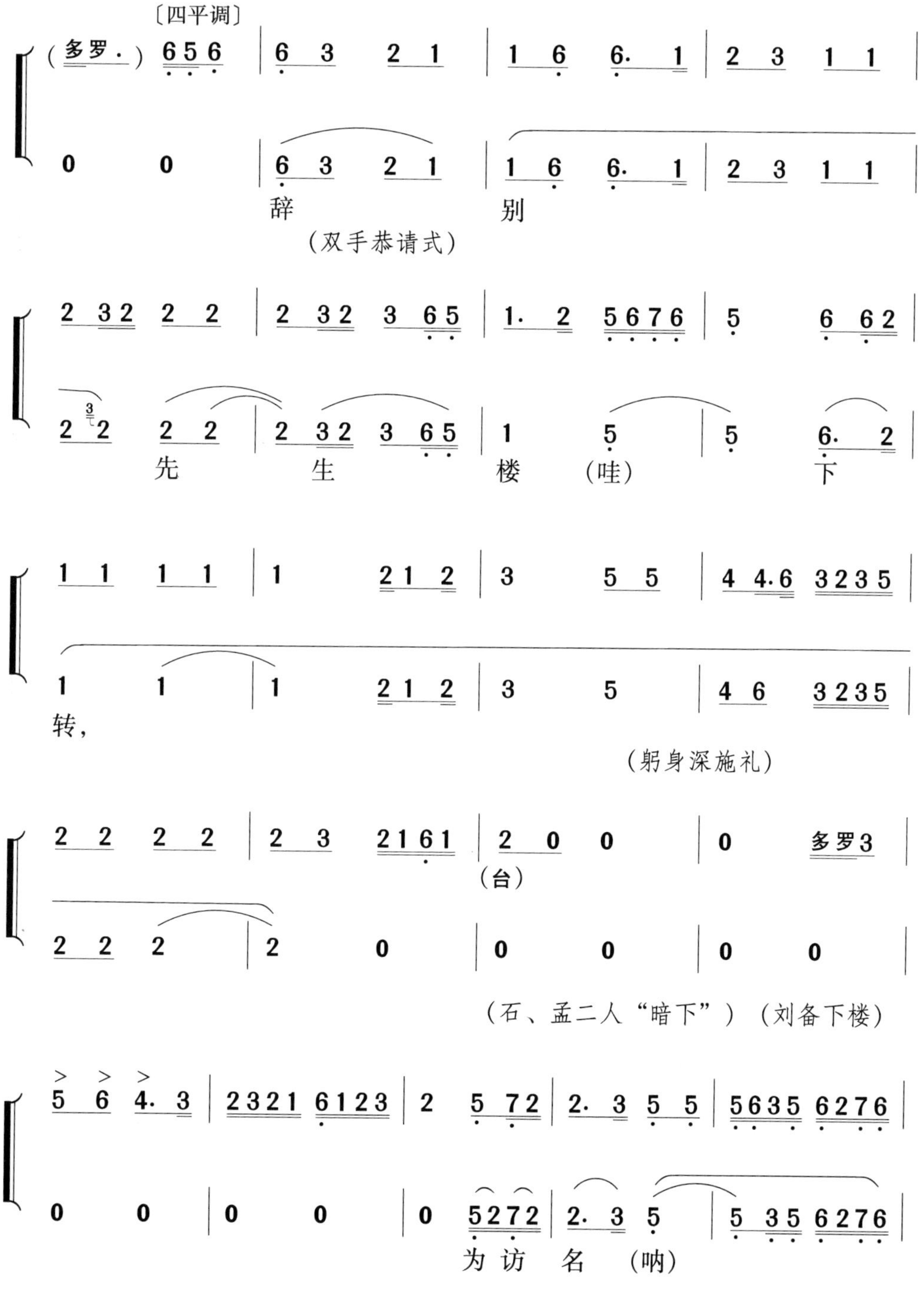

渐慢

5 6 7656 | 1612 7653 | 5 1 23 | 5 6 6 | 1 – ‖

5 ⁷6 0 | 1. 2 765 | 5 1 23 | 5 6 6 | 1 – ‖

贤 且 耐 烦。

（刘右转身，会关、张）

张 飞 大哥，卧龙先生讲些什么？（左手摊掌）

刘 备 那不是卧龙先生，乃石广元、孟公威二位在此。

张 飞 嘿！什么石广元，又是那书呆子，不要寒了这杯酒，待我干了它。（速饮酒）

刘 备 不要饮了，你我弟兄往卧龙庄去者。（离位）

关 羽 酒家，酒钱在此，我们去也。（置银于桌上）

〖**【快纽丝】**闭二幕，三人急速出门，张与刘带马。

〔西皮散板〕

刘 备 サ（7 6 5 31 21 6 2 1）1 2 1 ⁵3 2 2 ³2 ³2

弟 兄 冒 雪 把 路

（三人圆场至右台口）

1 1 2 **【凤点头】**（6 5 3 1 2 1 6 2 1 1 1）

趱， （三人同向左一望）

3 2 21 12 ³2 62 1 3 2 6 1 ‖

小 小 茅 庐 在 面（呐） 前。

（右手马鞭指茅庐） （下马）

刘 备 里面有人么？（向“下场门”喊）

书 童 （“下场门”上，右手拿扫帚做扫雪动作）

念〔数板〕

（**多罗.**）银世界，面盖地，遍地鹅毛飞柳絮；棉花风吹随时起，分不出天地黄与黑。是哪一位？

刘 备 啊书童，先生今日可在庄否？

书 童 现在堂上读书。

刘 备 真乃凑巧，就烦引我进入。

书 童 随我来。（招手）

刘 备 有劳了。（二人进门）

〖诸葛均“下场门”上，左手拿书，边看边走。

<琴歌>

诸葛均 （**多 多**）3 1 | ³2 – | 0 2 323 | 1 2 | 0 1 6 5 |

凤 翱 翔 于 千 仞 兮， 非 梧 不

（左手拿书）

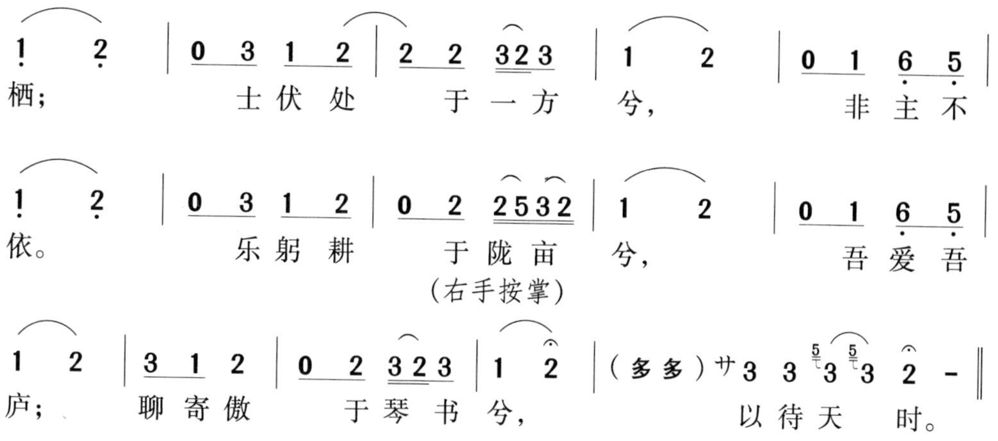

书　童　先生来了。

刘　备　先生请了。（拱手）

诸葛均　请了。（拱手）

刘　备　备久慕先生大名，无缘拜会，前因徐元直称荐，敬至山庄，不期未遇空回，今特冒雪而来，得瞻道貌，真乃万千之幸！（深躬）

诸葛均　将军莫非刘豫州，欲访家兄否？（拱手）

张　飞　嘿！错了！（双手摊掌）

刘　备　先生又非卧龙？

诸葛均　某乃诸葛均。愚兄弟三人，长兄诸葛瑾，现在江东孙仲谋处为幕宾；孔明乃二家兄也。

刘　备　原来是三先生，失敬了。（拱手）

诸葛均　岂敢。

刘　备　令兄卧龙在否？

诸葛均　昨为崔州平相约，出外闲游去了。

刘　备　往何处闲游？

诸葛均　或驾小舟，游江湖之中；或访隐士于山岭之下；或寻渔樵于村落之间；或乐琴棋于洞府之内；往来莫测，不知其所。（左摆手）

刘　备　两次未遇，不胜惆怅！（摇头）

诸葛均　少坐献茶。

张　飞　先生既不在家，请哥哥上马回去罢。

刘　备　我既到此间，如何无一语而回。啊先生，令兄熟谙韬略，日看兵书，可得闻否？

诸葛均　这却不知。（摆手）

张　飞　你问他作甚？外面风雪甚大，不如早回。（右手指外）

刘　备　你又来多事！（上一步急斥张）

诸葛均　家兄不在家中，不敢久留车骑，容日再来回礼。

刘　备　岂敢使先生枉驾，数日之后，备当再至，愿借纸笔，作一书留达令兄，以表刘备敬仰之意。

诸葛均　将军请书。童儿磨墨。

书　童　是。

刘 备 有劳了。

〔【夺头】入“大座”，修写书柬。小童磨墨。

〔二黄碰板〕

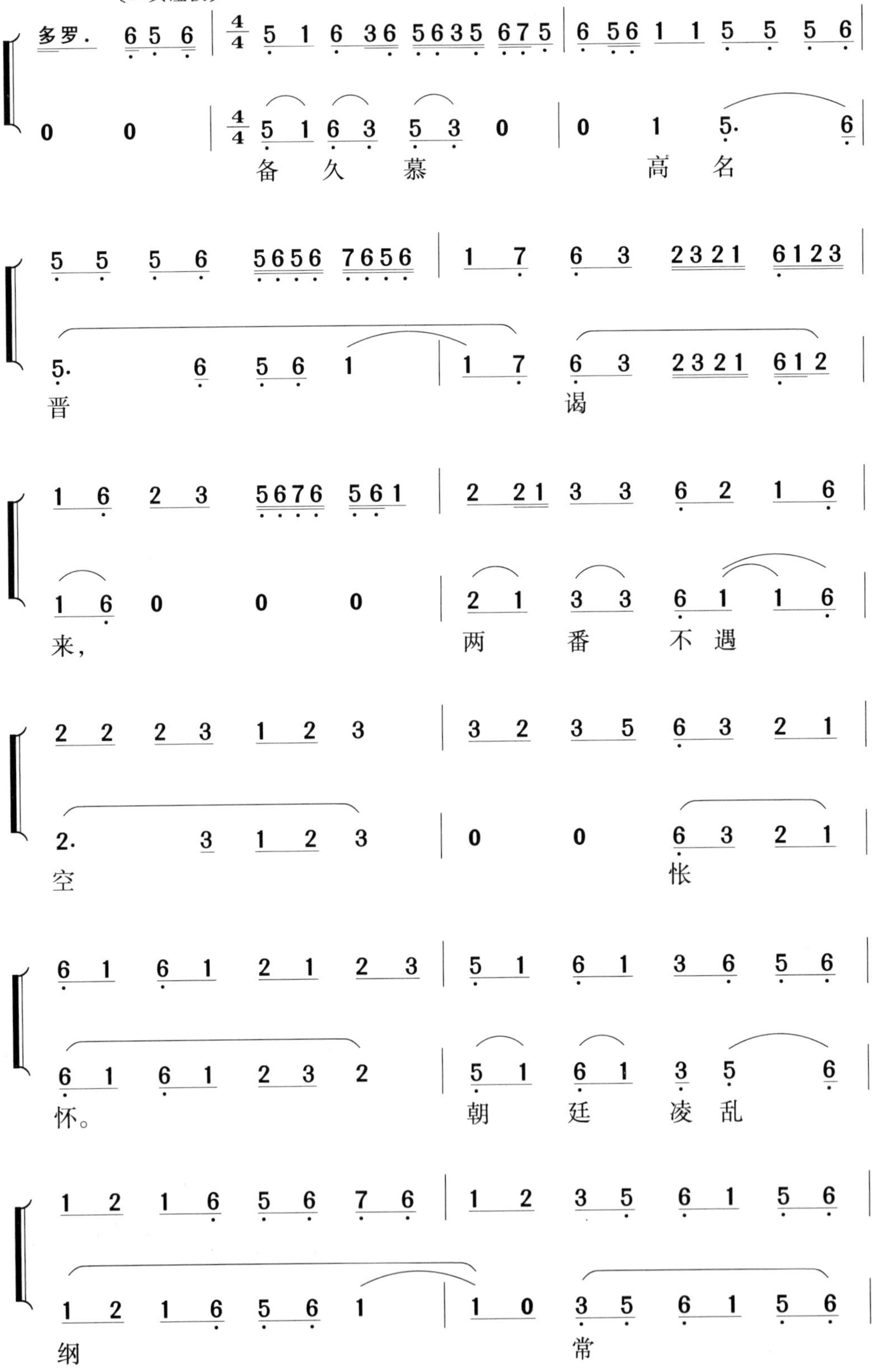

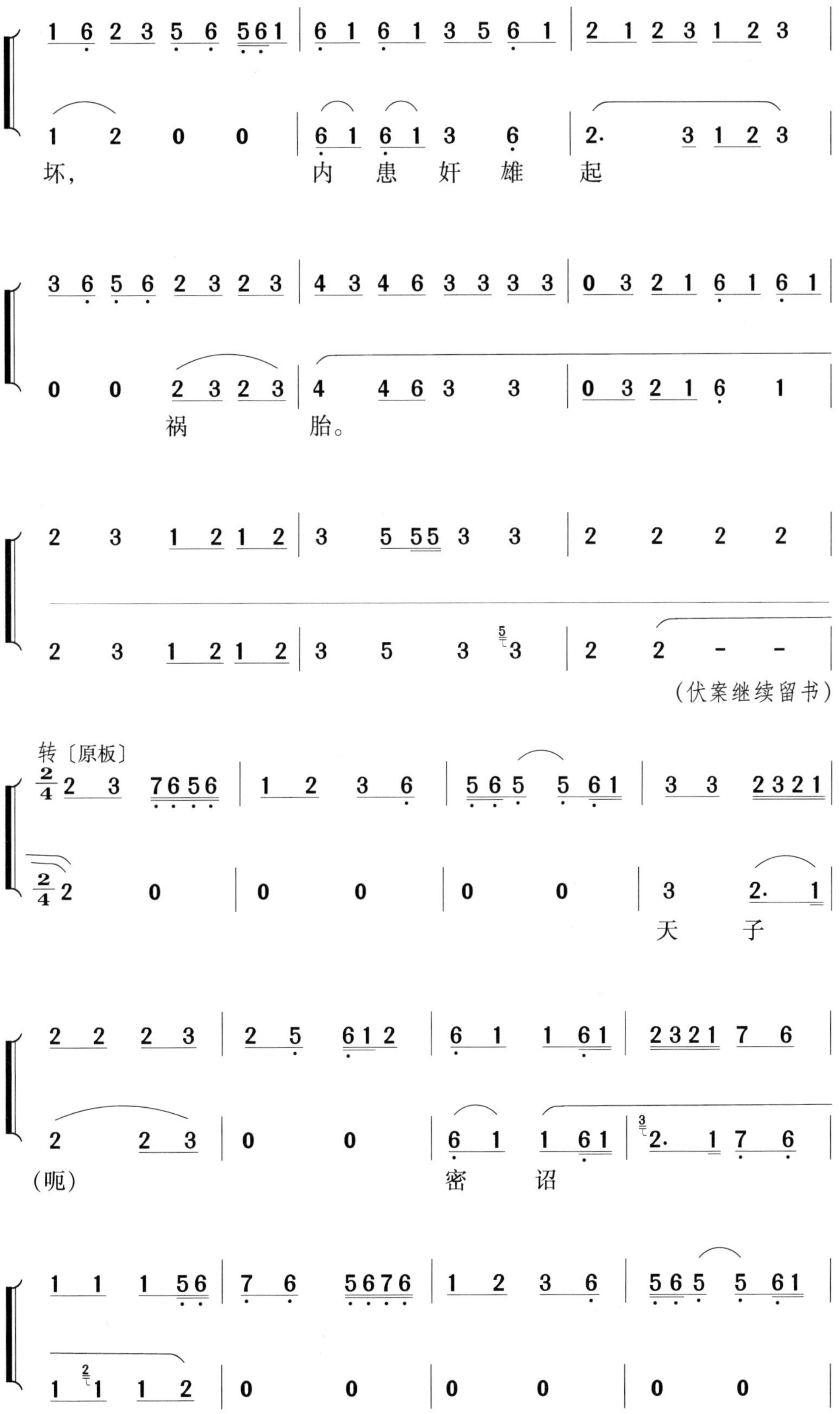
坏，
内 患 奸 雄 起
祸 胎。
（伏案继续留书）
转〔原板〕
天 子
（呃）
密 诏

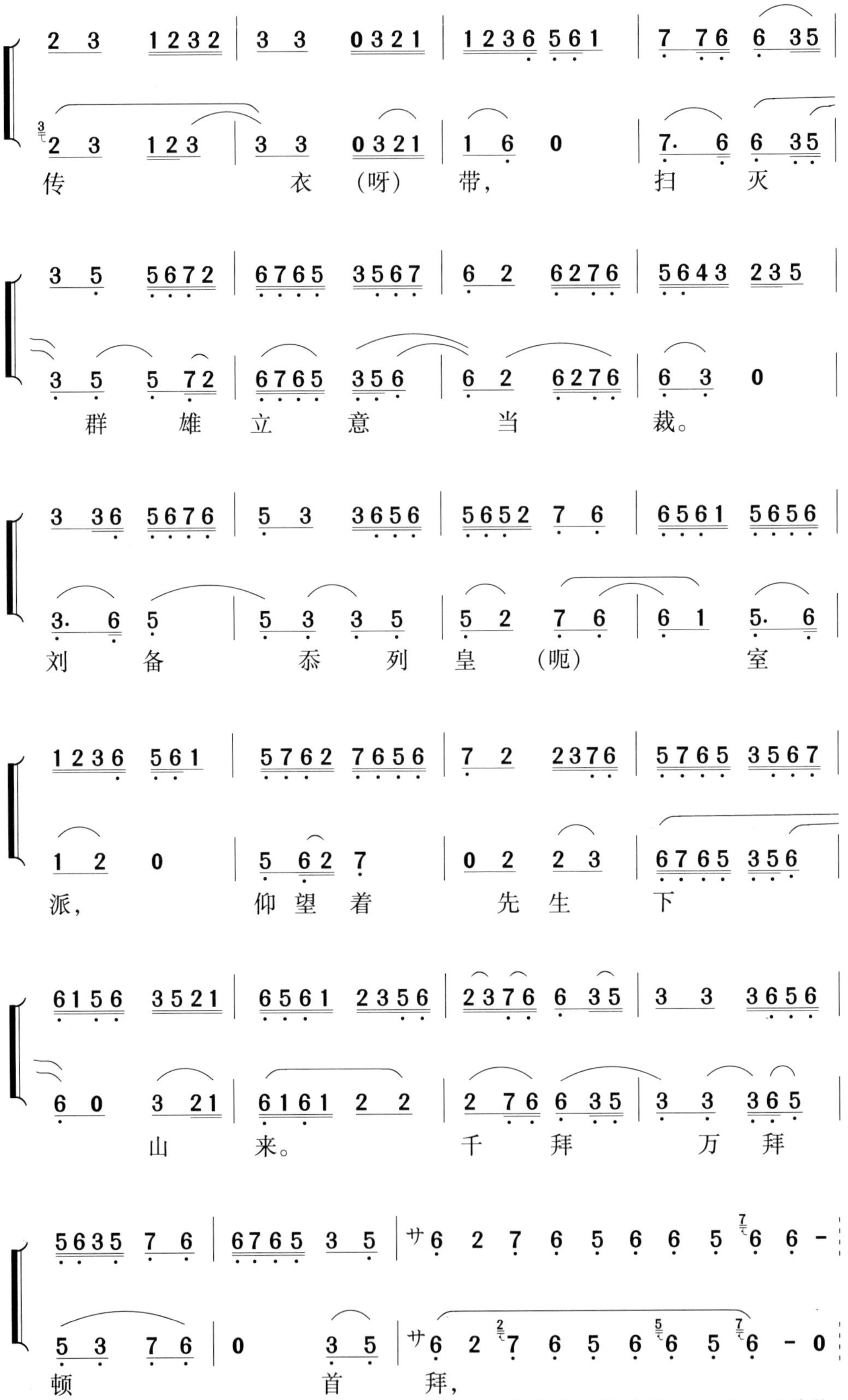

（修书毕，刘出位，交信与诸葛均）

三顾茅庐

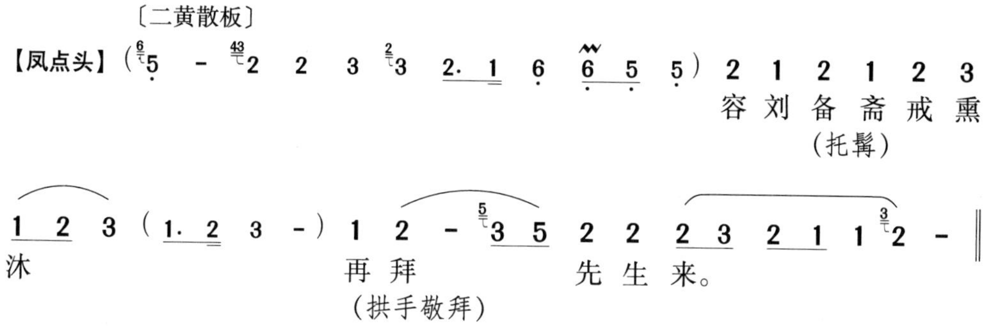

刘　备　拜求先生转达，容备改日再来拜访。

诸葛均　恕不远送。（三人出门，站“大边”左台口）

「黄承彦内白：“好大雪！”

「【小锣抽头】黄承彦扶拐杖，从“上场门”上。

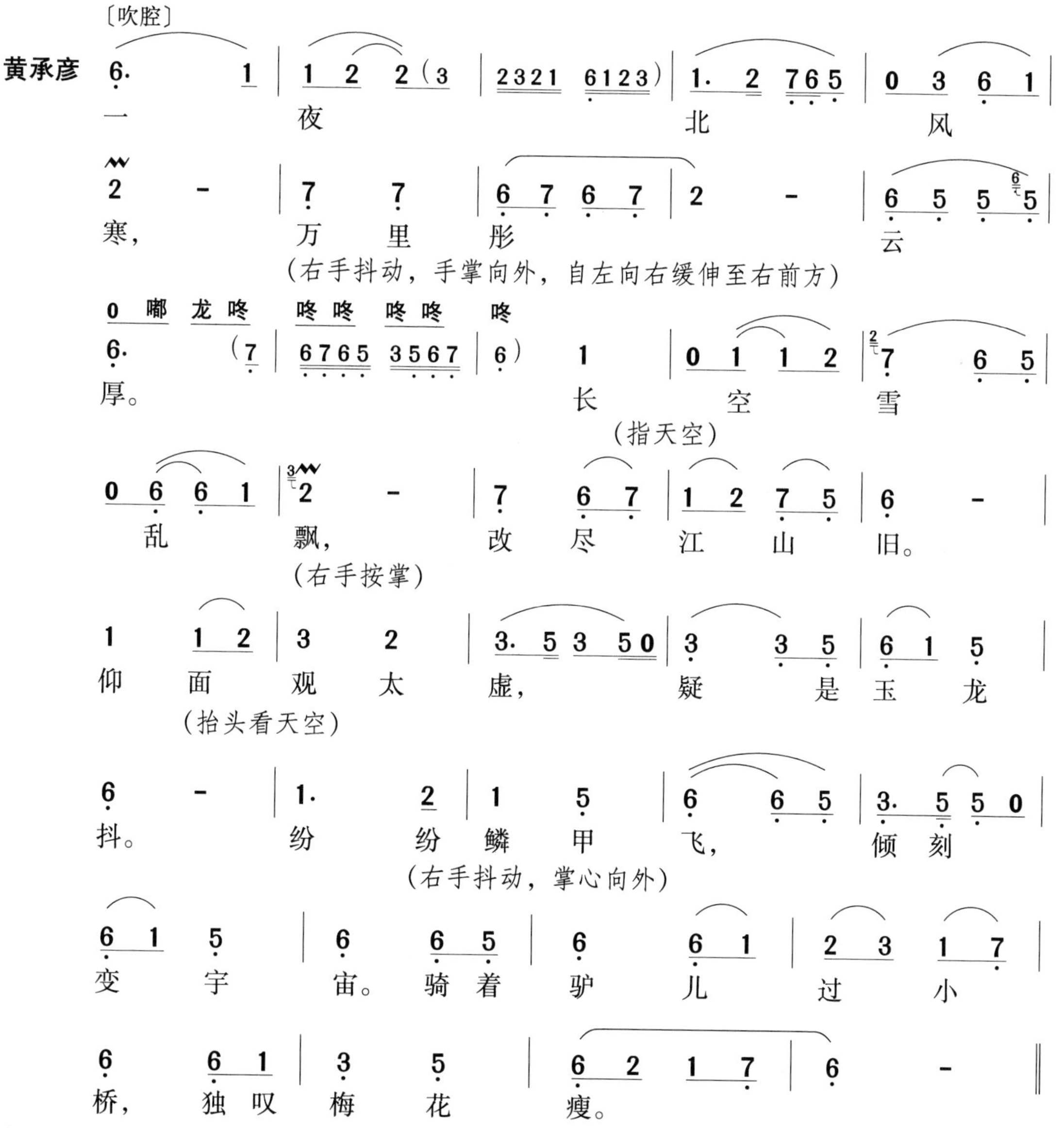

好大雪！（用袖拂身上雪）

刘 备 莫非卧龙先生冒雪而回，刘备渴望久矣！（拱手）

黄承彦 我非孔明……（右摆手）

张 飞 唉！又错了！（右手摊掌）

黄承彦 乃孔明之岳丈，黄承彦也。（托髯）

刘 备 哎呀，原来是前辈的老先生，失敬了。（拱手）

黄承彦 岂敢。

刘 备 适才吟咏之词，极其高妙。（出右手赞美拇指）

黄承彦 老夫在小婿家中，观《梁父吟》，记得这一篇。适才路过小桥，偶见竹篱之上，梅花抖雪，感而诵之。不想被尊客听见，真乃是班门弄斧，见笑哇，见笑。（点头）

刘 备 老先生可见令婿否？

黄承彦 我正要见他，尚未相见。请了，请了。（“下场门”下）

张 飞 嘿！真真气坏咱老张！大哥，你我冒雪迎风要访卧龙，偏偏又不得见，你我弟兄空来两趟！

刘 备 求贤不易，改日再来。（右手指地）

张 飞 再来，再来，我是不来了。（摆手）

关 羽 不要鲁莽，回到县中再作主张。

张 飞 大哥！

〔西皮快板〕

【硬三锤】$\frac{1}{4}$ 3 2 | 3 | 0 3 | 0 3 | 2 3 | 4 6 | 3 |
大 哥 作 事 欠 思 量，
（双手恭请式）

0 3 | 2. 3 | 1 | 2 | 3 2 | 1 2 | 1 | 1 |
叫 咱 翼 德 怒 满 膛。 冒
（右手掌抚胸）

1 2 | 3 2 | 3 5 | 2 1 | 6̣ 1 | 2 | 3 | 1 2 |
雪 迎 风 空 来 往， 辜 负
（右手掌上扬，手指抖动）

3 | 3 | 3 | 2 | 0 1 | 6̣ | 1 | 1 ‖
我 三 （呐） 人 的 好 心 肠。
（双手摊掌）

〔西皮摇板〕

关 羽 【大锣凤点头】（过门同前）4 3 3 3 3 2 1 2 3（4 3 2 1 2
三 弟 休 得 太 鲁 莽，

3 1 6̣ 5 5 5）3 3 2 1 2 2 3 1（3 2 1 6̣ 2 1 2
敬 重 贤 士 礼 应 当。

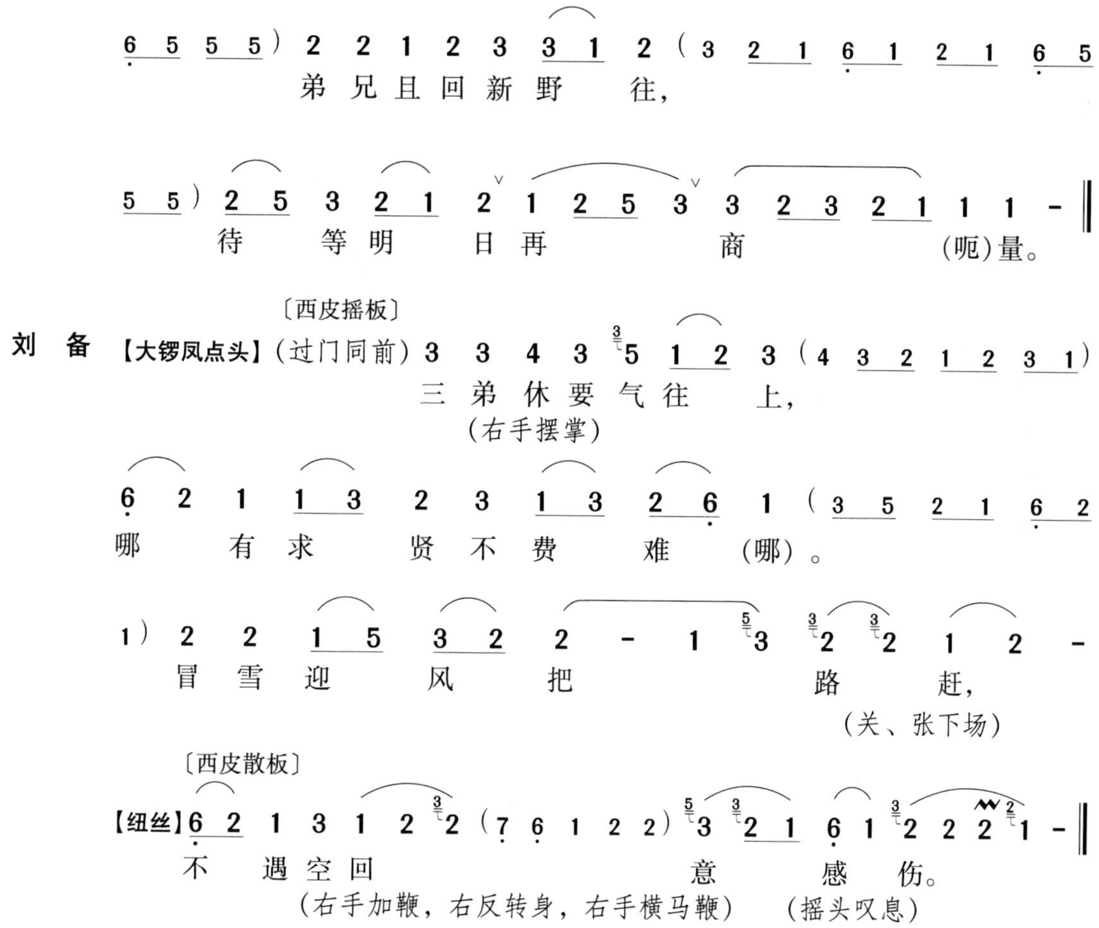

〔【大锣原场】刘备右手加鞭，从“下场门”下。

第五场

〔【小锣抽头】诸葛均从“上场门”上。

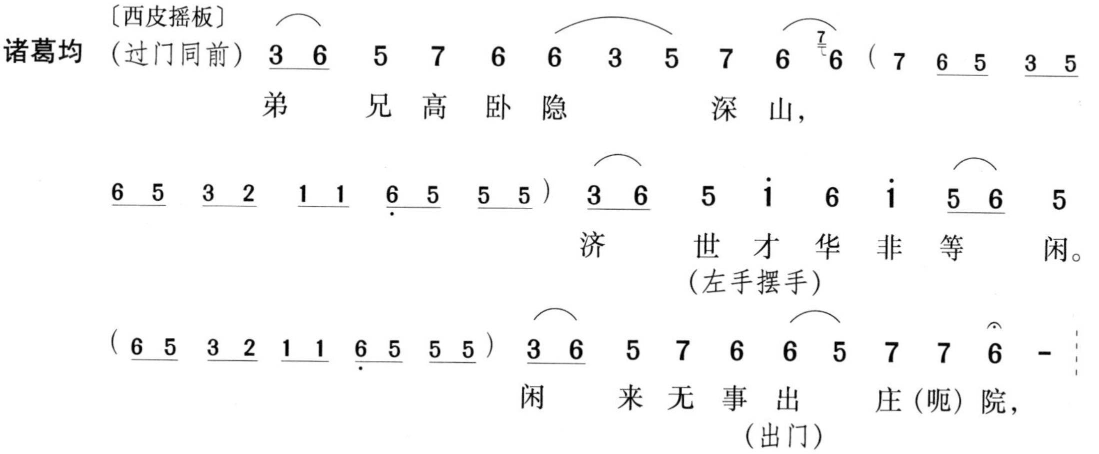

〔【小锣抽头】黄承彦"上场门"上。

〔西皮摇板〕

黄承彦 （过门同前） 3 3 1 2 3 5 2 1 1 – ‖
见 了 贤 侄 把 话 言。

诸葛均 哦，姻丈来了，请进。（黄承彦进门，坐"大边"）请坐。（诸葛均坐"小边"）

黄承彦 啊贤侄，适才老夫在山前，踏雪寻梅，偶遇刘玄德，却把我错当做了孔明。看他求贤之心，甚是殷切，真乃难得！

诸葛均 是呀，实实地难得。

黄承彦 我想那刘玄德，一定还要前来的。

诸葛均 是啊，小侄也料定他还要前来。

黄承彦 天气严寒，你我暂往后院，赏雪饮酒一番。

诸葛均 姻丈请啊。（拱手）

〔西皮摇板〕

黄承彦 【小锣凤点头】（过门同前） 3 3 3 1 2 3 2 6̣ 1 2 – |
天 下 纷 纷 群 雄 乱，

〔【小锣抽头】黄承彦"下场门"下。

〔西皮摇板〕

诸葛均 【小锣凤点头】（过门同前） 3 6 5 i̇ 6 5 6 5 3 5 – ‖
求 贤 心 切 理 当 然。
（右手抚胸）

〔【小锣打下】诸葛均从"下场门"下。

第六场

〔【大锣原场】【大锣五击】关羽"上场门"上。

关　羽 闻得孔明已回转，相请大哥再访贤。有请大哥。

刘　备 （从"上场门"上）何事？

关　羽 适才军士来报，诸葛先生已然回转隆中。

刘　备 哦，诸葛先生回转隆中。我们速速前去，唤三弟进帐。

关　羽 三弟进帐！

〔【大锣五击】张飞从"上场门"上，至右台口。

张　飞 （念）二次访卧龙，怒气满胸中。（进门）
参见大哥。

刘　备 二位贤弟少礼，请坐。（关坐"大边"，张坐"小边"）

张　飞 唤小弟前来，有何话讲？

刘　备 今日天气晴和，你我再往卧龙庄上走走。

张　飞 （翻右手水袖）【大锣叫头】大哥！两次前往拜访，其礼太过。想那诸葛亮有名无实，怕出乖丢丑，故此避而不见，大哥何必再往。（双手摊掌）

刘　备　不然。昔日司马德操言道：卧龙、凤雏，二人得一可安天下。愚兄欲求大贤扶佐，岂能不去？（右手摊掌）

张　飞　大哥差矣，量此村夫何足为重，今番不须大哥前往，待小弟一人，去到卧龙岗上，好话多讲，他若不肯前来，只消麻绳一根，将他捆捆绑绑，带到县衙，也就是了。

刘　备　如此鲁莽，哪是求贤之道！也罢，今番去往隆中，我与二弟同往，留三弟坐守县城就是。

张　飞　这，既是二位哥哥都去，小弟也要同往。

刘　备　你若同去，不可造次失礼！

张　飞　那是自然。

刘　备　如此准备金帛礼物，就往卧龙岗去者。

「**【闪锤】**四军士抬礼物从两边分上，军士与刘备、关羽、张飞带马，三人上马。

〔西皮流水〕

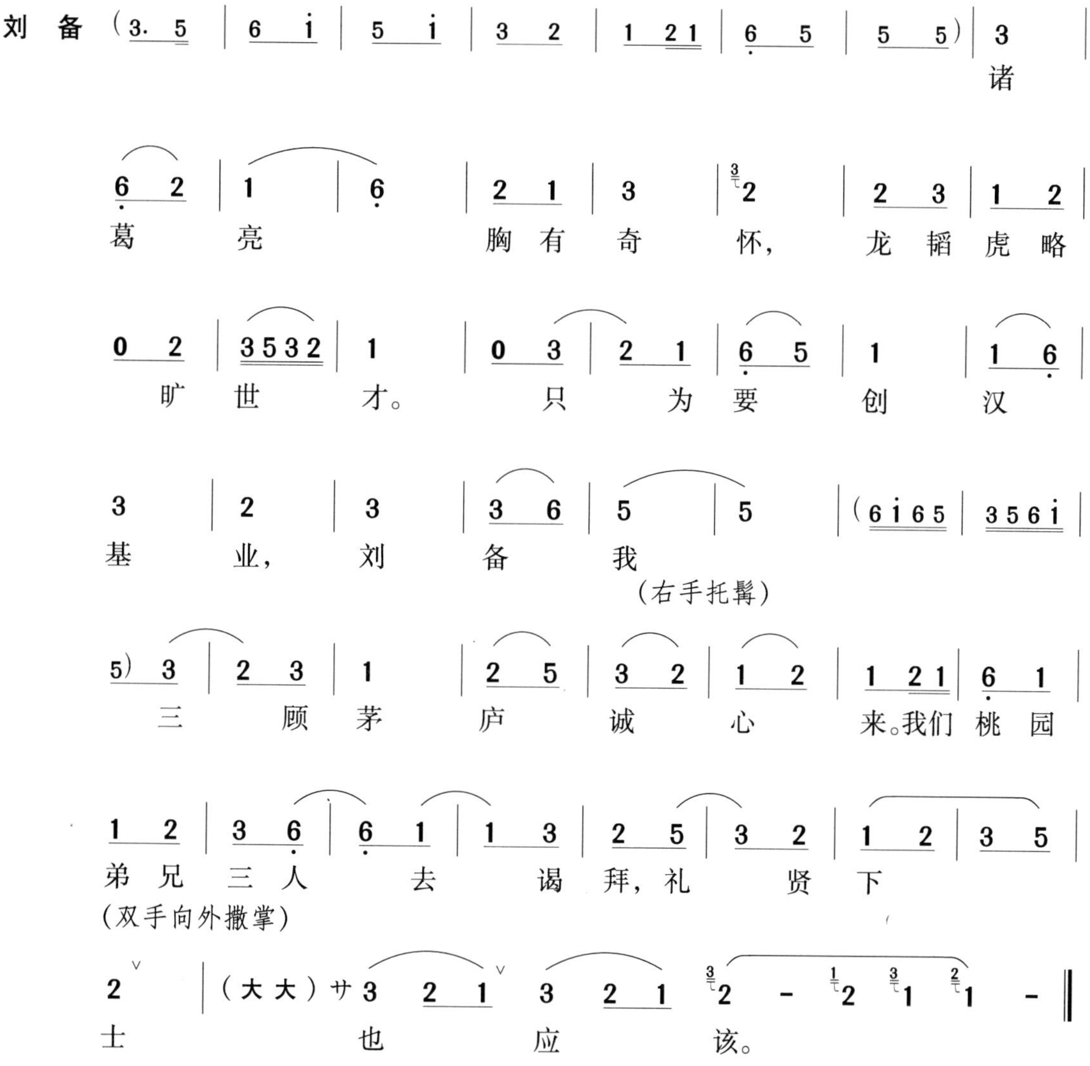

「**【大锣原场】**四军士抬礼物“插门”从“下场门”下，张、关、刘加鞭随下。

第七场

〔【小锣抽头】诸葛均从“上场门”上。

〔西皮摇板〕

诸葛均 （过门同前）

〔【快长锤】张飞、关羽从“上场门”上，站“一条鞭”。刘备从“上场门”上，至右台口勒马，见诸葛均站立道旁。

〔西皮摇板〕

刘　备 （过门同前）

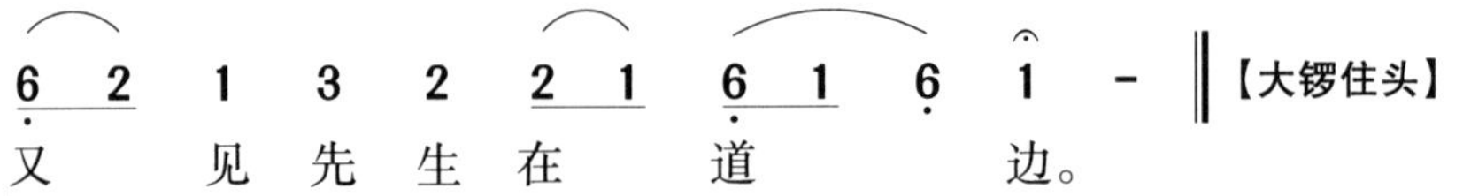

（用马鞭一指诸葛均）　（三人下马）

刘　备 啊，三先生请了。

诸葛均 请了。

刘　备 意欲何往？（右手摊掌）

诸葛均 小生西村有约。（左手指前方）

刘　备 令兄今日可在庄否？

诸葛均 前晚方才归来，将军进庄相见，恕我不奉陪了。

刘　备 请。

诸葛均 请。

〔【小锣五击】诸葛均从“下场门”下。

张　飞 二位哥哥，你看这厮好生无礼，既然相见，就该一同回转，竟自托故而去，令人可恼！（双手摊掌）

刘　备 你又来多事！（怒指张飞）

张　飞 喳！（后退一步）

刘　备 就此带马！

〔【大锣原场】三人上马，从“下场门”下。

第八场

〔【撤锣】

〔诸葛亮内白："好天气也！"

〔【小锣夺头】诸葛亮手持羽扇，从"上场门"上。

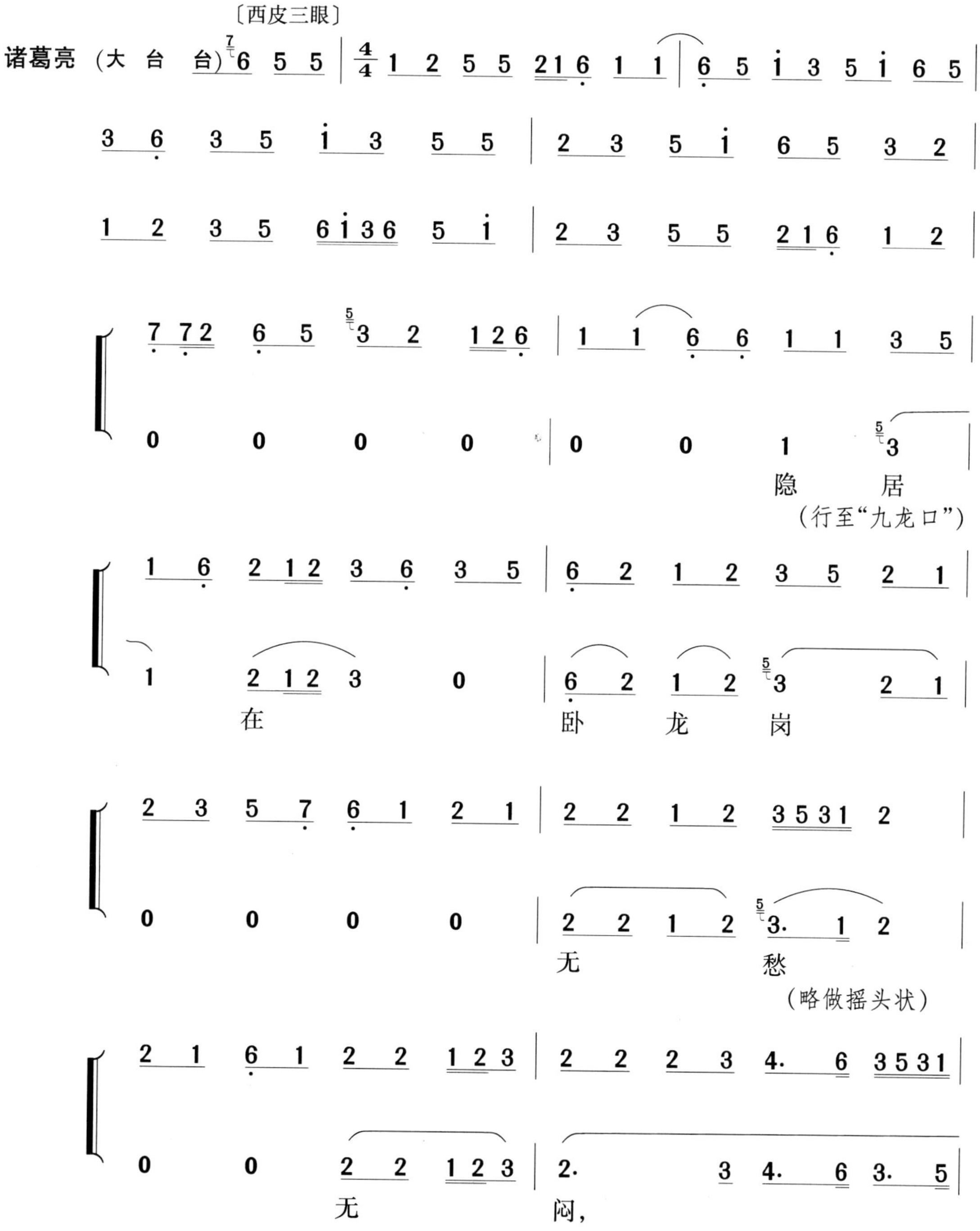

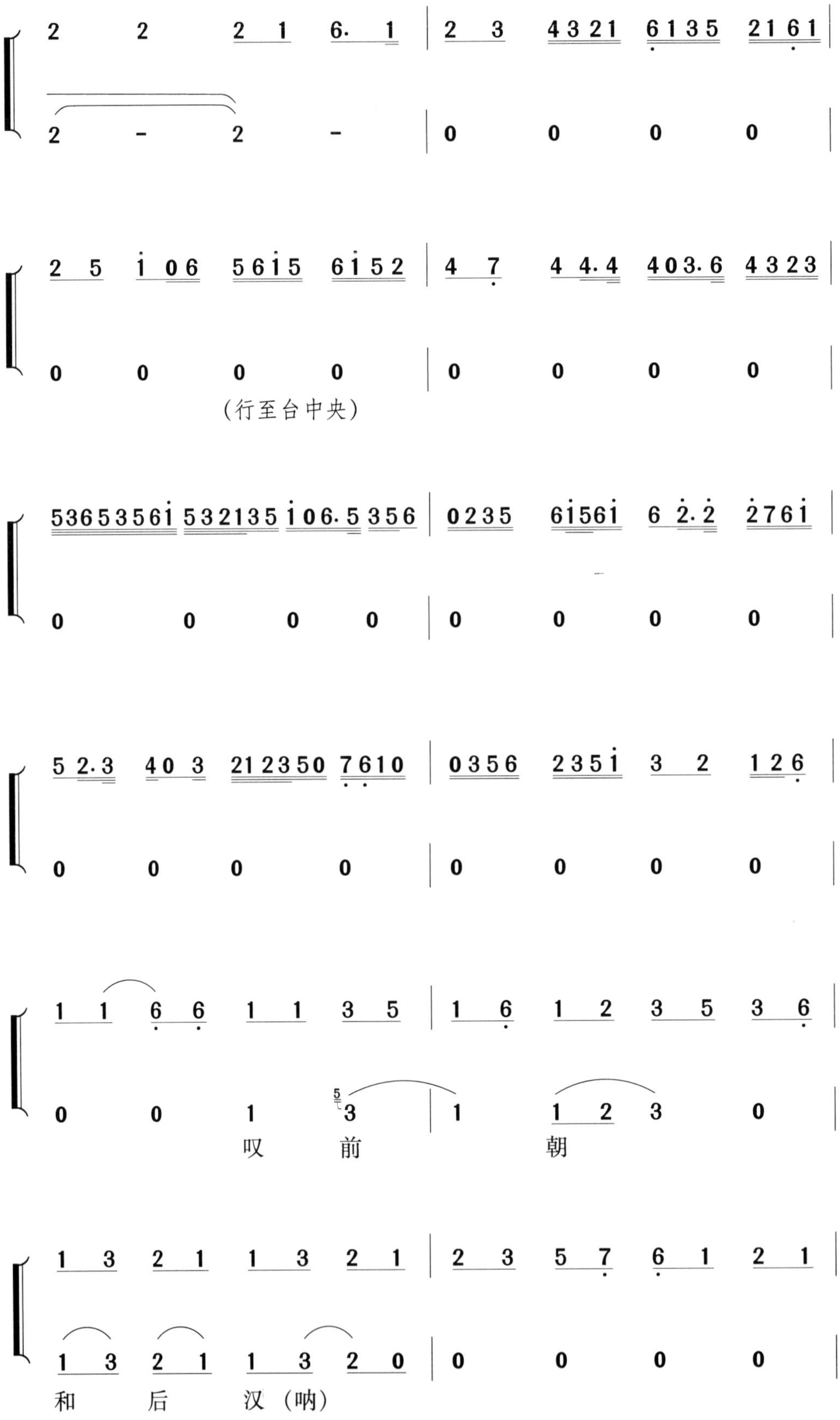
(行至台中央)
叹 前 朝
和 后 汉（呐）

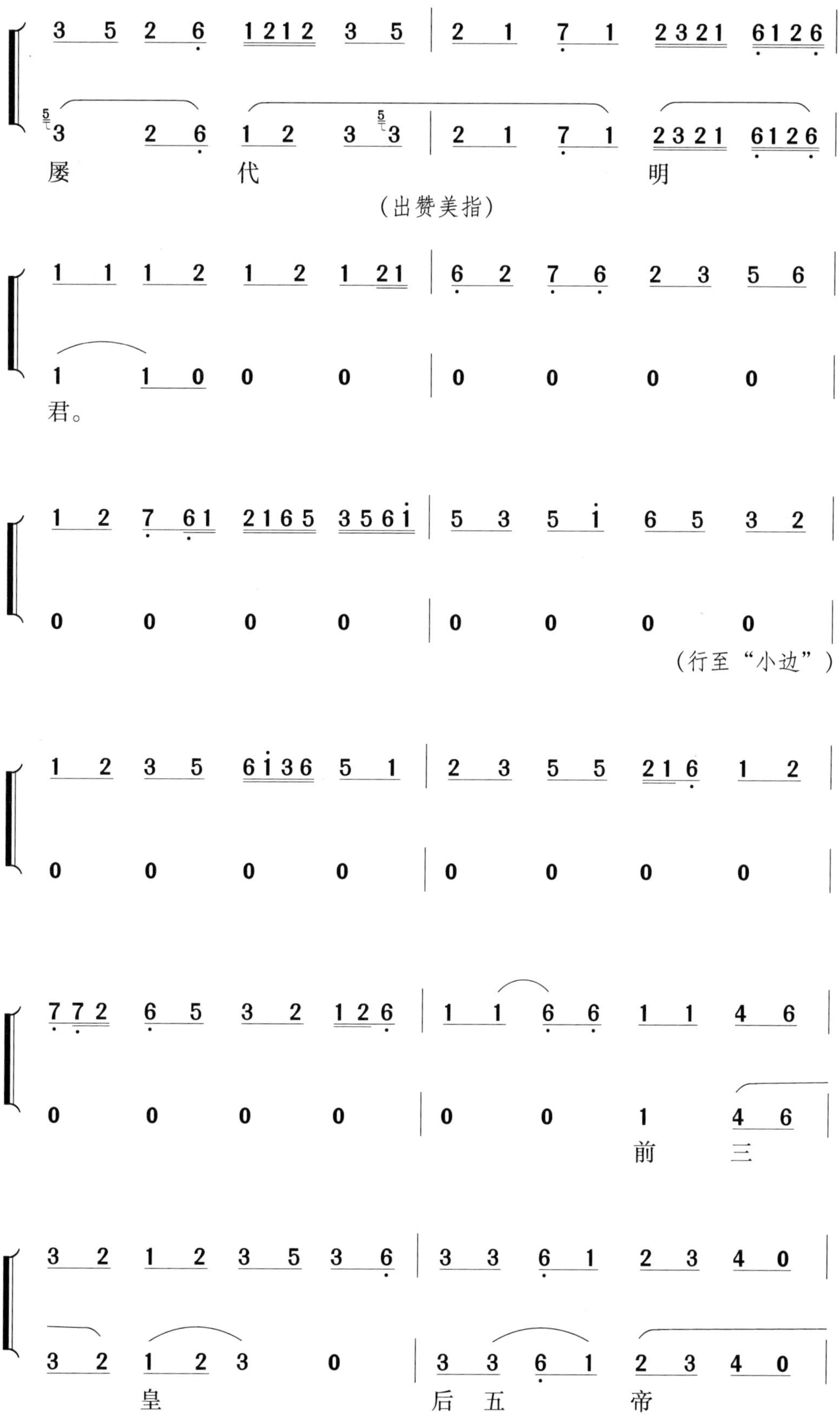
屡 代 明
（出赞美指）
君。
（行至“小边”）
前 三
皇
后 五 帝

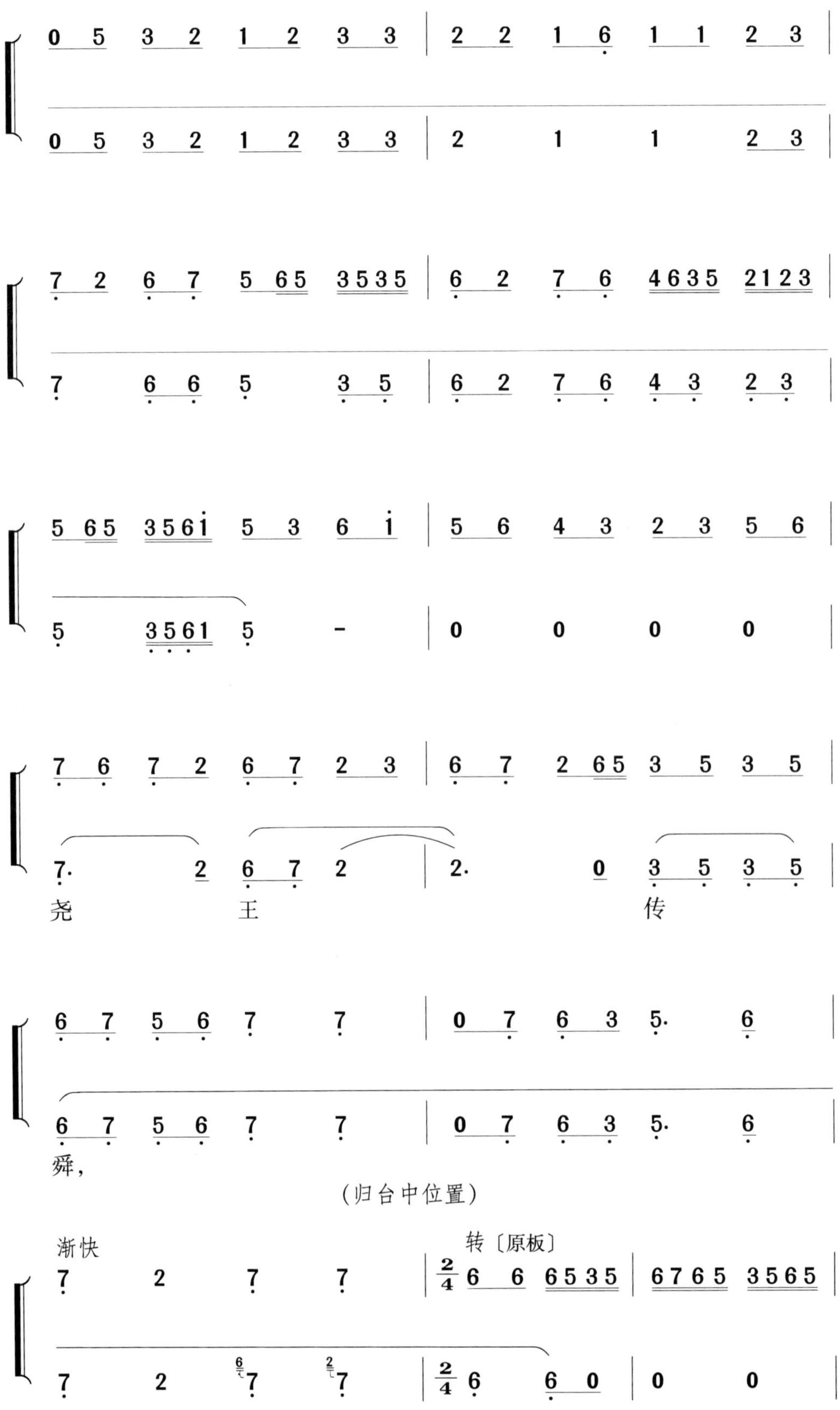
尧
王
传
舜，
（归台中位置）
渐快
转〔原板〕

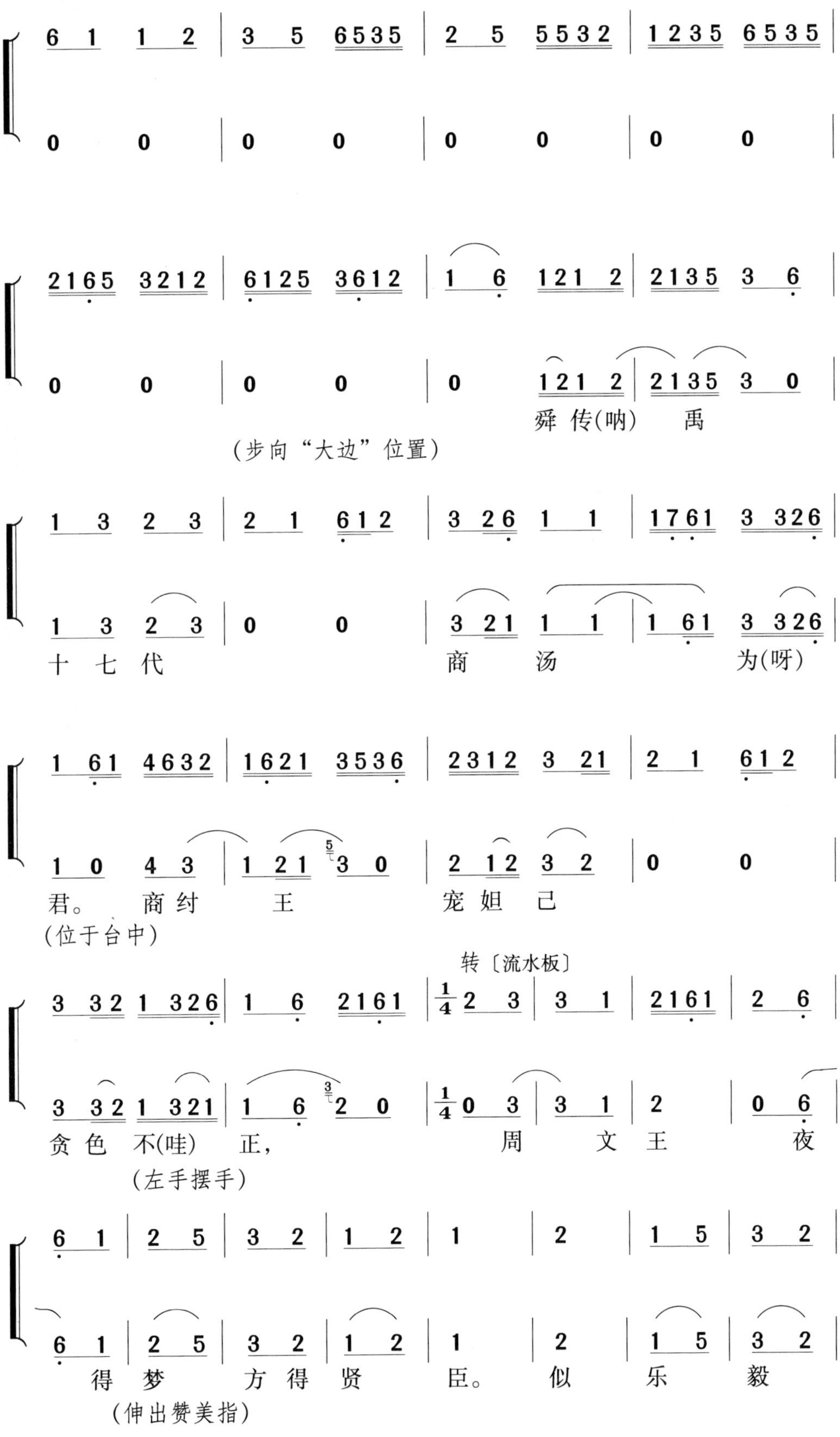
舜 传(呐) 禹
(步向"大边"位置)
十 七 代 商 汤 为(呀)
君。 商纣 王 宠妲 己
(位于台中)
转〔流水板〕
贪 色 不(哇) 正, 周 文 王 夜
(左手摆手)
得 梦 方 得 贤 臣。 似 乐 毅
(伸出赞美指)

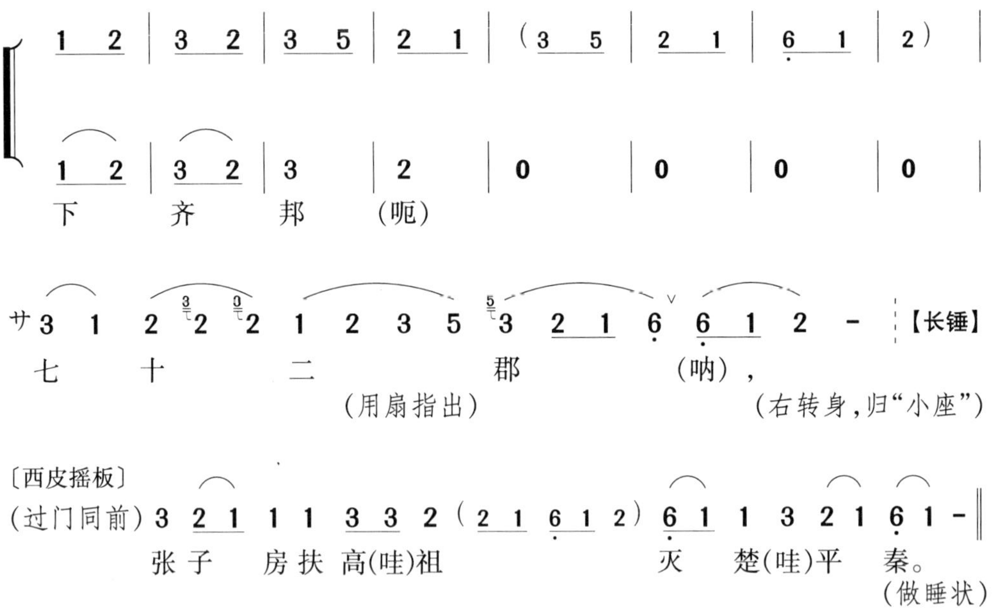

〔【大锣五锤】刘、关、张“上场门”上，书童由“下场门”上。

刘　备　（念）弟兄离了新野县，城外一带好平川。

书童请了。

书　童　您请了。

刘　备　先生可在庄内？烦劳通禀一声，刘备特来拜访。

书　童　先生虽然在家，尚在午睡未醒。

刘　备　如此你二人且在门外等候，愚兄先到里面。

关　羽
张　飞　遵命！（“上场门”下）

刘　备　书童，可引我到院内等候。

书　童　是，随我来。（二人进门）

先生尚在酣睡未醒。（左手摇手）

刘　备　先生酣睡，不可惊动，先生几时回来的？

书　童　前日傍晚回来的。

刘　备　前几日往哪里去了？

书　童　被崔州平先生相约。

刘　备　今日三先生可得回来？

书　童　我不知道，待我看看先生可曾睡醒。

刘　备　有劳了。（立于“大边”台口）

书　童　还没睡醒，待我唤醒。

刘　备　还是不要惊动。（关羽、张飞，由“上场门”上）

张　飞　这般时候，还无有动静？

关　羽　你我且到里面看看。（左侧望）

啊！原来大哥还在阶下立等。（左手下指）

〔张飞双手撕扎、一望，大惊，跨左腿上右步，面朝外。【撕边一击】

张　飞　哈哈！这厮如此傲慢（左手平抬，右手指向屋内戳指孔明，张晃肩），大哥在阶下侍立（拱手），他竟然高卧不起（右手摆动），就是将他请到新野（右手指右前方），也还是这等大模大样（双手在面前交错晃动）。我且到后面（左手伸拇指，指“上场门”），放起一把大火，**【大锣一击】**（双手一扬，刘备听了吃惊，紧急出门）我看他还睡是不睡。（双手摊掌）**【撕边一击】**

刘　备　噤声！（用右手急拦）若被卧龙先生听见，那还了得！

张　飞　什么卧龙，我叫他火龙了！**【大锣一击】**

刘　备　哼！这还了得！又来莽撞，快快外厢等候。

张　飞　喳！

关　羽　三弟不可失礼！（关强拉张由“上场门”下）

刘　备　啊书童，先生醒来无有？（进门仍立原来“下场九龙口”）

书　童　适才先生刚醒，他翻了个身，又朝里睡着了。

刘　备　想是这几日劳乏太甚，不可惊动！

书　童　是。

诸葛亮　（小座，面向“上场门”，头枕右拳，微合双眼）

〔吟诗〕

（多多）サ6 5 i̇ 6 5 6 5 － ¦ 1 1 6̣ 5̣ 2 3 1 6̣ 5̣ 6̣ － ¦ **【小锣二击】**

大梦谁先 觉， 平生 我自 知。

6 5 ⁶i̇ 6 5 6 5 － ¦ 1 1 6̣ 5̣ 2 3 1 6̣ 5̣ 6̣ ⁷6̣ － ‖

草堂春睡 足， 窗外 日 迟 迟。

（双手一搓，揉眼，伸懒腰，桌上拿扇）

刘　备　先生醒来了。

诸葛亮　童儿，可有外客来否？

书　童　刘皇叔在此久候多时。

诸葛亮　嗯！既有贵客在此，为何不早报我知，岂有此理！（“下场门”下，更衣）

刘　备　啊书童，先生往哪里去了？

书　童　后面更衣去了。

刘　备　今朝刘备万幸矣！（走到“小边”）

诸葛亮　（更衣后由“下场门”上）皇叔在哪里？皇叔在……

刘　备　刘备在此，久候多时，这厢有礼。（拱手躬身）

诸葛亮　有礼相还。（右侧身施礼）童子无知，不来通报，使皇叔久候多时，幸勿怪罪。皇叔请！（与刘互换位，诸葛亮由刘身后步向“小边”，刘从前面走向“大边”）

刘　备　请！

诸葛亮　请坐。（让坐）

刘　备　有坐。（谢坐）久闻大名，如雷贯耳，两次过访，未得一会，今日得见先生，实为幸甚！（拱手）也曾留下一书，未知过目否？

诸葛亮　亮南阳野人，疏懒成性，屡蒙将军枉顾，不胜惶愧。

刘　备　先生忒谦了。

书　童　（由“下场门”托茶盘复上）请茶。

诸葛亮　请茶。

刘　备　请。

诸葛亮　打杯。（童接杯下）昨观书意，足见将军忧国忧民之心，但恨亮年幼才疏，有误下问。

刘　备　司马德操之言、徐元直之语，岂虚谈哉！

诸葛亮　德操、元直，世之高士，亮乃一耕夫耳，岂敢谈天下事，二公谬举矣。将军奈何舍美玉，而求顽石乎？

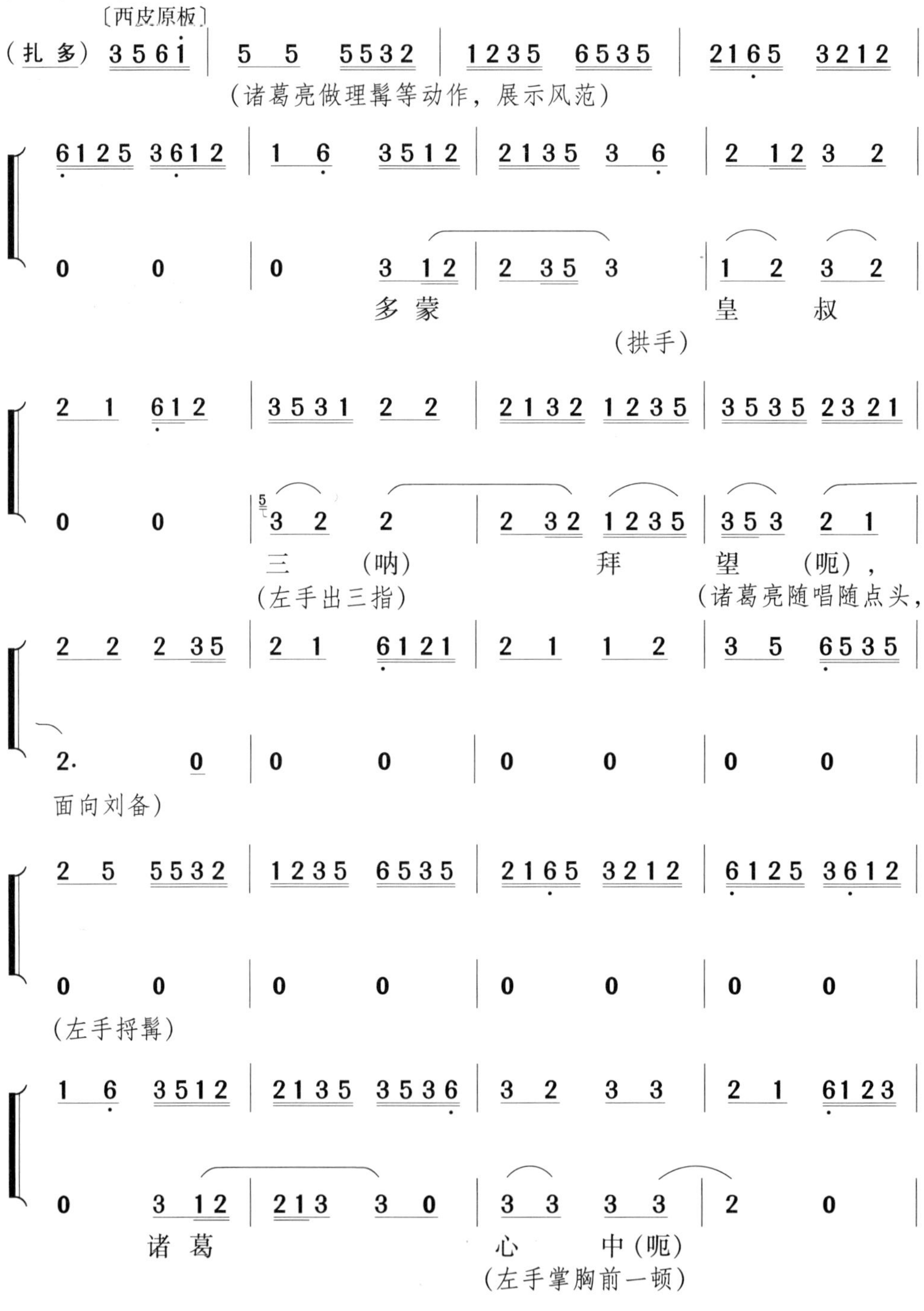

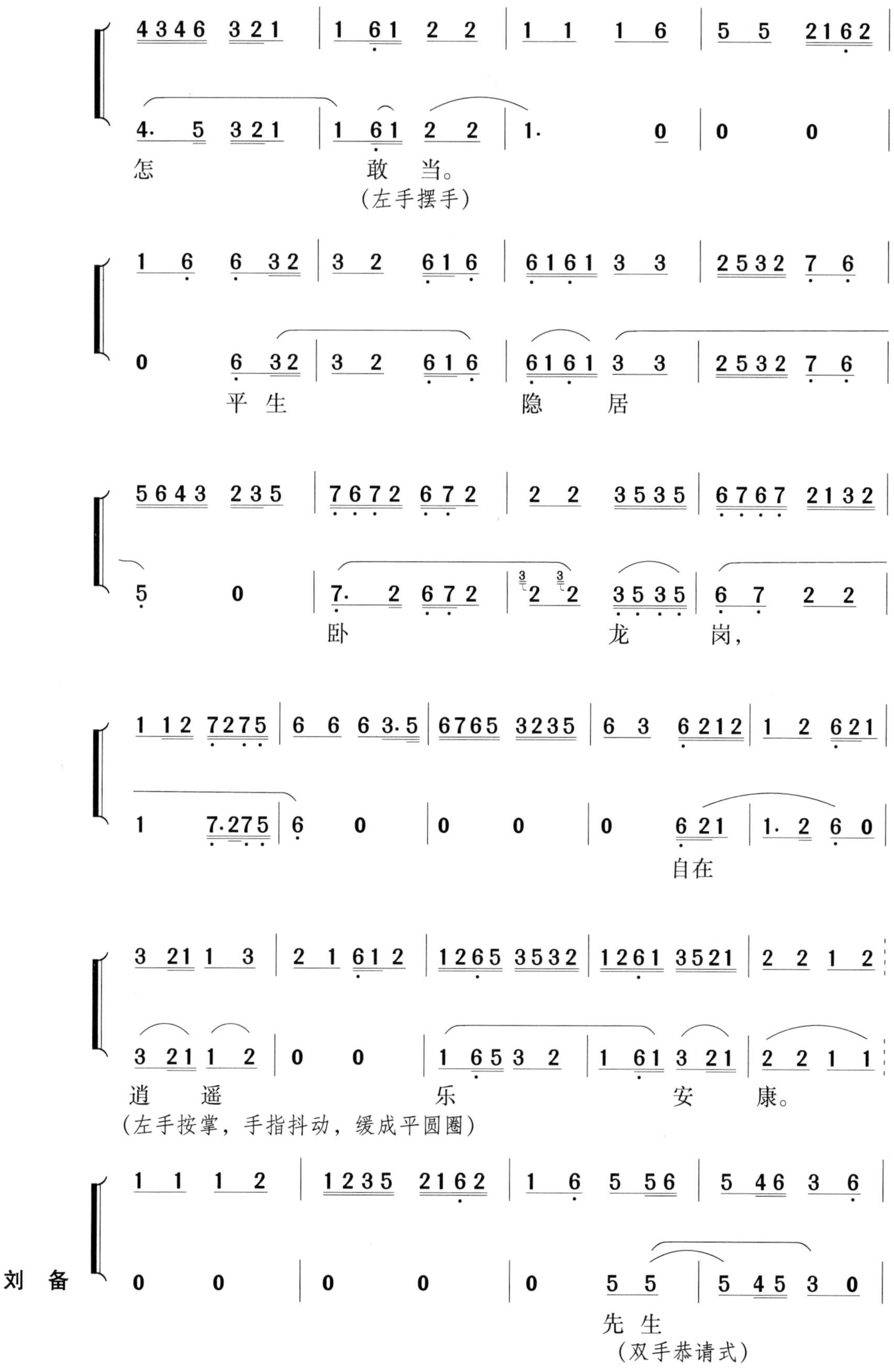
怎 敢 当。
（左手摆手）
平 生 隐 居
卧 龙 岗，
自在
逍 遥 乐 安 康。
（左手按掌，手指抖动，缓成平圆圈）
刘 备
先 生
（双手恭请式）

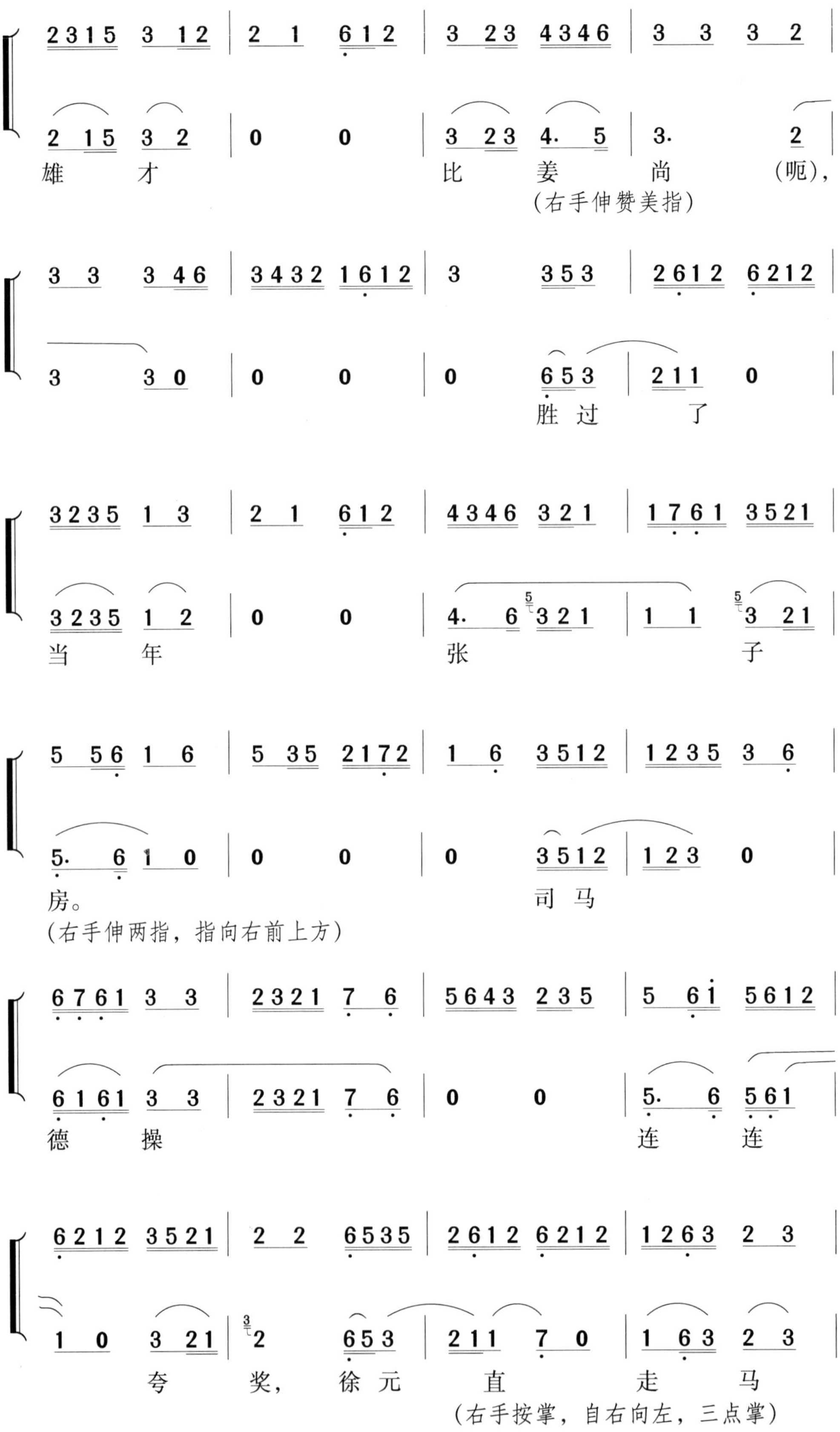
雄 才 比 姜 尚 （呃），
（右手伸赞美指）
胜 过 了
当 年 张 子
房。 司 马
（右手伸两指，指向右前上方）
德 操 连 连
夸 奖， 徐 元 直 走 马
（右手按掌，自右向左，三点掌）

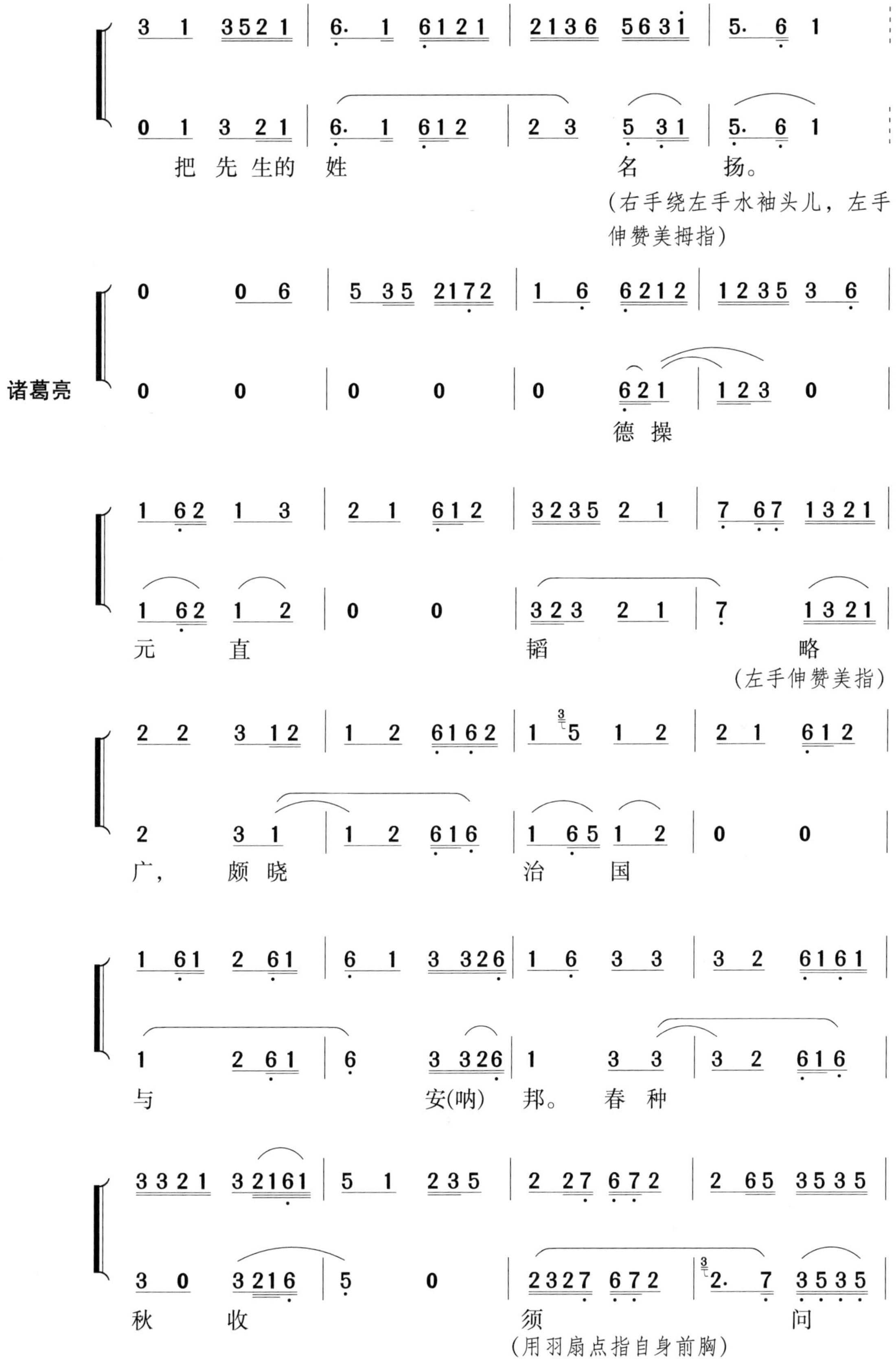
把 先 生的 姓 名 扬。
(右手绕左手水袖头儿，左手伸赞美拇指)
诸葛亮
德 操
元 直 韬 略
(左手伸赞美指)
广， 颇 晓 治 国
与 安(呐) 邦。 春 种
秋 收 须 问
(用羽扇点指自身前胸)

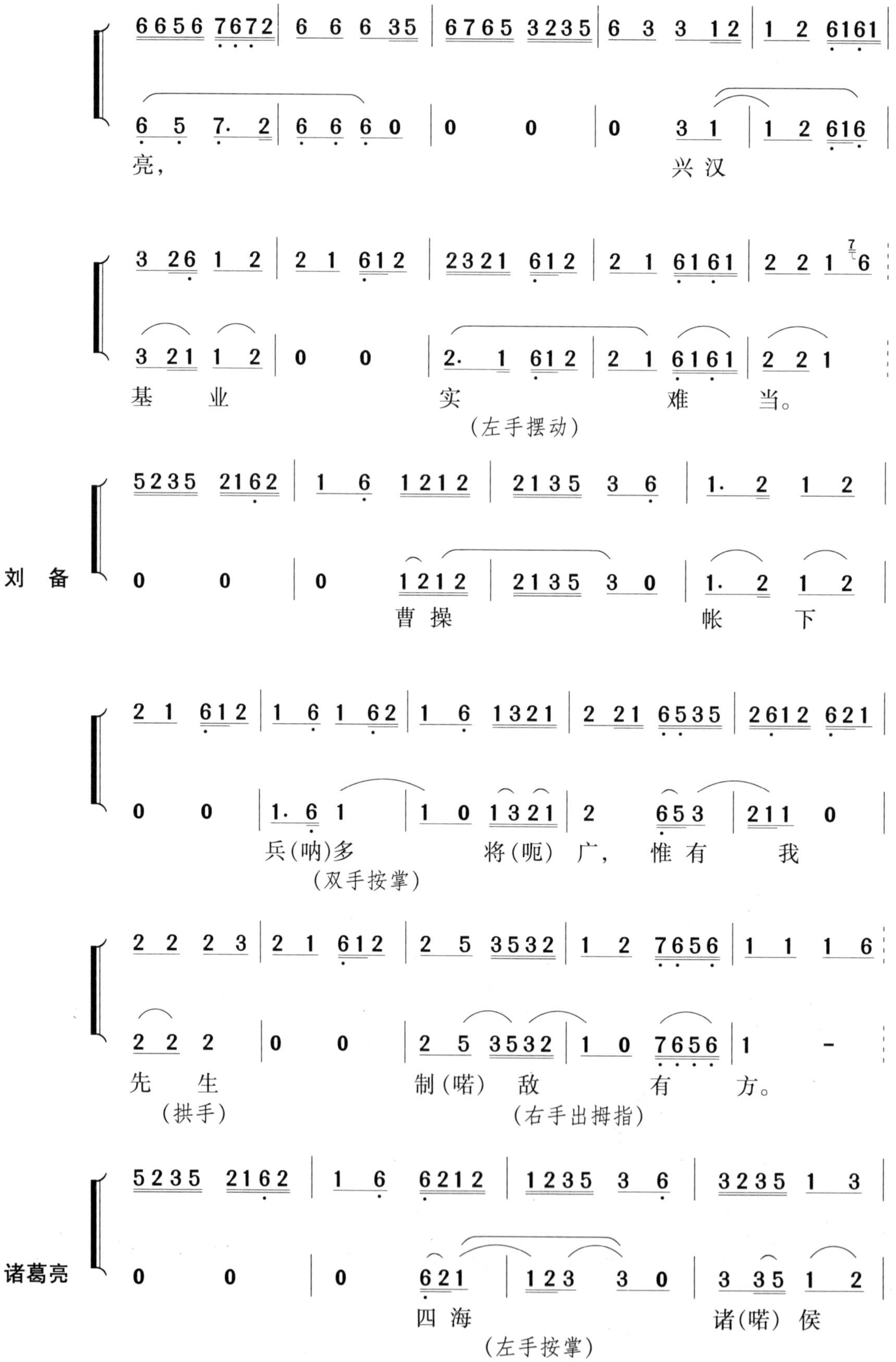
亮，
兴汉
基 业
实
难
当。
（左手摆动）
刘 备
曹操
帐
下
兵(呐)多
将(呃)
广，
惟有
我
（双手按掌）
先 生
制(喏)
敌
有
方。
（拱手）
（右手出拇指）
诸葛亮
四海
诸(喏)
侯
（左手按掌）

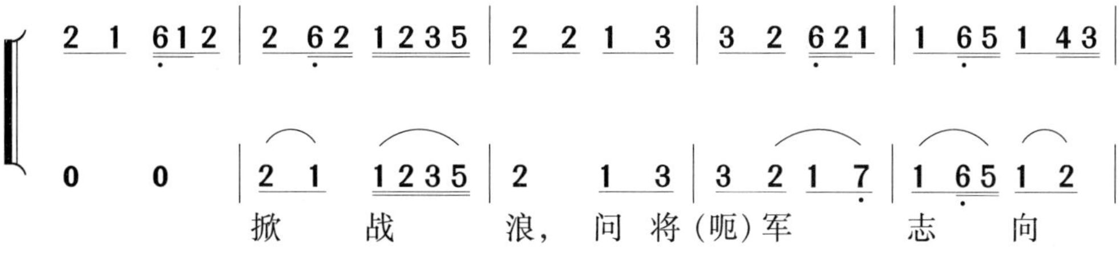

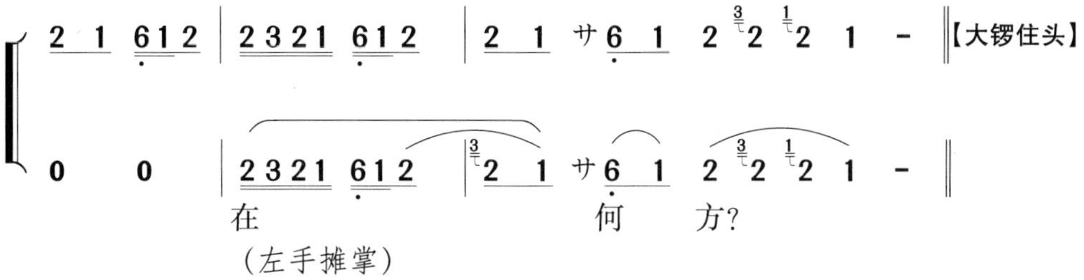

刘　备　啊先生，方今汉室不振，奸臣专权。备欲伸大义于天下，奈智术不足，不能成功。唯望先生开启愚蒙，解救危难，备实为万幸，而天下亦幸甚也。（双手平按掌）

诸葛亮　亮久居山林，疏懒成性，欲与将军谈天下事，不知将军愿闻否？

刘　备　愿先生赐教。（拱手）

诸葛亮　童儿，取挂图过来。（书童“下场门”下，复上取挂图，挂堂桌后）叔请看图。（左转身用扇指图）此乃西川五十四州之图也。北让曹操占天时，南让孙权占地利，将军可占人和。当今之势，曹操已有百万之众，挟天子以令诸侯，权势日重，党羽日多，只可防其变动，不可强与争锋也。（摆手）

刘　备　哦是是！（拱手）

诸葛亮　孙权据有江东，已历三世，国险而民附，文有深谋远虑之臣，武有冲锋对垒之将，只可与其结好，不可图也。（摆手）

刘　备　是！是！

诸葛亮　荆州北据汉、沔，利尽南海，东连吴会，西通巴蜀，此乃军家必争之地。益州天府之国，而其主俱不能守。将军可以先取荆州，后取益州，以作根本，然后用兵中原，则大业可成，汉室可兴也。（用扇指出）

刘　备　哦！（点头）

〔西皮流水〕

诸葛亮

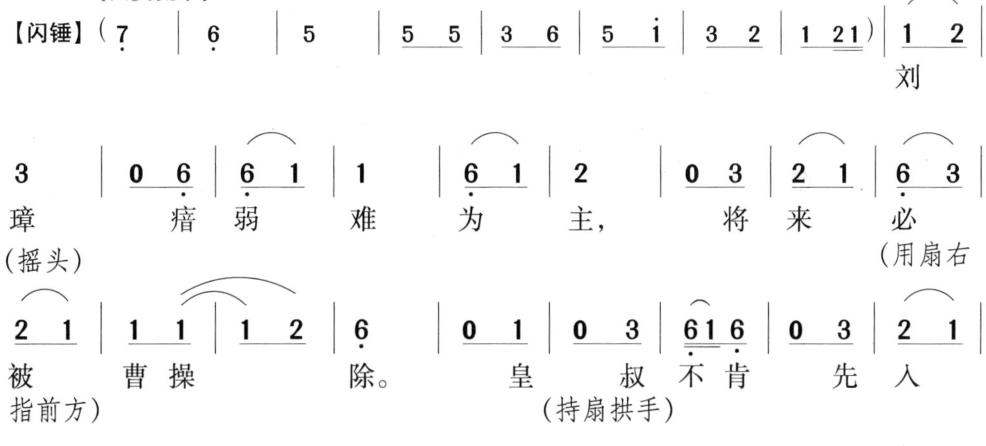

步，必 让 孙 权 曹 操 （哇）图。
（右手执扇指出）
〔西皮快板〕
刘 备
先 生 赐 教 指 明 路， 茅 塞
（拱手）
顿 开 心 折 服。 运筹 帷 幄 乾 坤
（左手掌心向胸前揉动）
转， 何 必 埋 名 在 茅 （哇）庐？
（双手摊掌）
诸葛亮
山 野 村 夫 疏 懒 性， 难
（用扇托髯）
把 国 家 社 稷 扶。 画 图
（拱手）
（用扇指挂图）
报 你 来 三 顾， 终 老 深
（大 大）
【大锣一击】〔亮弦〕
（呐） 山 我 不 能 出。
（摇头，摇扇）
〔西皮流水〕
刘 备 【闪锤】（过门同前）
先 生 不 肯 出 山 路，
（左摆手）
倒 叫 刘 备 费 踌 （哇）躇。 莫 奈 何
（双手摊掌）

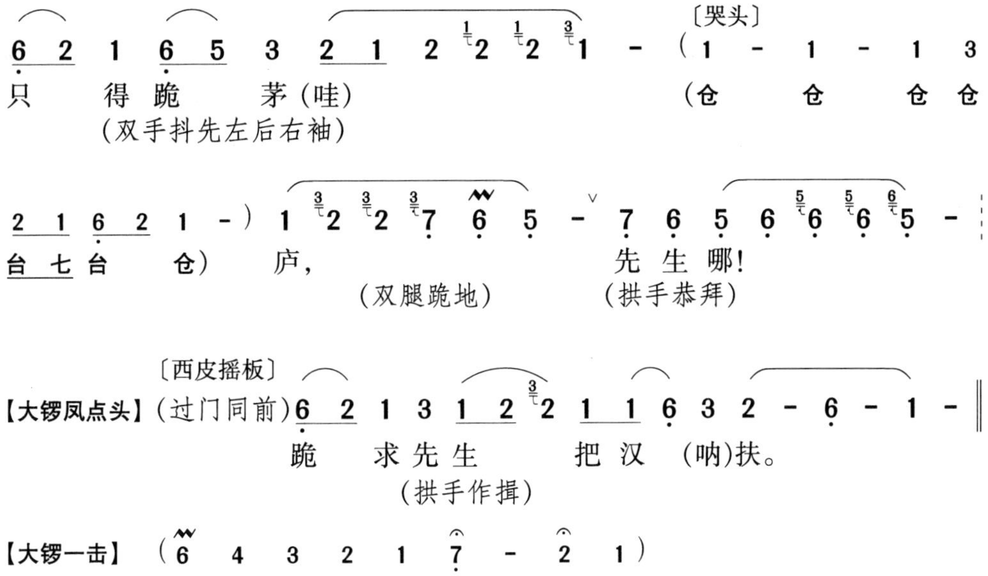

「【闪锤】诸葛亮捋髯定神看跪求的刘备。

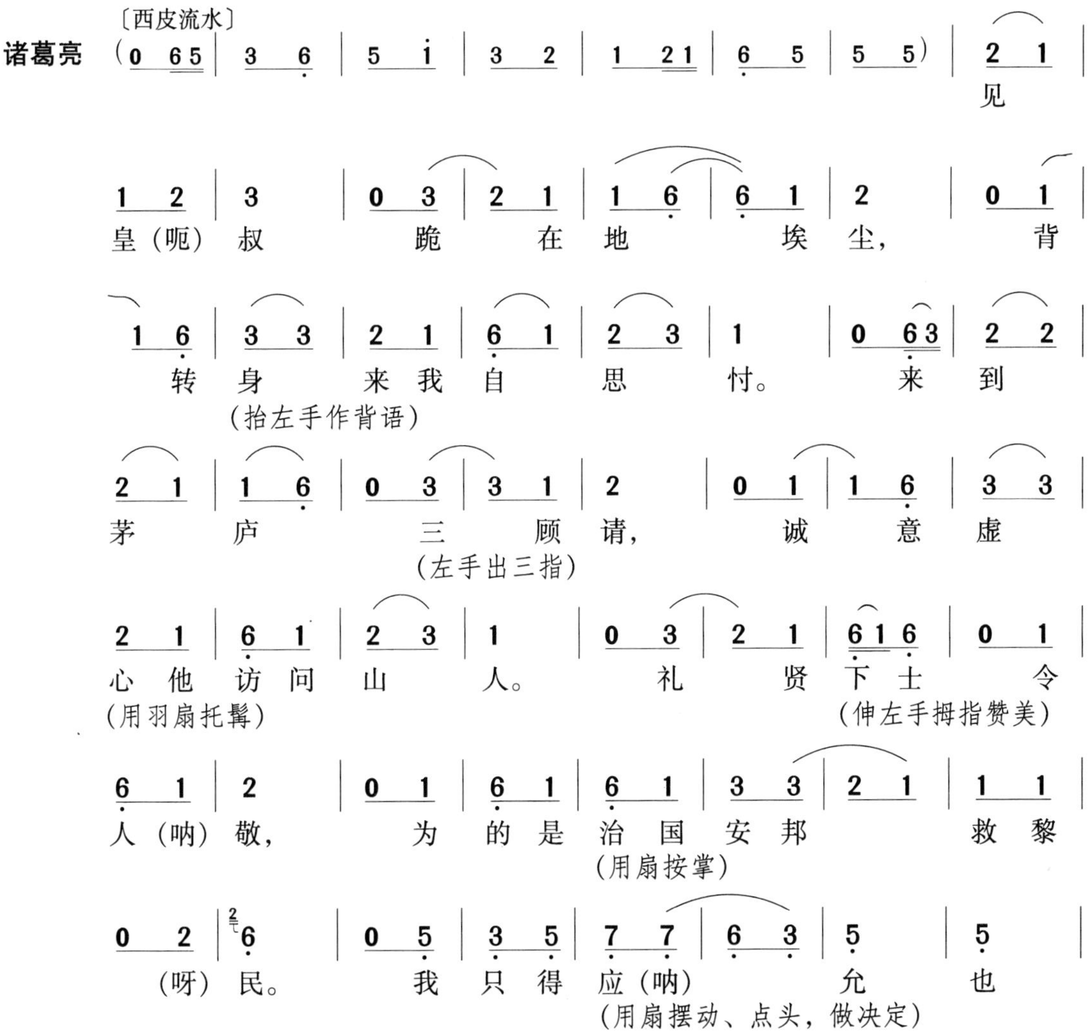

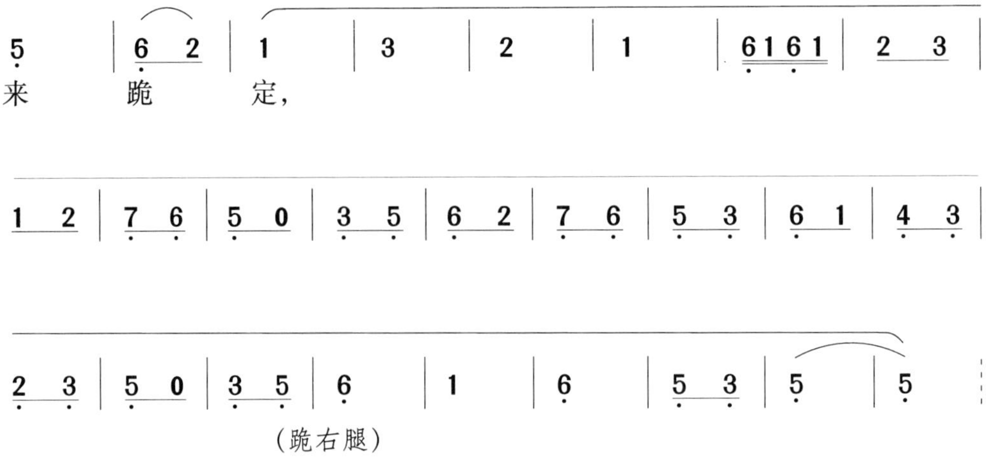

〔【大锣凤点头】二人相扶站起。

刘 备 （加白）先生下山，苍生之幸也！（拱手恭敬，后变双按掌）

〔西皮摇板〕

诸葛亮 （过门同前）

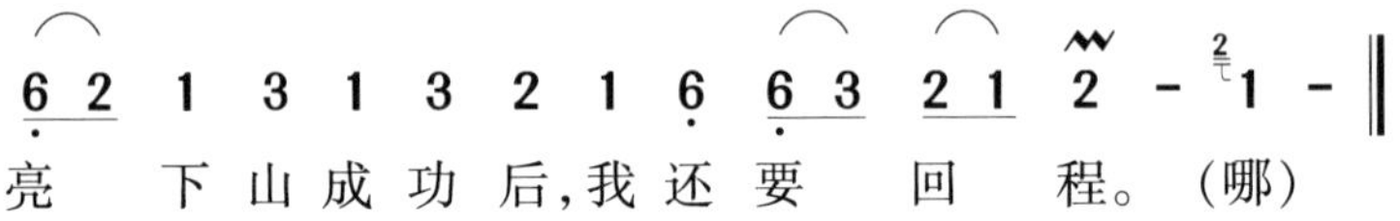

（点头看刘备）

刘 备 既成金诺，多谢先生。二弟、三弟快来！（向后招手）

〔【大锣冲头】关、张由“上场门”上，站“小边”，诸葛亮居中，刘站“大边”。

刘 备 见过先生。

关 羽
张 飞 先生，我等有礼。（拱手施礼）

诸葛亮 还礼。此二位是何人？（面视刘）

刘 备 乃备二弟云长、三弟翼德。请先生指教。

诸葛亮 岂敢！

刘 备 礼物抬上来！

关 羽
张 飞 是！礼物奉上！

〔四军士抬礼物由“上场门”上，将礼物置于台中央地上，军士分两边站。

刘 备 些许薄礼，望先生笑纳。

诸葛亮 虽允出山，这聘礼不敢收受。（摇羽扇）

刘 备 此非聘大贤之礼，略表刘备寸心耳。（右手掌心向内指前胸）

诸葛亮 受之有愧。（摇头）

刘 备 先生不必推辞。（右摆手）

诸葛亮 礼物收下。（面视书童）

书 童 是。

〔四军士抬礼物“下场门”下。

诸葛亮 今日天色已晚，三公暂住一宵，明日亮同主公，同往新野便了！（羽扇指前方）

刘　备
关　羽　打扰了。（众人拱手）
张　飞
诸葛亮　请。（持扇一让）
　　〔奏唢呐曲牌<尾声>众人原位不变亮住相。

——剧　终

关静和　万凤姝　整理

黄鹤楼

关盛明教学本

三国时，刘备与东吴联合，赤壁鏖兵战胜曹操。刘备向东吴借居荆州，因久借不还，周瑜设计诓刘备过江，并在黄鹤楼设宴，暗伏甲兵，酒席间向刘备催讨荆州。刘备处境尴尬，赵云护驾挺身而出，据理力争。周瑜大怒，急命部下包围黄鹤楼，若无令箭不得放刘备下楼。危急之时，赵云忆起诸葛先生所赠竹节，即刻破开，见当年周瑜、诸葛亮南屏山借东风时所用的令箭。刘、赵钦佩孔明的用心良苦，大喜。赵云急护刘备下楼，鲁肃阻拦，赵云出示令箭，吴兵不疑而放行。刘备、赵云安然返回了荆州。

《黄鹤楼》剧本是根据先父关盛明在辽宁戏校（后和中国戏校合并）授课本整理，此剧曾参加 1952 年东北区第一届戏剧观摩演出大会并获奖。

《黄鹤楼》是一出群戏，各个人物都有独特性格，表演起来各有特色。就以刘备而论，刘备的表演可分三个层次：一是赴宴前的“怕”，怕有去无还，所以对孔明的话持怀疑态度；二是过江后面对周瑜横言指责的“忍”，只能委曲求全，那段〔西皮原板〕不仅要表现出无言以对的窘态，在唱“倒叫刘备无话云”时“无”字的拖腔，不能唱得理直气壮，要柔着唱，到“话云”二字时，“话”字要轻吐，“云”字要重落，要从腔中唱出刘备此刻的窘状；三是在“望都督再等三五春”时，“三”字沿着板唱，到“五”字时，尺寸要扳着一点，到“春”字时再催上去，这么唱就是为了表现刘备强忍周瑜的指责，想用诚恳请求语气，请周瑜体谅自己的心境。把握演唱的语气、火候，才能恰如其分地表现刘备这个人物的内心活动，唱腔的字、味、劲儿，实际上就两个字——“唱情”。

在不同情境下表演也有不同。当赵云立于刘备身后时，刘是端庄大度，当发现赵云不在场时，则左右环顾，王帽低压，以哭脸面对周瑜，表示恳求。顷刻忽见赵云出现，复又胆壮自信，王帽复原。待有了令箭安然下楼，又改念京白的“搀孤下楼”，颇为俏皮，既合剧情，又风趣地和台下观众相呼应，产生共鸣。

当年教这出戏的都是名师，像教张飞的净行教师孙盛文，教周瑜的萧连芳老师，教赵云的沈富贵老师，教学都有特点。我跟沈富贵老师学赵云时，只见他双眼凝神，涨起调门念与唱，一字一腔细致考究，身段虽不复杂，但大方、帅气，举手投足规范，显示赵云的大将风度。尤其是接周瑜〔原板〕时的那段〔西皮快板〕的唱词，比一般的句数多，唱腔也有特色。官中的〔快板〕是“你不该欺压我主君，再若提起荆州郡，休要怒恼”后就叫散唱“我赵将军”。沈老师说：“这段快板要唱出赵云护主的忠心，挺身而出，与周瑜理辩的一身浩气，腔不能花，一气呵成，字字珠玑，正气大方，这样才符合赵云身份。”沈富贵老师所教这段〔快板〕更贴切、更合理的展示了人物。

《黄鹤楼》是富连成科班的戏，在戏校授课的教师又全是富连成、萧长华先生带大的人，整理这出戏，可以算是我对各位先辈的缅怀和纪念吧。

关静和

人物行当

刘　备	老生	**鲁　肃**	老生
赵　云	文武老生	**甘　宁**	武老生
诸葛亮	老生	**二船夫**	杂
张　飞	净	**四红文堂**	杂
刘　封	小生	**四白文堂**	杂
周　瑜	小生	**中军**	杂

服装扮相

刘　备　俊扮。王帽、黑三、风帽，红蟒、玉带、红斗篷，红彩裤，厚底靴。

赵　云　俊扮。白夫子盔，白硬靠、苫肩、白蟒、玉带，红彩裤，厚底靴。

诸葛亮　俊扮。八卦巾、黑三,八卦衣，青彩裤，厚底靴。

张　飞　勾十字门脸。黑扎、黑耳毛子、扎巾盔，黑蟒、苫肩、玉带，红彩裤，厚底靴。

刘　封　俊扮。紫金冠，红开氅，红彩裤，厚底靴。

周　瑜　俊扮。紫金冠、流苏、翎子，苫肩、白蟒、玉带，皎月色彩裤，厚底靴。

鲁　肃　俊扮。忠纱帽，黑三，紫官衣，青彩裤，厚底靴。

甘　宁　俊扮。荷叶盔，绿硬靠、苫肩，红彩裤，厚底靴。

二船夫　俊扮。蓝毡帽，青素箭衣、红卒坎、大带，青彩裤，薄底靴。

四红文堂　俊扮。红大板巾，红龙套服，红彩裤，薄底靴。

四白文堂　俊扮。白大板巾，白龙套服，红彩裤，薄底靴。

中　军　俊扮。中军盔，黑色开氅，红彩裤，薄底靴。

道具

马　鞭	两根	**船　桨**	两枝
羽　扇	一把	**宝　剑**	一口
书　信	一封	**桌　子**	三张
竹　节	一根	**椅　子**	三把
酒　具	两份	**红文堂标帜**	一堂
白文堂标帜	一堂	**红桌围椅披**	两份
红大帐	一份		

第一场

〔【冲头】【大锣原场】四红文堂从“上场门”上，“站门”，二中军从“上场门”上，“站门”。刘备双手端带从“上场门”上，至“九龙口”双手抖袖、提袖，到“前台口”左手抖袖，【大锣归位】

刘　备　（引子）地得人和，【小锣二击】灭孙曹，（大大）

3　1 2　^{3}2 －　^{3}2　6. 7 －　^{72}7　6 －‖

孤　心　安　　　　　　　　（呐）　乐。

【大锣原场】（向右转身，归“大座”）【大锣归位】

（诗）日月重明照英雄，

全仗卧龙建奇功；【小锣二击】

虽得地土光王化，

未能遂意高祖风。

〔【大锣归位】众人向里走归成“八字”站。

刘　备　孤，【撕边一击】刘备。【大锣住头】乃大树楼桑人也。自桃园结义以来，共灭黄巾。三顾茅庐，请来诸葛先生，累建奇功。至今荆州与东吴未分明白，孤心忧虑（右手抚胸）。正是：（扎）

苍天遂孤意，重整汉帝基。

〔【小锣五击】刘封捧信从“上场门”上，至右台口。

刘　封　（念）忙将东吴事，禀报皇伯知。【小锣住头】（进帐）参见皇伯。

刘　备　罢了。进帐何事？

刘　封　东吴有书信到来，皇伯请看。（递信后站“大边”）

刘　备　呈上来。（台）（左手接信）东吴有书信到来，待孤拆开一观。

〔奏唢呐曲牌<急三枪>刘备拆开书信，仔细观看，略思。

刘　备　有请诸葛先生。

刘　封　有请诸葛先生。（从“下场门”下）

〔诸葛亮内白：“嗯哼！”

〔【小锣原场】诸葛亮手持羽扇，从“上场门”上，至“右台口”。

诸葛亮　（念）东吴摆下杀人场，狸猫焉能胜虎狼。【小锣住头】（进帐）参见主公。（施礼）

刘　备　先生少礼请坐。

诸葛亮　谢座。（归“大边”跨椅入坐）唤山人进帐，有何军情议论？

刘　备　东吴有书信到来，先生请看。（欲递书信）

诸葛亮　山人不必观看，也曾打发甘宁，回复他主，说主公即刻过江。

刘　备　周郎是好意呀，还是奸计呢？（左手摊掌）

诸葛亮　有什么好意？（轻摇头）自然是奸计。

刘　备　既是奸计，孤（左手托髯）就不去了。（放髯摆手）

诸葛亮　主公若是不去，荆州岂不是他人的了。（右手持扇点指刘备）

刘　备　（略思）哦，（点头）孤去便去，必须多带人马才是。

诸葛亮　山人自有分派。来！

中　军　有！

诸葛亮　传四将军进帐。

中　军　四将军进帐。

〔赵云内白：“来也！”

〔**【大锣四击头】**赵云从“上场门”上，亮相。右手端带，左手抓袖。**【大锣原场】【大锣归位】**至右台口站，左手抖袖。

赵　云　（诗）忆昔长坂建奇功，

冲锋对垒气概雄；**【小锣二 击】**

曹兵见俺皆丧胆，（左手指出）

谁人不知赵子龙。（右手赞美指，左手端带）（**【大锣原场】**走一小圆场，归正中，面向刘备）参见主公。（施礼）

刘　备　见过先生。

赵　云　参见先生。（施礼）

诸葛亮　将军少礼请坐。

赵　云　谢座。（**【冲头】**归“小边”跨椅入座）唤末将进帐，有何国事议论？

刘　备　先生有差。（右手向左指诸葛亮）

赵　云　先生有何差遣？（右手摊掌）

诸葛亮　主公黄鹤楼赴宴，命将军保驾前往。

赵　云　但不知赐我君臣多少人马？（右手摊掌）

诸葛亮　并无人马，就你君臣二人。（左手伸出食指、中指）

刘　备　慢来，前番过江，就是我君臣二人险些命丧东吴，如今过江，又是我君臣二人。（看赵云）要去你去，孤不去了。

诸葛亮　主公啊！

〔西皮原板〕

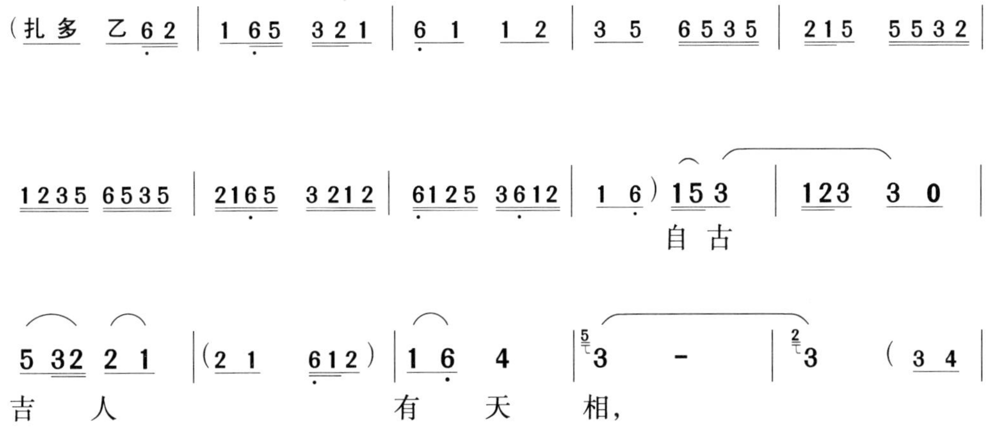

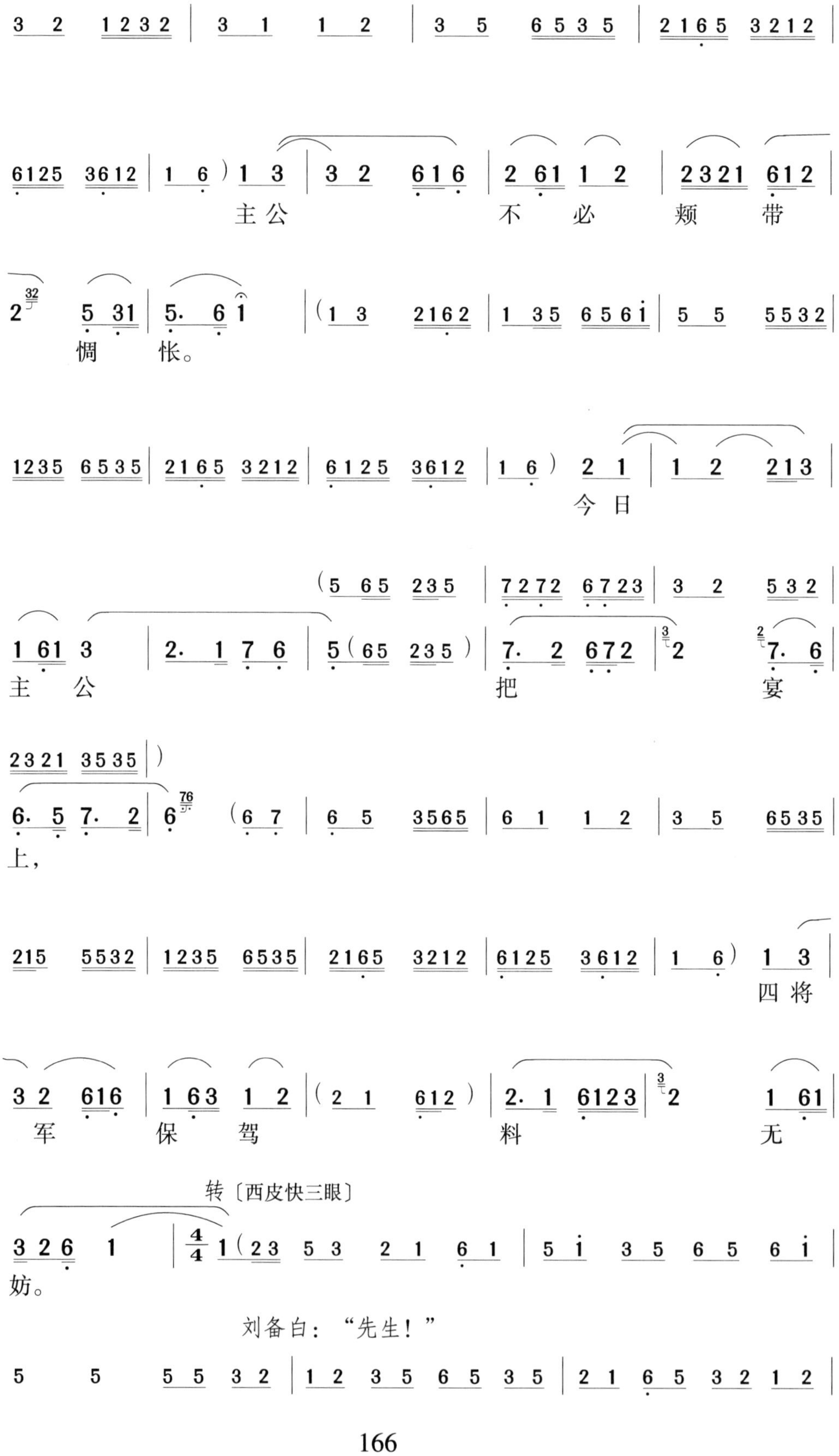
主公
不必颓带
惆怅。
今日
主公
把宴
上，
四将
军保驾
料
无
转〔西皮快三眼〕
妨。
刘备白："先生！"

黄鹤楼

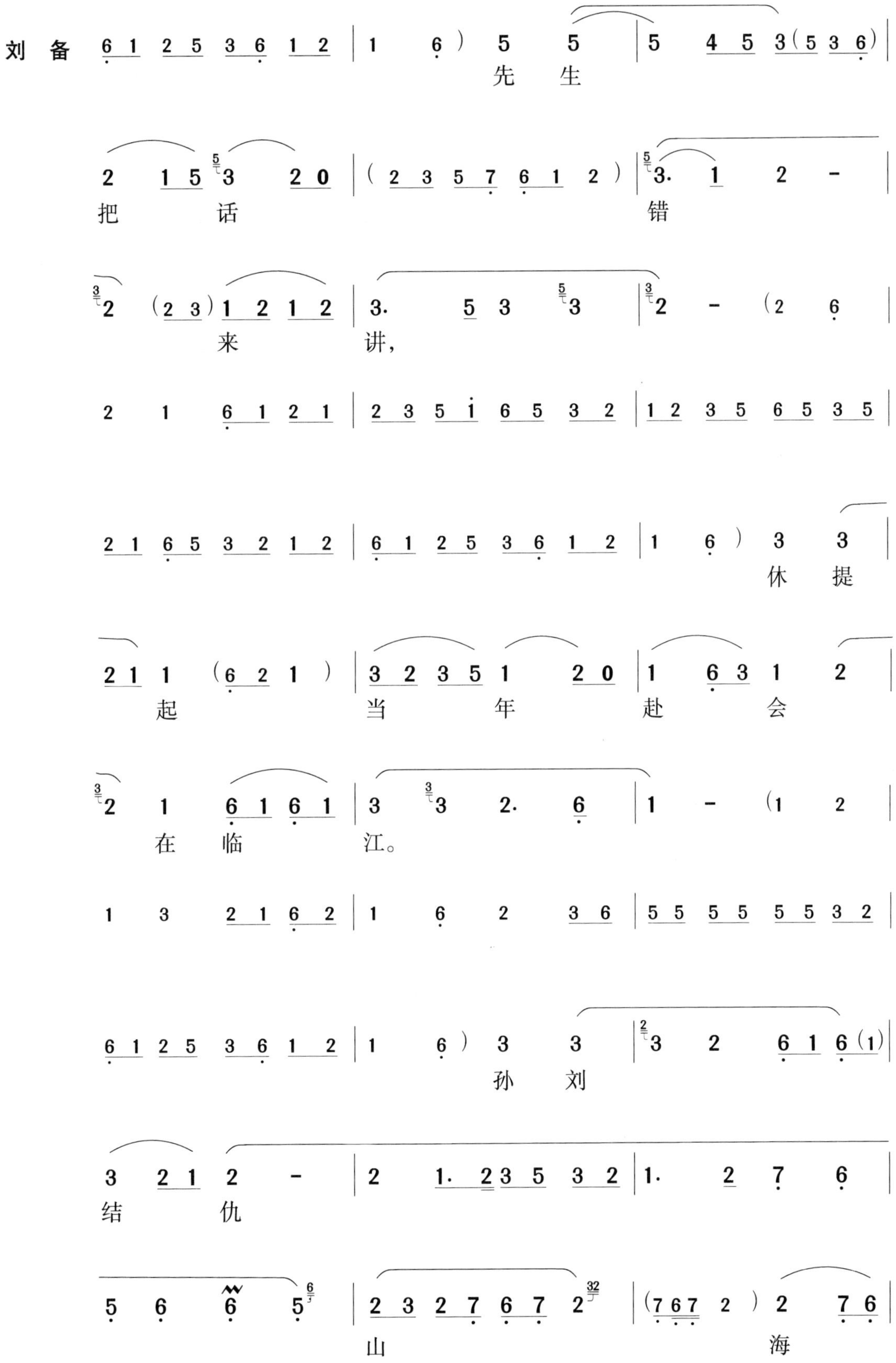

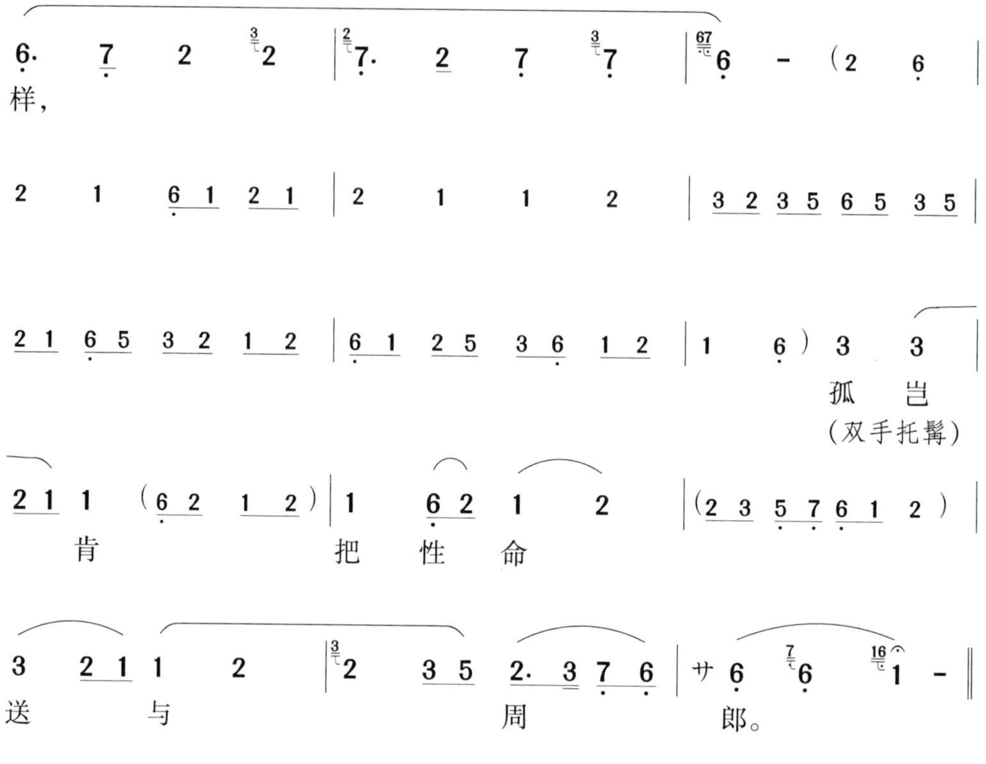

〔【大锣凤点头】诸葛亮站起注视刘备，缓缓转身思索。

〔西皮摇板〕

诸葛亮

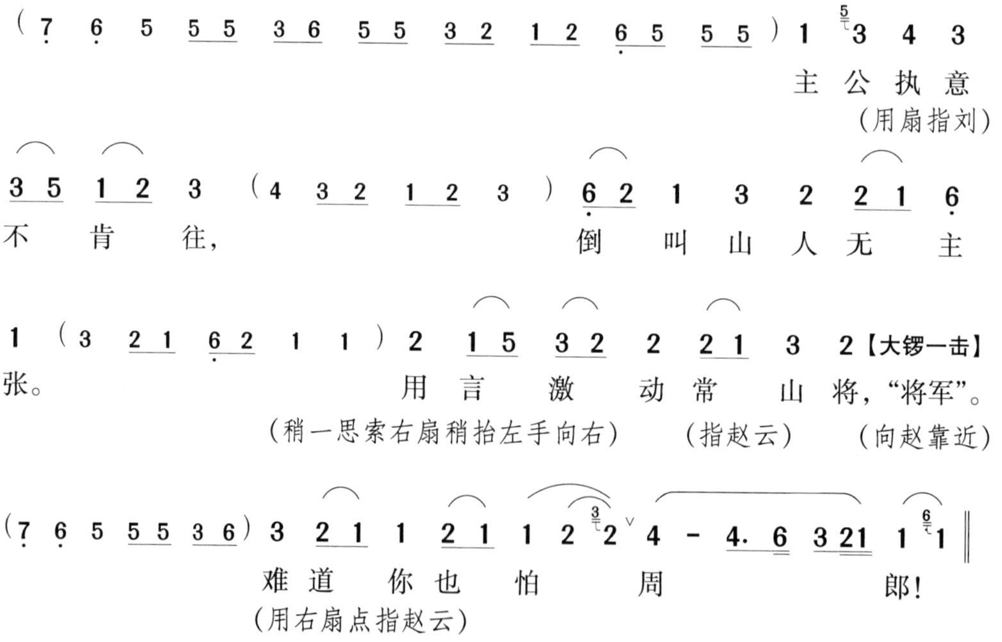

〔【大锣一击】赵云站起看诸葛亮。

赵　云　先生呐——（拱手，左手抖袖）

黄 鹤 楼

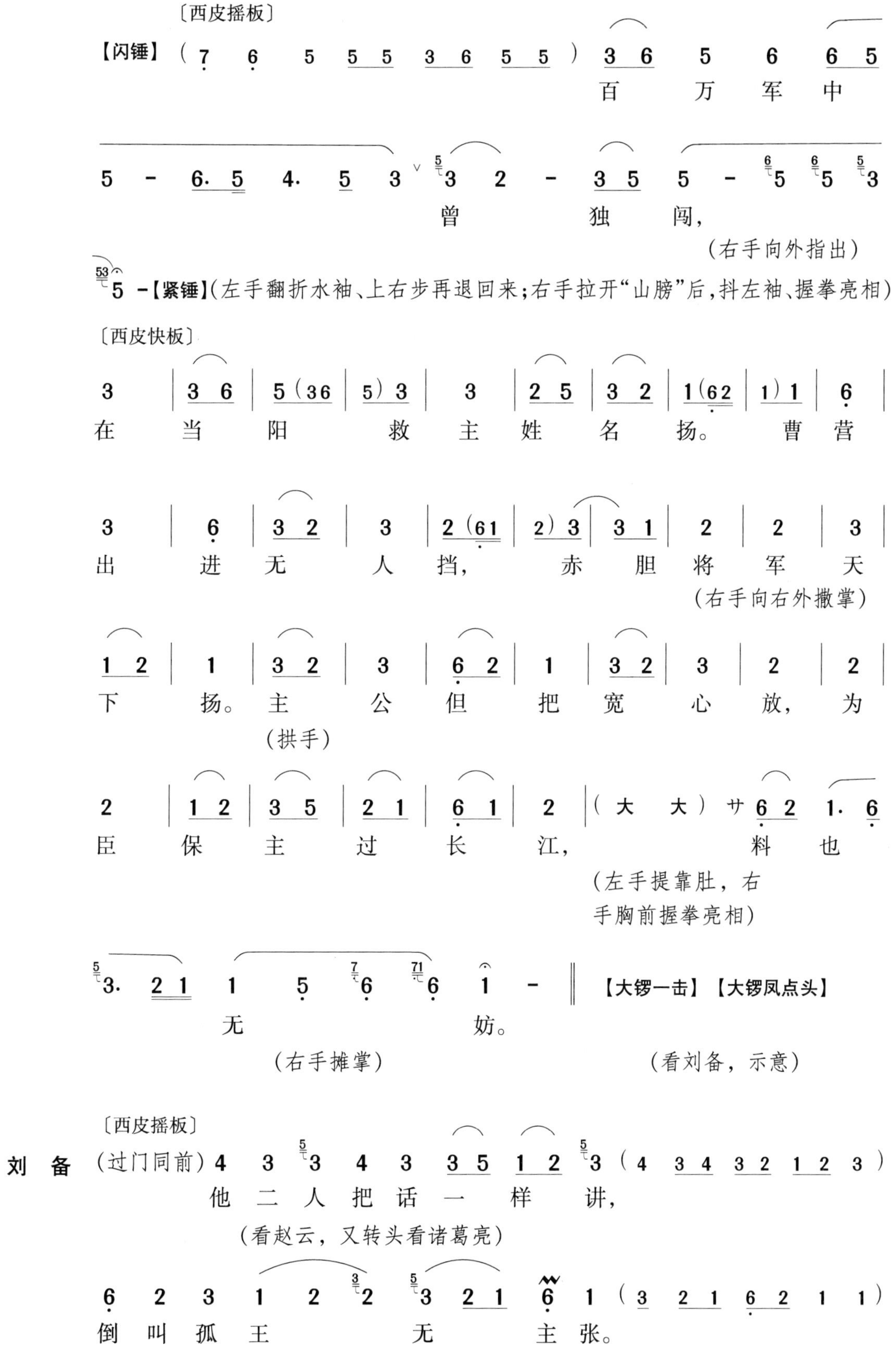
〔西皮摇板〕
【闪锤】
百 万 军 中
曾 独 闯，
（右手向外指出）
【紧锤】（左手翻折水袖、上右步再退回来；右手拉开“山膀”后，抖左袖、握拳亮相）
〔西皮快板〕
在 当 阳 救 主 姓 名 扬。 曹 营
出 进 无 人 挡， 赤 胆 将 军 天
（右手向右外撒掌）
下 扬。 主 公 但 把 宽 心 放， 为
（拱手）
臣 保 主 过 长 江， 料 也
（大 大）
（左手提靠肚，右手胸前握拳亮相）
无 妨。
【大锣一击】【大锣凤点头】
（右手摊掌）
（看刘备，示意）
〔西皮摇板〕
刘 备
（过门同前）
他 二 人 把 话 一 样 讲，
（看赵云，又转头看诸葛亮）
倒 叫 孤 王 无 主 张。

3 21 62 1 2 2 7·6 5 （65 35 6i 5 5）
孤 王 若 在

3 21 1 - 1 1 2 - 【大锣一击】
东 吴 丧， “先生哪！”

〔西皮摇板〕
【大锣凤点头】（过门同前）3 2 1 12 12 2 1 1 - 6 5 61 1 ‖【大锣住头】
（站起） 招孤的灵 魂 入庙 堂。

啊，先生，孤去便去，还是多带人马才是。

诸葛亮 方才言过，并无人马，就是你君臣二人。

〔【撕边一击】刘备看赵云，示意求援。

刘　备 哦！

〔【大锣叫头】赵云站起，向诸葛亮拱手。

赵　云 先生。我君臣此去，不带人马，倘若黄鹤楼伏兵四起，难道叫我拳打（仓）（举右拳亮相）足踢不成？（右手下落指战靴，后变双手摊掌）

诸葛亮 将军敢莫是要退兵之计么？

赵　云 正是。（点头）

诸葛亮 来、来、来，【大锣住头】（边说边从椅垫下掏出竹节）这有竹节一根，带在身旁，（递与赵云）倘若黄鹤楼伏兵四起，打开竹节，能挡周郎千员猛将。

刘　备 四弟，打开竹节，看看里面有多少人马？

赵　云 遵命。（欲打开）

诸葛亮 （急拦）慢来，看过就不灵了。

刘　备 （心有怒气）哪里是看过不灵，分明是孤的引魂幡喏！（右手点指赵云手中的竹节）

诸葛亮 主公啊！（拱手）

〔西皮摇板〕
【闪锤】（过门同前）62 1 3 2 3 61 2 （35 21 61 2）
小 小 竹 节 七 寸 长，

62 1 3 1 2 3 11 1 - 6 5 6 6 1 - ‖
能 退 东 吴 百 万 郎。
（右扇向外指出）

赵　云 先生！

〔西皮摇板〕
【大锣凤点头】（过门同前）2 1 3 2 1 3 2 （35 21 61 2 2）
先 生 说 话 无 虚 谎，

3 2 21 61 2 12 16 1 - ‖ 【大锣住头】
君 臣 何 日 转 还 乡？
（左手拿竹节，右手向外指出）

诸葛亮 本月十六日，迎接你君臣还朝。

刘 备 （看诸葛）搬孤的尸首罢！（懊恼地左手托髯放髯抖左袖）

诸葛亮 看衣更换。

〔**【快长锤】**（轻击）刘备从“下场门”下，更衣，四龙套“合龙口”。刘备戴风帽、披斗篷复上，锣鼓强奏，四龙套“站门”。刘备位于台中。

〔西皮摇板〕

刘 备 （过门同前）1 5 3 3 2 3 4 3 3（4 3 2 1 2 3 3）

好 个 大 胆 诸 葛 亮，

6 2 1 3 1 2 1 2 1 6 1（3 2 1 6 2 1 1）

勒 逼 孤 王 过 长 江。

2 2 1 3 2 2 - 1 2 3 3 2 2 2 - |

龙 潭 虎 穴 孤 去 闯 （呃）！

〔**【快长锤】**刘备、赵云、诸葛亮出帐，二龙套带马，刘备、赵云上马，赵云打马先从“下场门”下，刘备走至左台口。**【快长锤】**切住。

诸葛亮 送主公。（施礼）

〔行弦〕

〔**【大锣一击】**（4 3 1 2 2）刘备右转身看诸葛亮，叹口气摇摇头。

〔西皮摇板〕

刘 备 **【大锣凤点头】**（过门同前）1 3 3 2 1 1 1 3 1 2 2

你 分 明 是 送 孤 王

（右手持马鞭点指诸葛亮）

1 1 - 6 3 2 1 6 6 6 1 - ‖

去 见 阎 王。

〔**【大锣一击】**刘备左转身，打马从“下场门”下。

诸葛亮 送主公。

〔西皮摇板〕

【闪锤】（过门同前）1 5 3 3 2 3 3 2 4 - 3（4 6 3 2

好 个 懦 弱 汉 刘 王，

（右手持扇向左指）

1 2 3 3）6 2 1 3 1 2 2 1 2 1 6 1 - ‖

面 带 忧 愁 过 长 江。

（边走边唱坐到“小座”上）

〔**【大锣一击】**张飞内白：“走哇！”

〔**【急急风】**张飞从“上场门”急上。（**八大仓**）分别将左右水袖翻折，位于胸前的左右方亮住相。

张　飞　（气急败坏地）哇呀呀…… **【快纽丝】**（抖下双袖走至右台口）

〔西皮散板〕

サ（7 6 65 i i i 3 2 7 6 2 1）3 3 4 3 3 3 3（仓）
心 中 恼 恨 诸 葛 亮，
（右手向外指出）

3 3 1 2 2 3 1（仓）3 3 2 3 5 – 3 3 21（21 6 11 2 –）
做 事 不 与 某 商 量。 怒 气 不 息 （呀 呃） 八 大 顷 仓
（右手摊掌） （右手撕扎，左手向上翻折水袖）

2 – 3 – 2. 3 2 1 6 1. 2 1 2 3 2 –
宝 帐 闯，
（右手向左指）

〔**【快纽丝】**右手抓袖，左手撩袍襟，快步走一小圆场进账，挖到“大边”（匝匝匝）看孔明。**【双楗大锣凤点头】**

〔西皮散板〕

2 5 3 2 2 1 6 2 1 1 ‖ **【大锣叫头】**可恼啊！（右手翻折水袖）可
快 快 还 俺 的 大 兄 王。 恼！（左手翻折水袖）
（拱手）

〔**【大锣四击头】**张飞跺右脚、踢左腿，右腿跨椅子向左转身，双手抓袖，向前“双甩袖”亮相。（**八 大 台 顷 仓**）双手翻折水袖向左右外方平摊开。

诸葛亮　（平静地）三将军怒气不息，为着谁来！

张　飞　我就为你来！**【大锣一击】**（向诸葛亮甩袖）

诸葛亮　为山人何来呢？（左手摊掌）

张　飞　咱大哥黄鹤楼赴宴，为何不叫咱老张知道？（双手摊掌）

诸葛亮　叫你道，也要前去，不叫你知道，也要前去。

张　飞　咦！但不知兵带多少？大将几员？

诸葛亮　并无人马（右手摆扇），就是子龙一人。

张　飞　（惊）啊！（仓）我四弟一人焉能成功，待俺赶上前去！（仓）（左手拉袍襟、右手抓袖亮相）

诸葛亮　且慢！你赶他回来，也要前去，不赶他回来，也要前去，帐中用你不着，出帐去吧！（右手挥扇示意）

张　飞　（怒视，右手翻折水袖）**【大锣叫头】**诸葛亮啊，诸葛孔明！我弟兄三人，三顾茅庐，接你下山。指望你扶保汉室基业（边向“小边”走边说），谁想你一事无成（右手按掌边走边归原位），将俺大哥送入了虎口。**【大锣叫头】**（左手撕扎，右手指孔明）诸葛亮啊！你好狠毒也！

〔西皮散板〕

【大锣凤点头】サ(过门同前)3 3 1 2 3 4 3 3 (6 1 2 3 -) 3 3 6 1 1

东吴摆 下杀人场，(仓) 你叫 俺大

(右手向外指出)

3 2 1 6 1 (7 6 2 1 -) 6 2 1 3 2 3 1 2 -(7 6 1 2 -) 2 5

哥过 长江。(仓) 手 摸胸膛想一想，(仓) 你

(怒视孔明) (右手抚胸)

3 3 2 1 1 2 2 5 3 1 - 1 2 2 2. 6 1 - ‖

是个人 面 兽 心 肠。

(右手抖指孔明)

诸葛亮 三将军(以右扇指张飞)

〔西皮摇板〕

【闪锤】(过门同前)4 6 3 3 3 3 3 5 1 2 3 (4 6 3 2 1 2 3 3)

三 将军不必气 往 上，

〔行弦〕

3 2 2 1 1 2 1 2 1 6 1 (仓 大) ‖: 1 6 2 1 3 | 2162 1 0 :‖

本月十 六 转 还 乡。

(右扇向外指出，张飞右手一挽孔明左手腕)

张　飞 算得准！(向前凑一步)

诸葛亮 算得准！(点头)

张　飞 量得就！(右手点指孔明)

诸葛亮 量得就！(以右扇盖张飞指出的手)

张　飞 本月十六他若不回呢？(双手摊掌)

诸葛亮 他若不回来么？(胸有成竹地看张飞)

张　飞 (不信服地)哼！

诸葛亮 罢啊！(用右扇向下一按)

〔西皮摇板〕

【大锣凤点头】(过门同前)4 3 4 3 1 2 3 3 (4 3 2 1 2 3 3) 3

山人说话有 虚谎， 首

(以扇托髯)

2 1 1 2 2 3 2321 616 1 - ‖【大锣一击】(张飞右手抓袖看孔明)

级 送到 你营 房。

(以右扇向下指)

张　飞 好先生啊！

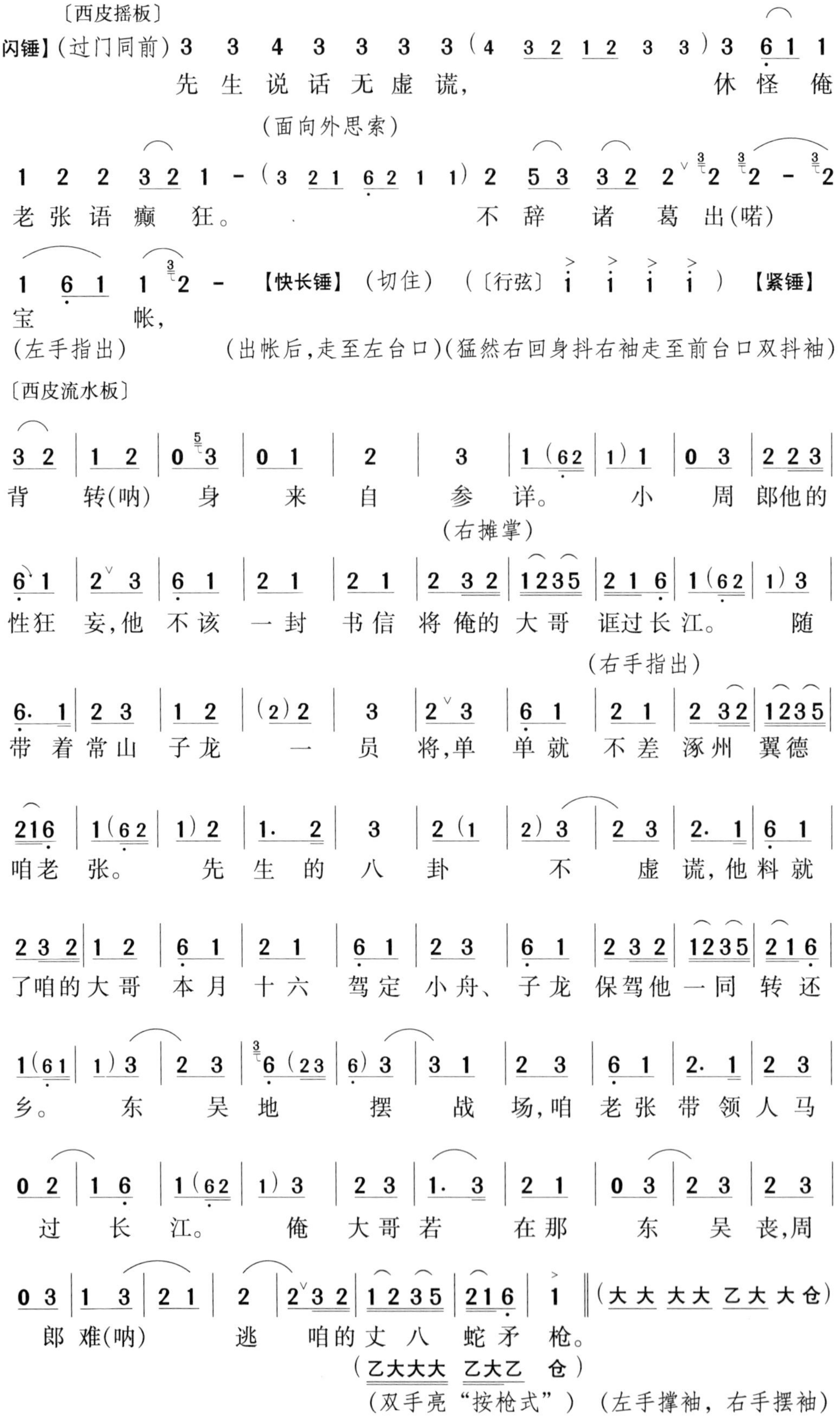
〔西皮摇板〕
【闪锤】(过门同前)
先生说话无虚谎，休怪俺
(面向外思索)
老张语癫狂。不辞诸葛出(喏)
【快长锤】(切住)(〔行弦〕)【紧锤】
宝帐，
(左手指出)(出帐后，走至左台口)(猛然右回身抖右袖走至前台口双抖袖)
〔西皮流水板〕
背转(呐)身来自参详。小周郎他的
(右摊掌)
性狂妄，他不该一封书信将俺的大哥诓过长江。随
(右手指出)
带着常山子龙一员将，单单就不差涿州翼德
咱老张。先生的八卦不虚谎，他料就
了咱的大哥本月十六驾定小舟、子龙保驾他一同转还
乡。东吴地摆战场，咱老张带领人马
过长江。俺大哥若在那东吴丧，周
郎难(呐)逃咱的丈八蛇矛枪。
(大大大大乙大大仓)
(乙大大大乙大乙仓)
(双手亮“按枪式”)(左手撑袖，右手摆袖)

（大大 大大 乙大 大 仓）（右手撑袖，左手摆袖）

【大锣四击头】（双手抓袖、跺左脚、踢右腿、跨左腿右转身走“反云手”，双手向前双甩袖亮住相）

【快长锤】（右手抓袖、左手抓袍襟，向右转身，双手背袖，从“下场门”下）

〔【闪锤】诸葛亮左手抖袖、提袖。

〔西皮摇板〕

诸葛亮（过门同前）3 2 1 6̣ 1 3 1 2 （3 5 2 1 6̣ 1）

东 吴 纵 有 千 员 将，

3 2 2 1 1 2 2 1 1 2 2 2. 6̣ 1 – ‖

霜 雪 焉 能 见 太 阳。

（右手持扇指出）

〔【大锣抽头】诸葛亮向右转身，右手向后背扇，从“下场门”下。众人随下。

第二场

〔【快长锤】四白文堂执标从“上场门”上，“站门”。四侍卫执荷包枪从“上场门”上，“站门”。【撕边】周瑜双手端带从“上场门”上，至“九龙口”亮相。

〔西皮摇板〕

周　瑜【大锣凤点头】（过门同前）3 6 5 7 6 6 3. 5 3 5 7 7 – 2̇ – 6

水 军 冲 破 长 江 浪，

（右手向外指出）

〔【闪锤】走至前台口，右手抖袖。

〔西皮流水板〕

2 | 1 i | 1 | 3 i | 6 56 | i i | 5 65 | 5 36 | 3 i |

2̇ | i | i | 0 i | 6 5 | i i | 5 6 | 5 | i |

东 吴 的 将 士 个 个 强。 刘

（右手赞美指）

5 5 | 7 7 | 7 | 5 5 | 6 6 | 6 5 | 3 5 | 6 | ⊕6 5

5 | 5 | 7 | 5 | 6 | 0 | 0 | 0 | ⊕6 5

备 过 江 命

5 6 7 7 2̇ 2̇ 2̇ 3̇ 6 6 5 3 3 53 6 6 7 6 6 6

5 6 7 2̇ - 2̇ 6 6 -
必 丧，
(右手向外指出)

「【闪锤】右转身向里走归“小座”。

〔西皮摇板〕
(过门同前) 3 6 5 i 6. 7 6. 5 3 5 3 5 3 5 6 6 5 5 - ‖
讨 回 荆 州 与 襄 阳。
(右手按掌)

「【大锣冲头】甘宁从“上场门”上，进帐，站“大边”。

甘　宁　启都督，刘备过江来了。

周　瑜　(欣喜地) 哦！(仓)(右手抓袖) 刘备过江来了？

甘　宁　正是。

周　瑜　但不知带领多少人马？(右手端带)

甘　宁　未带人马，只有子龙一人。

「(八大仓) 周瑜左手抓袖看甘宁。

周　瑜　哦……(仓) 就是子龙一人？【撕边一击】(略思之)

甘　宁　正是。

周　瑜　(得意地冷笑) 嘿，嘿，嘿……(仓) 刘备此来，必中吾之计(摇头晃翎)。甘兴霸听令！

甘　宁　在！(仓)(施礼)

周　瑜　你去把守江口，我急登舟迎接。

甘　宁　得令！【冲头】(“下场门”下)

周　瑜　来！排队相迎。

「奏唢呐曲牌<工尺上>四白文堂执标、四武士持荷包枪，依次归正，面朝里二人一排向周瑜施礼，然后并排归到左台口，“扎犄角”从“上场门”下。周瑜站起归台中，【大锣原场】左手抓袖，晃翎一圈，随之右手抓袖，晃翎一圈，双手向后背袖，走至左台口，先缓后急蹉步，从“上场门”下。

第 三 场

「接奏唢呐曲牌<工尺上>。【急急风】四红文堂从“上场门”上，船夫随上，同时，四白文堂从“下场门”上，船夫随上。随即赵云从“上场门”疾上，甘宁从“下场门”急上。二人至台中【撕边一击】二人拉开“单山膀”“合扇”一看，四白文堂在“大边”站“一条鞭”，同时，四红文堂在“小边”站“一条鞭”。甘宁面向“下场门”，赵云面向“上场门”同时施礼。

甘　宁　有请都督。
赵　云　有请主公。

「周瑜从“下场门”上，下船；刘备从“上场门”上，下船。四红文堂从“上场门”下。甘宁、赵云分站周瑜、刘备身后。

周　瑜　啊，皇叔。（拱手）

刘　备　都督。（拱手）

周　瑜　过江来了。

刘　备　过江来了。

周　瑜　（意味深长地）久违了。

刘　备　（应付地）久违了。

周　瑜　啊！

刘　备　啊！（二人互视）

周　瑜
刘　备　啊，哈哈哈……（二人各揣心腹事地笑起来）

周　瑜　（礼让）皇叔，请过船。

刘　备　（摆手）不敢，还是都督请过船。

周　瑜　如此，你我挽手而行。（**八大仓**）（以右手挽刘备左手，用左手掏翎看赵云亮相）此位是……（向刘备看）

刘　备　我四弟赵云。

周　瑜　噢！原来是四将军，不可拦阻（示意甘宁），开船。

「周瑜挽刘备手，冷眼一打量赵云，随后挽刘备从“下场门”下，甘宁、赵云随下，众人“窝下”。

第四场

「接奏<工尺上>，四白文堂从“上场门”上，“挖门”“站门”，周瑜、刘备、甘宁、赵云随上跟在身后，周、刘“挖门”进帐，周、刘面向里站并排施礼。乐止。

周　瑜　皇叔请坐。

刘　备　有座。（归“大边”坐，周瑜归“小边”坐，甘宁、赵云分站在周瑜、刘备身后椅旁）

周　瑜　皇叔涉江驾临（拱手），瑜有失远迎，望乞恕罪。（欠身）

刘　备　岂敢，备来得鲁莽，都督海涵。（欠身）

周　瑜　岂敢。

刘　备　（向左右一望）为何不见吴侯？（右手摊掌）

周　瑜　嗯……（掩饰地）太后（拱手）染病在床，主公侍奉不离左右，特命瑜陪伴皇叔。接待不周，恕罪。

刘　备　（站起）告辞！（施礼）

周　瑜　（站起）哪里去？

刘　备　去至宫中与太后（拱手）问安。

周　瑜　少时宴罢之后，一同进宫问安。（拱手）

刘　备　到此就要讨扰。

甘　宁　宴齐。

周　瑜　甘将军，将酒宴摆在黄鹤楼上，命鲁大夫整理洁樽。
甘　宁　遵命。【冲头】（出帐从“下场门”下）
周　瑜　皇叔请。（拱手“小边”站）
刘　备　都督请。（拱手“大边”站）
周　瑜　正是：【大锣住头】重逢花上锦，（右手向下按掌）
刘　备　知己叙衷情。（右手伸出“剑指”向下划一圆圈）

〔【小锣五击】刘备转身向“下场门”走两步。（八大仓）赵云、周瑜互视“比粗”【回头】刘备猛回头，见状急拉赵云。赵云边后退边右手扔靠绸拉“山膀”随刘从“下场门”下。【撕边一击】周瑜右手翻折水袖向“下场门”一望，【撕边一击】左手翻折水袖向“上场门”一望，（八大仓）右手翻折水袖成“举袖”，左手端带亮住相，【大锣原场】双手分别向下抖袖，摇头一晃翎，双手分别“抓袖”背于背后，转身从“下场门”下。

〔奏胡琴<小开门>，鲁肃持云帚从“上场门”上，掸扫桌上灰尘，摆酒具。台上有三桌摆成品字形。鲁肃见俱已齐备，向“上场门”施礼。乐止。

鲁　肃　有请都督。

〔周瑜内白：“皇叔请！”

〔刘备内白：“都督请！”

〔奏唢呐曲牌<工尺上>。刘备从“上场门”上，正与鲁肃碰面。

刘　备　哦大夫！（拱手）
鲁　肃　皇叔过江来了。
刘　备　过江来了，欠违了。（欠身）
鲁　肃　久违了。（施礼）
刘　备
鲁　肃　啊，哈哈哈……（同笑）

〔刘备觉势不妙转身欲往回走，正与从“上场门”上的周瑜相遇。周瑜以手示意刘上楼，刘还不愿上，猛回身见赵云站在后身，赵云拍腹示意不要怕。

鲁　肃　皇叔请上楼。（刘备愣神思考）

〔周瑜见状，向前拍刘备肩，刘备一惊，看周瑜。

周　瑜　皇叔请上楼。

〔（嘟～～～八大　仓　仓　仓）刘跺右脚、双摊袖，右手翻折水袖，左手提衣襟上楼。

〔（嘟～～～八大　仓　仓　仓）周瑜欲紧跟刘备上楼，赵云右手一挡。赵云走“三跨步”，（八大仓）反“云手”亮左“顺风旗”式往楼下一望；周瑜向后一个“倒步”看赵云。（嘟～～～八大　仓　仓　仓）周瑜跺右脚右手翻折水袖、左手提蟒襟、迈左腿快步上楼。乐止。

周　瑜　（向鲁）大夫，料理军务去吧！
鲁　肃　啊，皇叔，肃有公务，不能奉陪。（施礼）
刘　备　（礼让）大夫请便。（归坐“大边”，周瑜归坐“小边”）
鲁　肃　正是：（边走边念）

黄鹤楼上酒一席，（下楼）
死在眼前还不知。

刘备啊，刘备，你呀，死定了。（十分遗憾地）

〔**【小锣五击】**鲁肃从“上场门”下。**【大锣四击头】**赵云至“左台口”“云手”、“山膀按掌”亮相看楼下。**【撕边一击】**刘、周同时“一望”**【撕边一击】**刘、周同时“两望”，刘惊呆向前望。**【小锣一击】**周看刘。

周 瑜 （暗笑）皇叔请酒，皇叔请（见不应，看刘发呆神情用手敲桌喊。赵拉刘袖）皇叔请。

刘 备 哦，哦，都督请。

〔奏唢呐曲牌<园林好>周瑜、刘备二人举杯共饮。赵云一望两望见相安无事。赵云从“下场门”暗下。

周 瑜 这……

刘 备 这…… （二人互视，各揣心腹事）

周 瑜 啊……

刘 备 啊…… （二人互亮酒杯）

周 瑜 （自负地）哈哈哈……

刘 备 （无奈地）嘿嘿嘿…… （同笑）

周 瑜 啊，皇叔。（放酒杯）

刘 备 都督。（放杯，拱手）

周 瑜 瑜有一言，不知皇叔可纳听否？

刘 备 都督有何金言，请讲当面。（拱手）

周 瑜 这，古有善文能武，经天纬地（右手按掌），处世立业，皆以信义为始（右手赞美指）。当初赤壁鏖兵，孙、刘同心破曹，火烧战船，耗费吴国多少兵马钱粮，反折了首将黄盖（双手摊掌）；皇叔不过观旗击鼓之劳，安能坐收渔人之利，暂借荆州，屯军养马，至今数载不还。请问皇叔（拱手）信义何在乎？（左手摊掌）**【撕边一击】**

刘 备 这……

周 瑜 啊，强霸吴地假借为名，是何理也？！（**八大仓**）（双手摊掌）

刘 备 （无言以对**【撕边一击】**两番，将王帽向前推，再折水袖不见赵云）唉！都督啊……

〔**【大锣夺头】**周瑜冷眼看刘备，刘备忙低下头。

周 瑜 哼……他又来了。

〔西皮原板〕

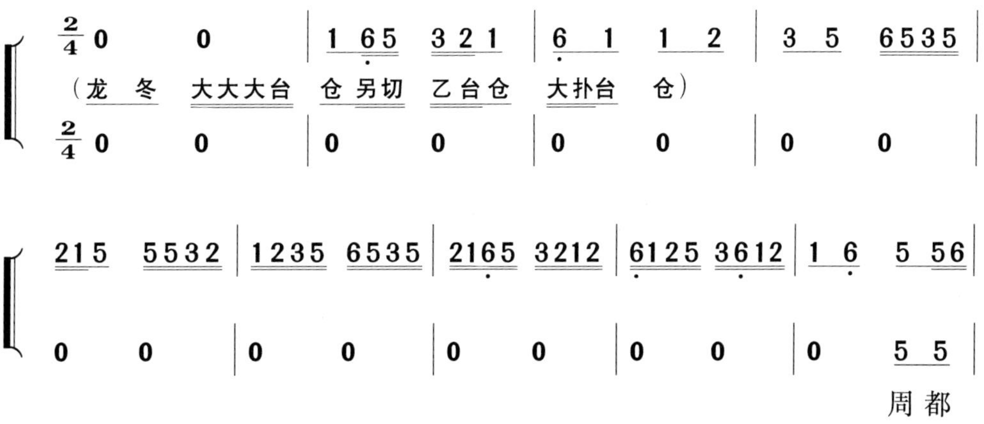

刘 备

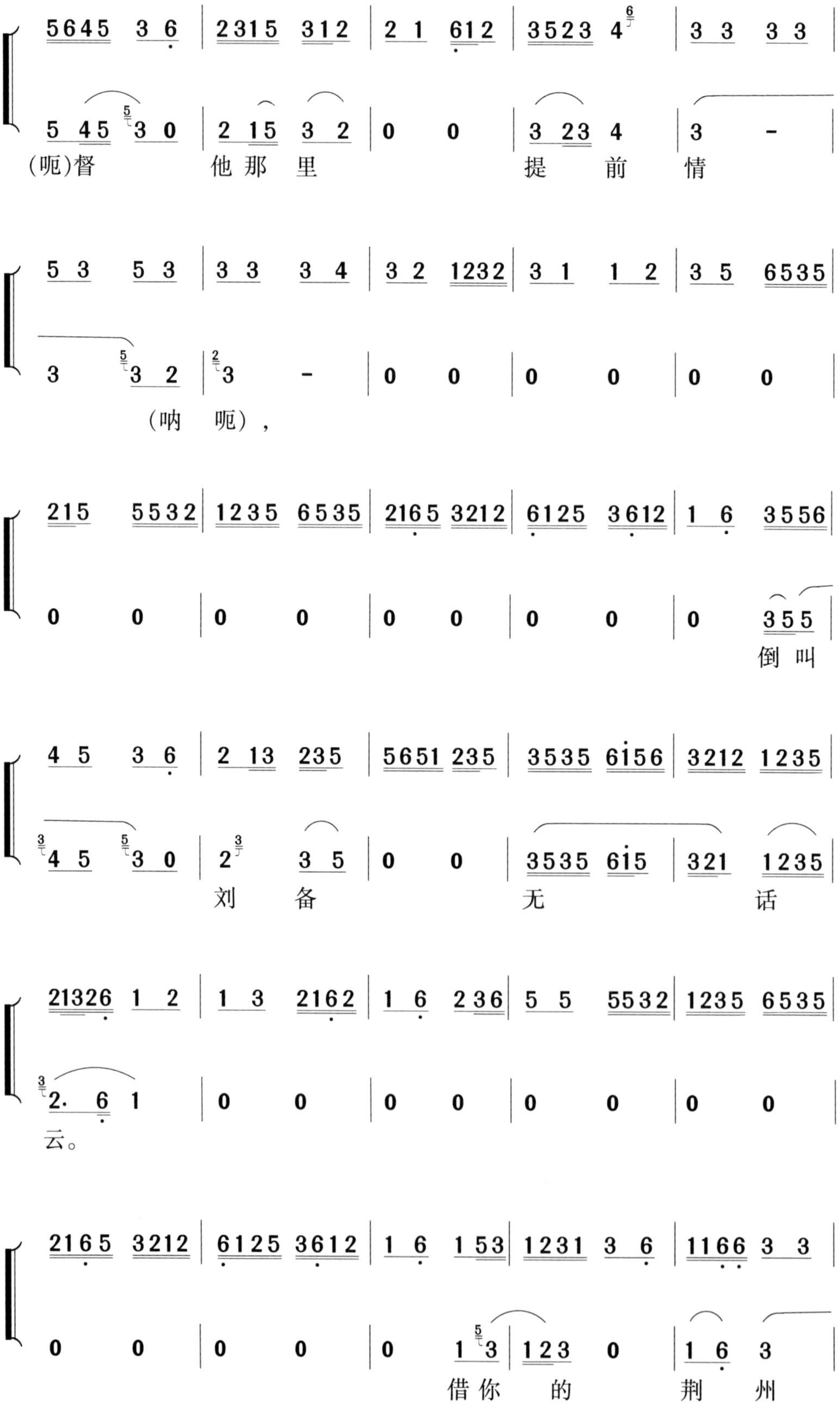
(呃)督 他那里 提 前 情
(呐 呃),
倒叫
刘 备 无 话
云。
借你 的 荆 州

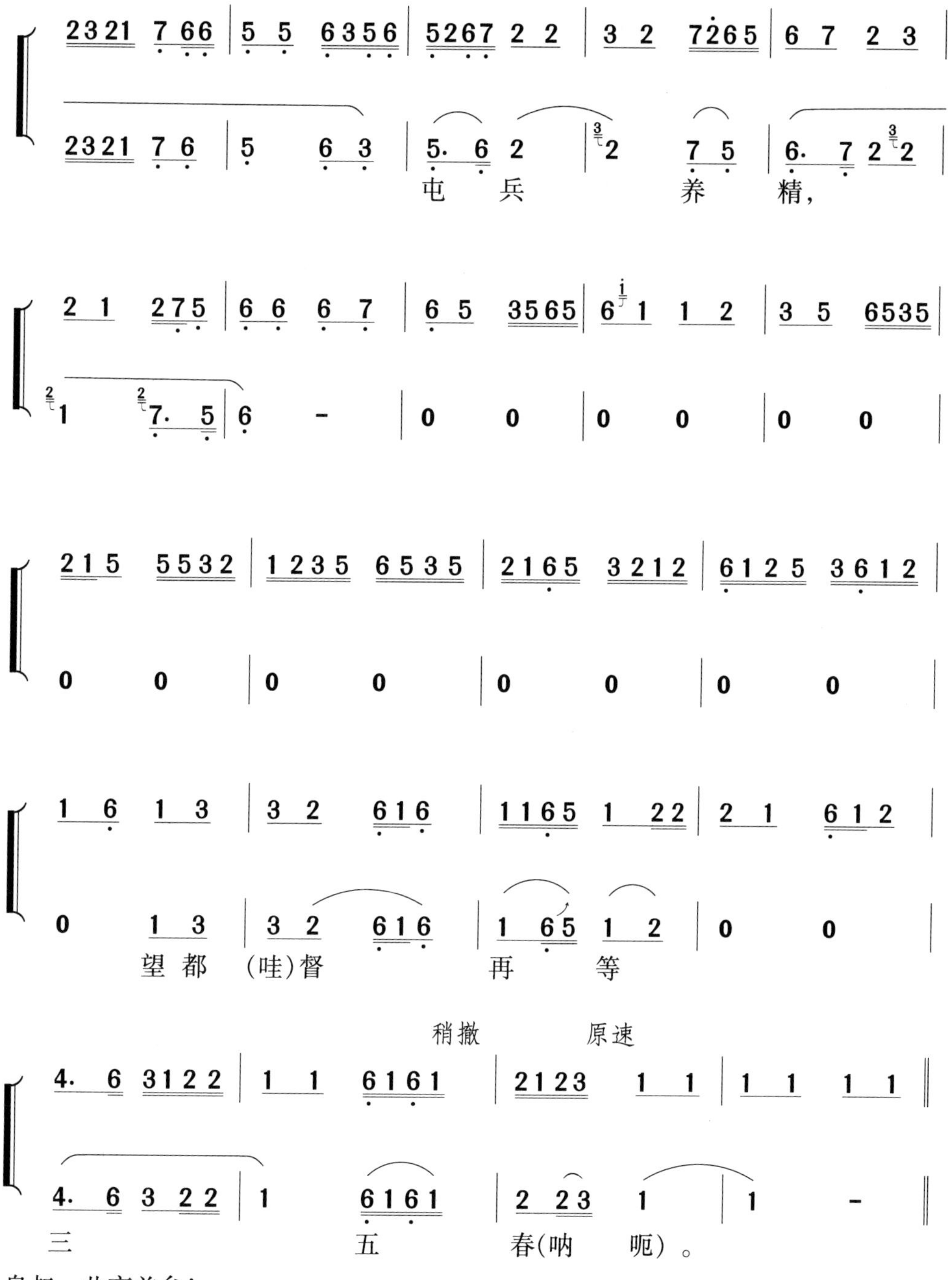

周 瑜 皇叔，此言差矣！

刘 备 哦！是，是，是。（忙赔罪）备差了。

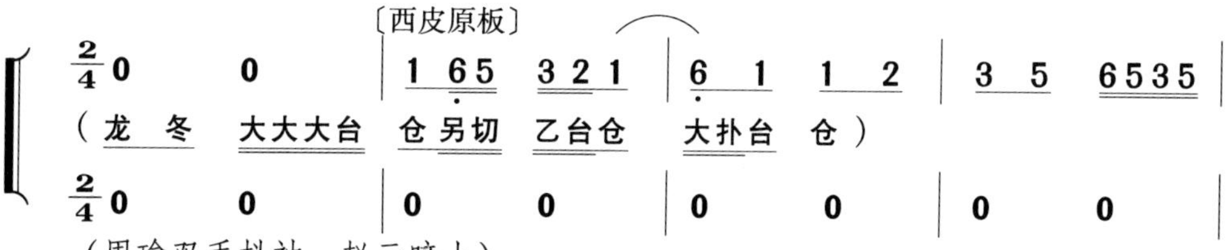

（周瑜双手抖袖，赵云暗上）

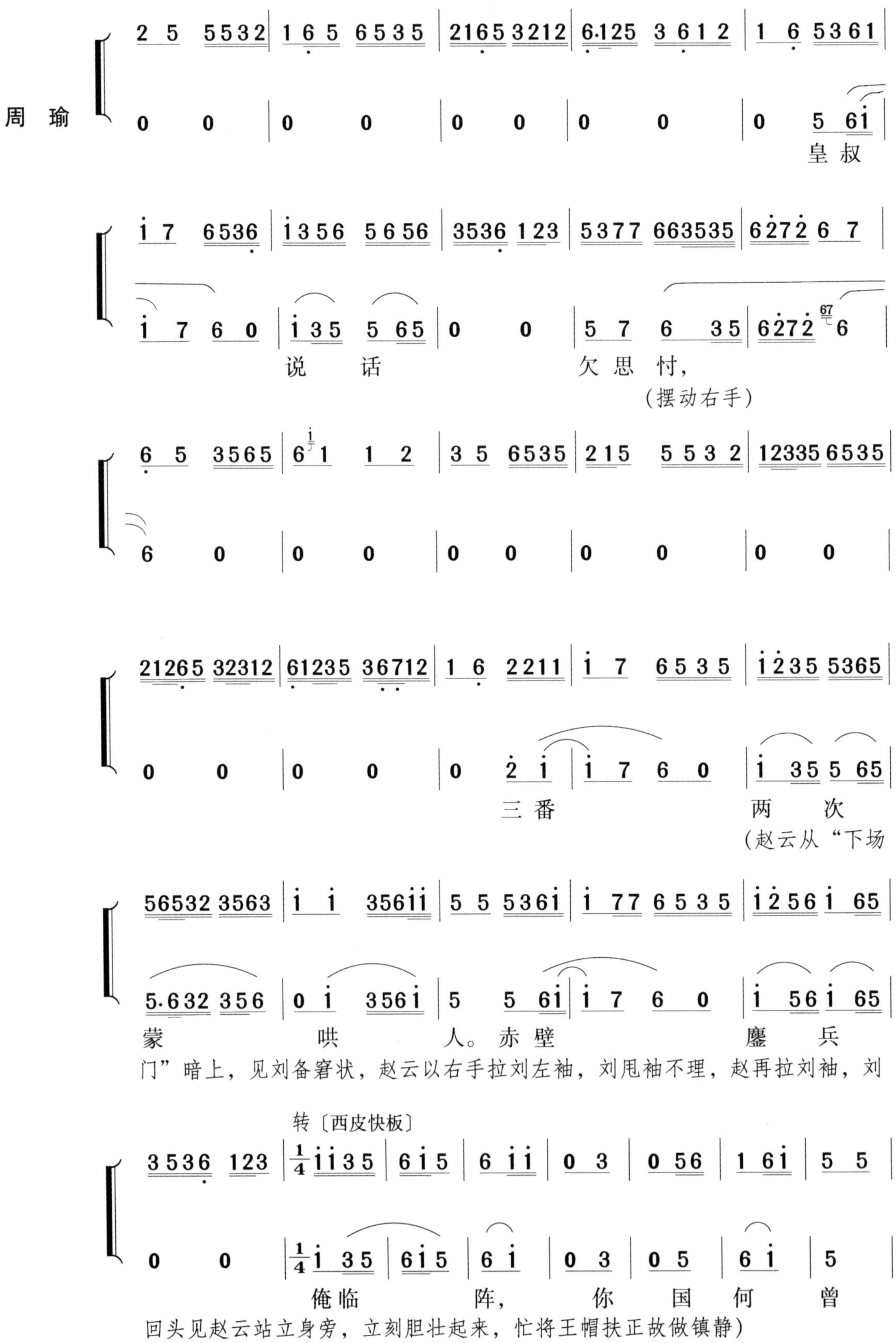
周 瑜
皇 叔
说 话 欠思 忖,
（摆动右手）
三 番 两 次
（赵云从“下场门”暗上，见刘备窘状，赵云以右手拉刘左袖，刘甩袖不理，赵再拉刘袖，刘回头见赵云站立身旁，立刻胆壮起来，忙将王帽扶正故做镇静）
蒙 哄 人。赤 壁 鏖 兵
转〔西皮快板〕
俺临 阵， 你 国 何 曾

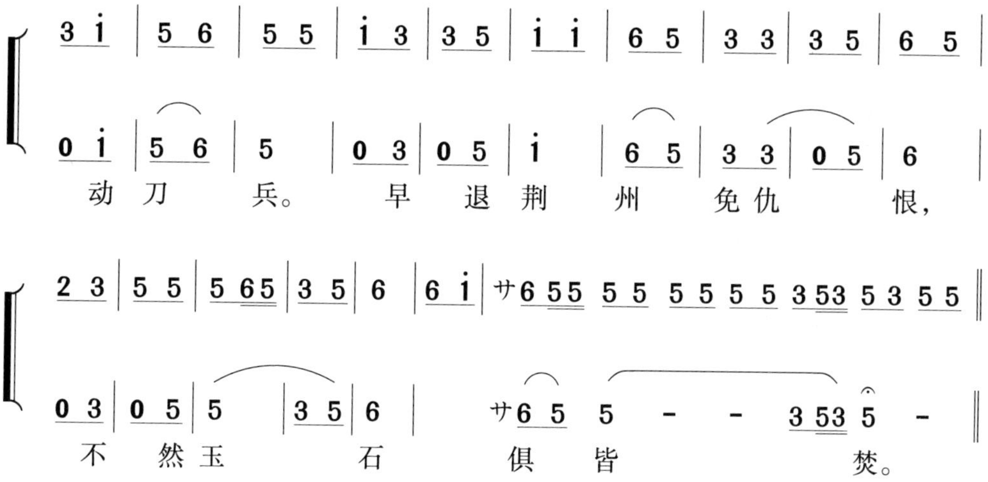

〔【大锣一击】赵云向周瑜走去，用手拍桌。

赵 云 住口！（右手指周瑜，上步欺周瑜）【紧锤】（赵云至前台口拉开“山膀”）

〔西皮快板〕

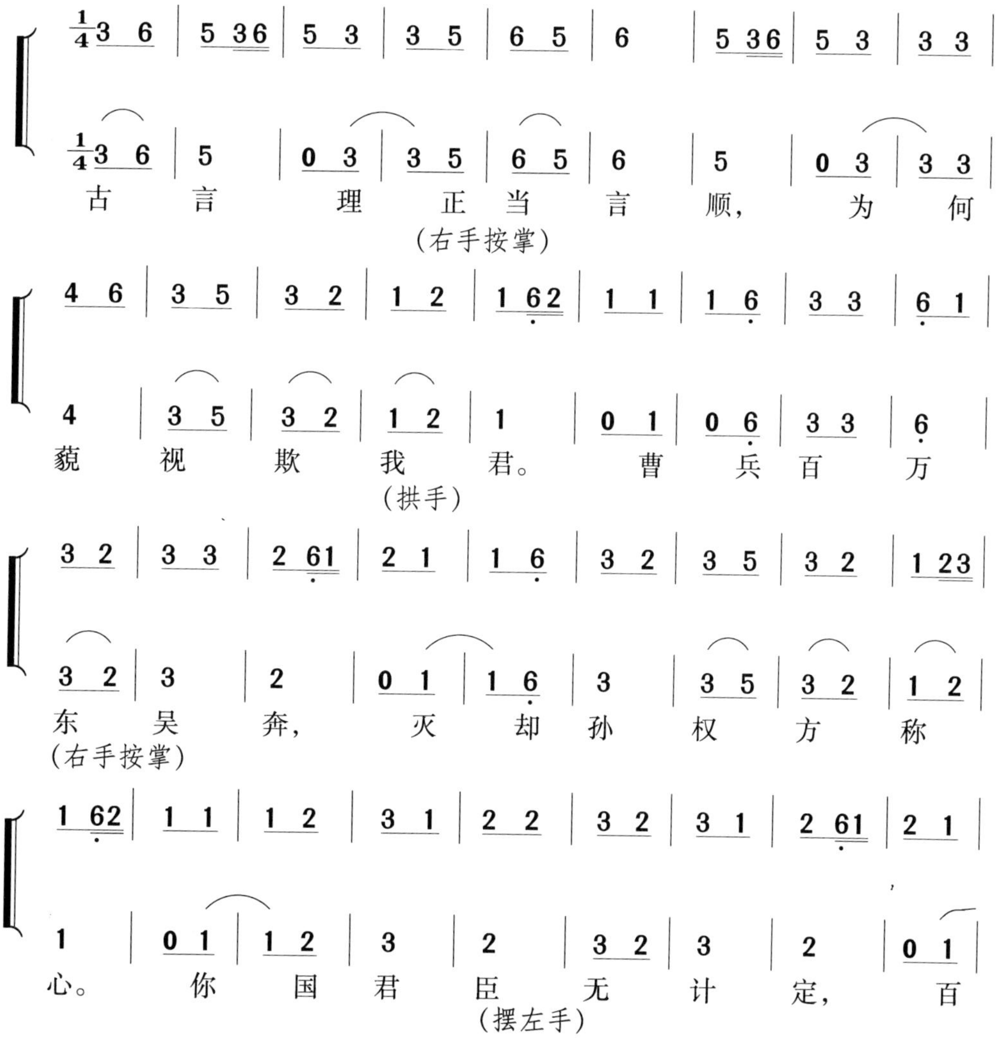

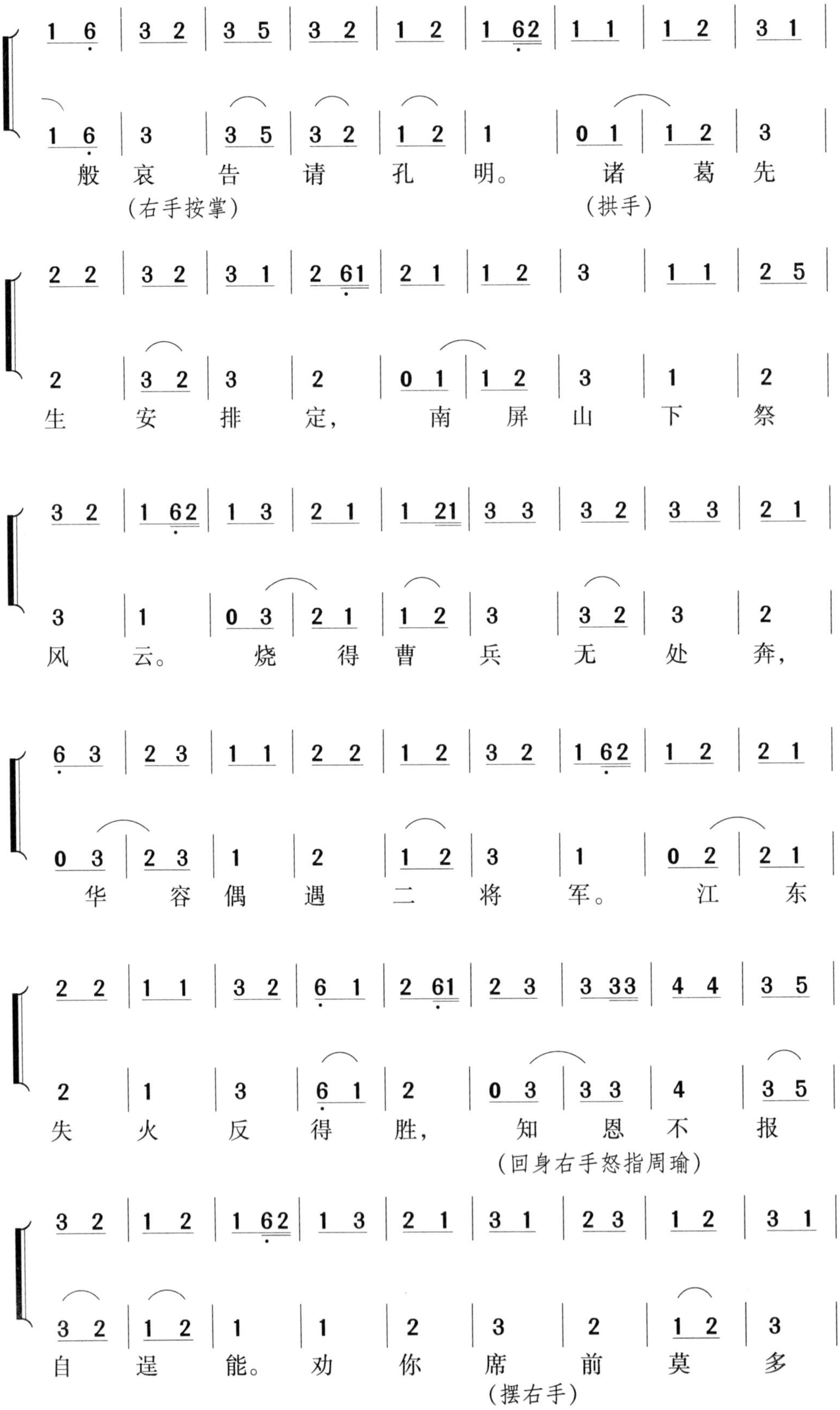
般哀告请孔明。诸葛先
（右手按掌）
（拱手）
生安排定，南屏山下祭
风云。烧得曹兵无处奔，
华容偶遇二将军。江东
失火反得胜，知恩不报
（回身右手怒指周瑜）
自逞能。劝你席前莫多
（摆右手）

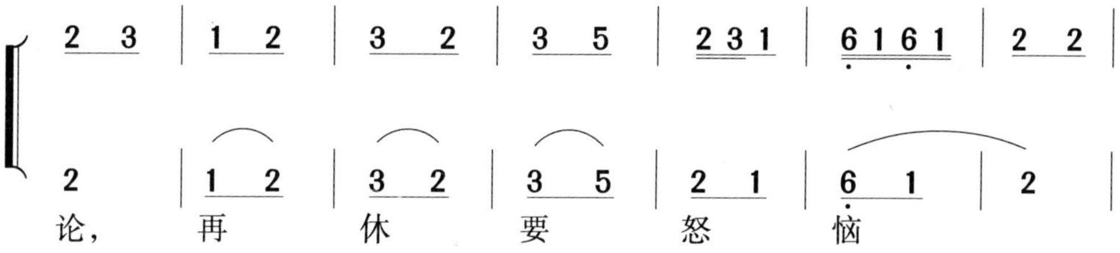

（右手向外缓一圆圈拍靠肚上步亮相）

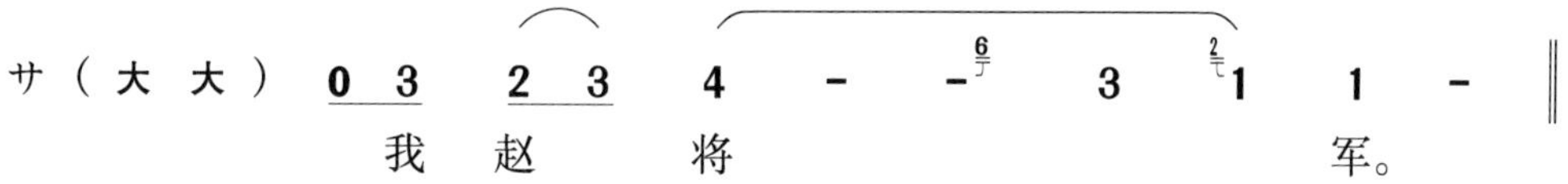

（右手赞美指）

周 瑜 住了！（左手怒指）

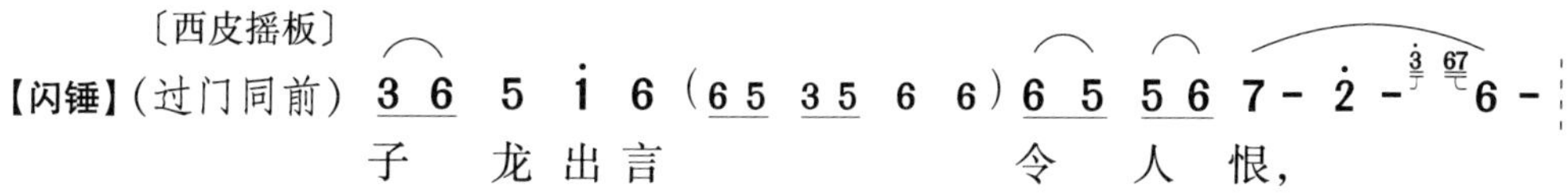

（右手指出）

〔【闪锤】出位。二人“八字”站。周瑜站“小边”。

〔西皮快板〕

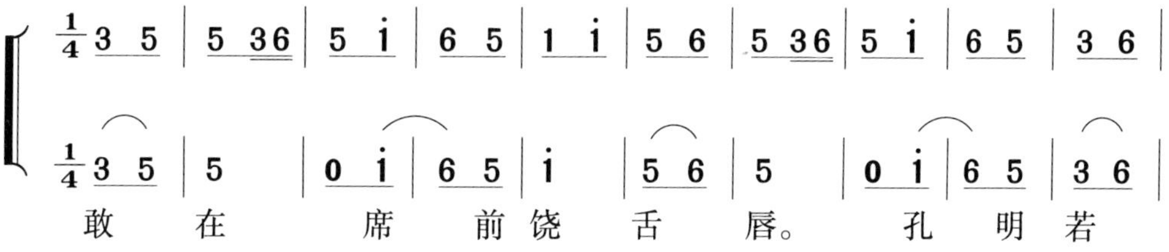

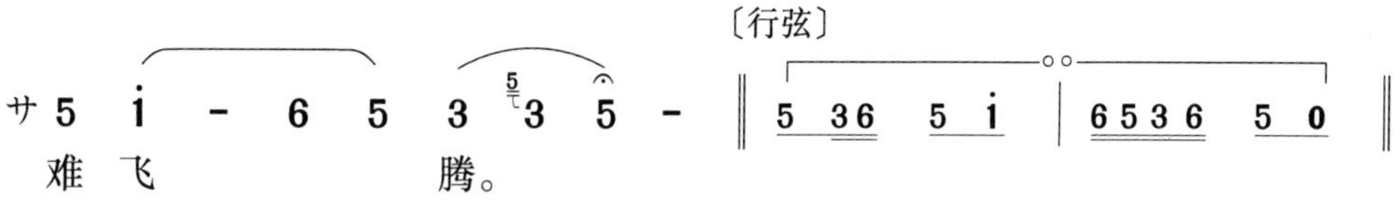

赵　云
周　瑜　哼！（互不示弱）【撕边一击】（二人在前台口“比粗”，刘备急从中阻拦）

〔【撕边一击】二人“一翻”“两翻”面向后台口“比粗”。刘备又慌忙阻拦。刘备站中间，赵云在“大边”；周瑜在“小边”二人怒视。赵举拳欲打瑜，刘备欺赵云一步，斥责赵云。

刘　备　嘟！（仓）（左手指赵）大胆！放肆！这还了得。（抖左袖）（转身拱手面向周瑜）唉，都督啊！

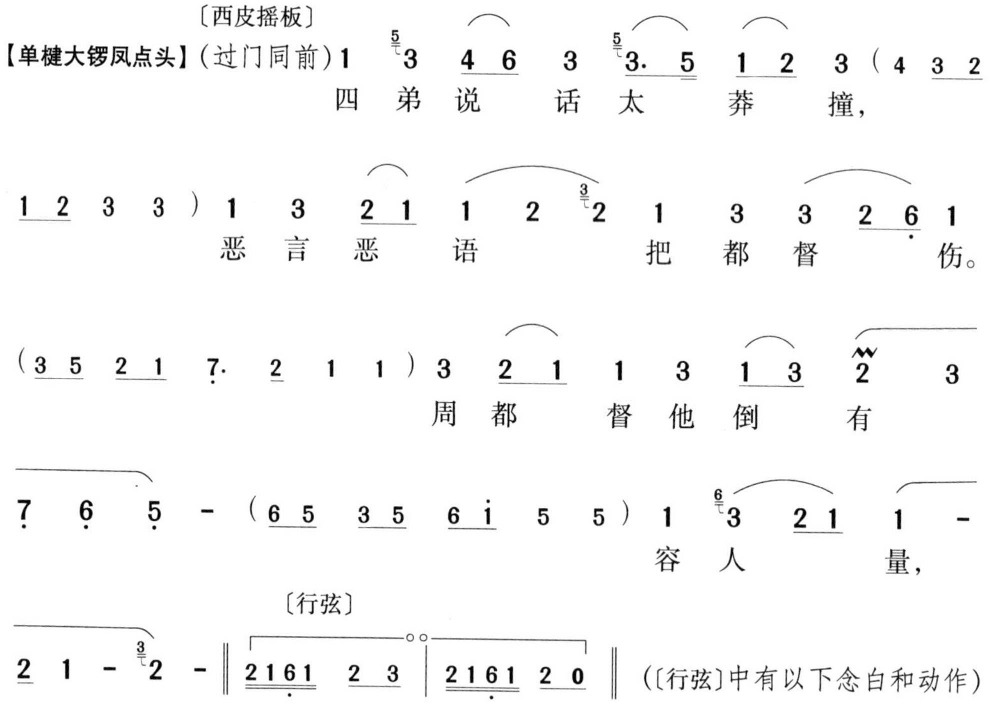

（〔行弦〕中有以下念白和动作）

啊，都督，方才我四弟冒犯都督，备这厢赔礼了！（向站在“小边”的周瑜躬身施礼。【小锣一击】周瑜不屑一顾地从“小边”走至前台口，刘备从周瑜身后小心翼翼地走到“小边”又向周瑜躬身施礼。赵示意刘打周，刘欲举拳，周回身，刘将拳缩回）啊，都督，方才乃是我四弟莽撞，备这厢赔礼了！

周　瑜　（气愤地）哼！（向刘甩袖）（〔行弦〕止）

刘　备　唉，都督啊！【大锣凤点头】（周瑜归至“小边”，刘站中间）

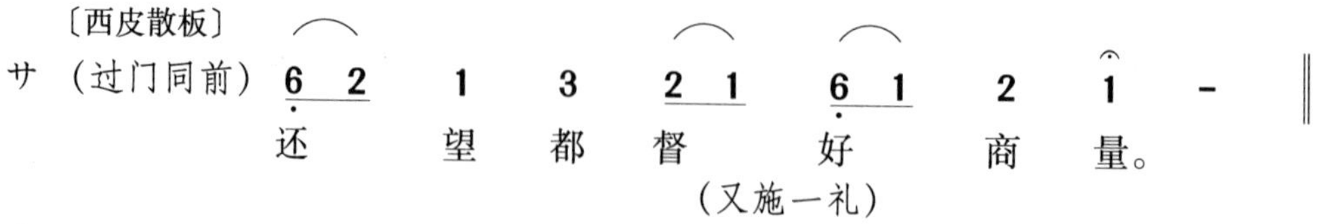

〔【大锣凤点头】赵云右手阻拦刘备，右手拉开“山膀”。

赵　云

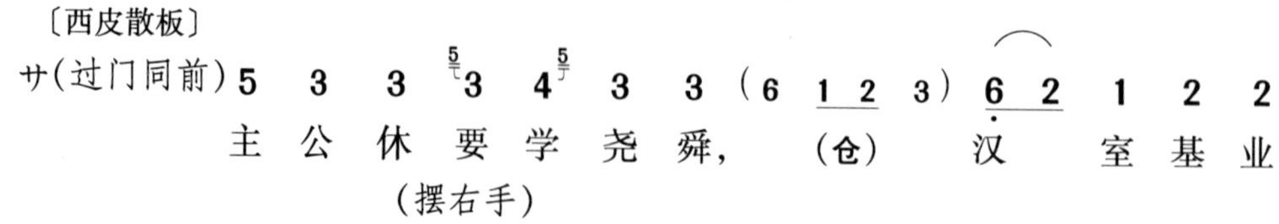

黄 鹤 楼

3 2 1 2 1 (7 6 2 1 －) 2 3 3 2 2 2 1 1 3 2
谁 敢 争。(仓) 四 百 年 来 承 汉 鼎，白："周郎！"
(看周) (左手伸出四指)

【大锣凤点头】サ (过门同前) 3 2 2 1 1 2 2 5 1 6 1 ‖
东 吴 焉 敢 夺 乾 坤。
(右手怒指周瑜)

周 瑜 (怒) 住了！

〔西皮散板〕
【大锣凤点头】サ (过门同前) i 5 7 6 6 5 5 7 6 － (4 3 5 6 －)
楼 下 兵 多 将 你 困， (仓)
(左手指)

赵 云 4 3 3 3 3 2 3 3 2 1 2 1 (7 6 2 1 －)
我 猛 虎 何 惧 你 犬 一 群。 (仓)
(右手拍靠肚)

周 瑜 3 6 5 7 6 6 5 7 6 － (4 3 5 6 －)
量 你 君 臣 难 逃 遁， (仓)

赵 云 4 － 3 3 3 5 3 2 1 2 1 (7 6 2 1 －)
子 龙 将 军 胆 包 身。 (仓)
(右手拍靠肚)

周 瑜 3 6 5 7 6 5 7 6 －
不 逊 之 言 令 人 恨，
刘备！【大锣凤点头】(向前左手抓刘备右手，怒视)
〔西皮散板〕
サ(过门同前) 3 6 5 i 6 6 5 5 3 5 ‖
不 还 荆 州 难 逃 生。(扔刘备手，刘备险些跌倒，赵云大怒)

赵 云 住了！(右手怒指周瑜)

【大锣凤点头】サ (过门同前) 3 6 5 6 6 － 5 6. 5 4. 5 3
你 要 荆 州
(2 1 2 3 －)
(八大 台 顷 仓) 5 3 2 － 3 2 3 3 5 5 5 5 －【撕边一击】
俺 应 允，
(右手摊掌)

周 瑜 拿来！

赵　云　你也拿来！
周　瑜　要什么？
赵　云　我国的东风！
周　瑜　这个……
赵　云　呸！

〔西皮散板〕
【双楗大锣凤点头】 サ（过门同前） 2 5 3 2 1 1 2 1 2
你东吴还有
（右手怒指亮相）（周瑜右
（7 6. 1 2）
（八大 台 顷 仓） 2 3 4 4. 5 3 2 1 1 1 ‖
几美人。
手掏翎愣视冷眼相看的赵云）（右手摊掌）

〔【撕边一击】赵云右手摊掌逼视周瑜，周瑜混身颤抖，转身即走。

刘　备　（急拦）啊，都督。

〔【大锣原板】周瑜挥袖，刘备急躲反转身，周瑜下楼。

周　瑜　众将军！（仓）你等高声喊叫，叫那刘备写下誊国文约，退还吾国荆州，有本督的令箭，方可放他君臣下楼。违令者斩！【大锣叫头】（双手掏翎恨笑）哈哈！哈哈！啊哈哈哈……（双手在胸前抖绕翎，（八大仓）双手放翎，【大锣四击头】向左转身，右手掏翎，亮住相。【冲头】右手放翎愤然转身甩袖，从"上场门"下）

〔【撕边一击】两番。赵云向左右一望楼下。见有伏兵，向刘备示意。刘备折袖"一望""两望"。【冷锤】坐下向前双"打袖"。

刘　备　（大惊）哎呀，诸葛亮啊！你害死（手向前方点指）我君臣也！

〔西皮散板〕
【双楗大锣凤点头】サ（过门同前）3 6 5 6 5 5 5 5 3 6 5（2 3 6 5 -）
勒逼孤王把宴饮，（仓）
4 3 2 1 2 2 3 1（7 6 2 1 -）3 2 1 6 2 1 1 3 3 2 -
黄鹤楼上遇灾星。（仓）周郎苦苦要孤的命，
【双楗大锣凤点头】サ（过门同前）6 3 2 2 1 1 2 2 1 2 2 1 ‖
"四弟呀"，快想良策救孤身。
（右手托髯）

刘　备　【大锣叫头】哎呀四弟呀，你看黄鹤楼下，伏兵四起，如何是好？
赵　云　主公！（拱手）可记得为臣，在那长坂坡——（八大仓）
刘　备　哎！又是他那长坂坡。（左手指赵云）
赵　云　杀得曹兵，七进七出！何惧这小小黄鹤楼上！（左手指出）

〔西皮散板〕
【大锣凤点头】サ（过门同前）3 3 4 3 4. 6 3 3（6 1 2 3 -）4 - 3 2
长坂坡前威风凛，（仓）杀退

1 2 3 1 2 1 (7 6 2 1 -) 1 3 6 2 1 3 1
曹 操 百 万 兵。 (仓) 主 公 但 把 心 放

2 (7 6 1 2 -) 6 2 1 3 2 2 1 6 2 6 1 ‖【大锣住头】
稳， (仓) 为 臣 空 拳 也要 退 贼 兵。
(左手端拳，右手握拳)

刘 备 哎呀，四弟呀！你在那长坂坡，掌中有枪？

赵 云 有枪。

刘 备 跨下有马？

赵 云 有马。

刘 备 如今在这黄鹤楼上，难道叫你拳打（仓）（右手握拳）足踢不成？（八仓）（双手摊掌）

赵 云 哎呀！（双手摊掌，右手正击刘左膝盖，刘备做疼状）

〔【乱锤】刘备束手无策地归“小座”，赵云略思。

赵 云 【大锣叫头】主公啊！临行之时，先生（拱手）赐有竹节，倘若黄鹤楼伏兵四起，打开竹节，能退周郎百万雄兵。

刘 备 唤，事到如今不要听信那孔明的胡言哪！

赵 云 待臣看来！【冲头】（从铠甲中掏出竹节，右手拿竹节）【大锣叫头】竹节呀，竹节！临行之时，先生道你能退周郎百万雄兵。（看竹节）事到如今，我君臣有难，你是怎的不言【冷锤】是怎的……（八大仓仓仓）（右手击竹节）不语？

〔西皮散板〕

【大锣凤点头】 サ（过门同前）3 3 3 2 3 3 1 2 3 3 (6
先 生 道 你 暗 指 引，

1 2 3 -) 3 3 2 1 2 2 3 1 (7 6 2 1 -) 1
(仓) 急 难 怎 不 现 真 形。 (仓) 打

3 3 2 2 2 1 1 3 2 - (嘟~~~~~~~~~~八 大 仓)
开 节 节 观 动 静，
(将竹节往右膝一磕即摔地上，竹节裂开现出令箭，惊喜，蹉步向前右手指令箭，拾令箭)

【大锣叫头】哈哈，哈哈，啊哈哈哈……【大锣凤点头】（箭交左手，转身见刘备）

〔西皮散板〕

サ（过门同前） 6 2 1 3 2 2 1 2 1 6 1 ‖【大锣住头】
内 藏 周 郎 箭 一 根。
(向刘备示意)

啊，主公，你我君臣有救了。

刘 备 事到如今，救在哪里呀？

赵　云　臣打开竹节，内藏周郎的令箭。

刘　备　（摇头摆手）孤却不信。

赵　云　主公请看。（**八大仓**）（出示令箭）

「**【撕边一击】**刘备捋髯看令箭拿令箭。

刘　备　（惊喜地）嘿嘿，这才是孤的（右手拍腿）好先生（右手赞美指）！四弟（念京白）搀孤下楼！（将令箭交赵云）

「**【搜场】**赵云接箭，反转身护刘备下楼，二人背靠背站，刘备藏于赵云身后，同时，鲁肃及四侍卫从“上场门”上，正与赵云碰面相遇。

鲁　肃　呔！（**仓**）你君臣为何要私自下楼？

赵　云　你家都督放我君臣，现有令箭拿去看来！**【撕边一击】**（递令箭）

鲁　肃　（接令箭一看）哦，请了，请了。（拱手后相让）

刘　备　（急忙拱手）哦，请了，请了。（急从“下场门”下）

「**【急急风】**赵云双提甲向“下场门”一望。

赵　云　**【大锣叫头】**哈哈，哈哈，啊哈哈哈……

「**【大锣四击头】**赵云跨右腿，踢左腿，左“山膀”，右手指鲁肃亮相。“呸！”**【大锣四击头】**跨左腿踢右腿走反翻身，面朝“下场门”亮骑马蹲裆、左端拳右握拳式。**【冲头】**从“下场门”下。

鲁　肃　有请都督！

「**【一锤锣】**甘宁、太史慈引周瑜从“上场门”上。**【大锣归位】**周瑜站台中。

周　瑜　（念）肋生双翅早捆就，
　　刘备难下黄鹤楼。（右手指出）**【冲头】**（归“小座”）
啊，大夫那刘备可曾写下誊国文约？

鲁　肃　他君臣逃走了。**【冷锤】**（周惊）

周　瑜　啊，何人放他君臣下楼。

鲁　肃　啊都督放他君臣下楼！

周　瑜　我何曾放他君臣下楼？

鲁　肃　现有都督的令箭哪！（递令箭）

周　瑜　在哪里？

鲁　肃　都督请看！**【撕边一击】**

「周瑜左手接令箭一看、气急败坏。

鲁　肃　啊，都督，既放他君臣逃走，为何又生起气来了？

周　瑜　**【大锣叫头】**哎呀，大夫啊！这是当初，南屏山命孔明借东风的令箭，怎么它，它……（右手点指令箭）还在？……**【冲头】**（归“小座”）

鲁　肃　哦，我这才明白。（点头）

周　瑜　诸葛村夫啊！我不杀你，誓不为人也！（咬牙切齿地）

鲁　肃　量他君臣，去之不远，何不驾舟追赶？

周　瑜　好！（点头）随本督驾舟追赶！

「奏唢呐<尾声·前半段>周瑜走至“下场门”背向鲁肃。

鲁　肃　啊，都督，小心那支令箭哪！

周　瑜　这……

〔（**嘟八大仓**）周瑜双摊掌。**【乱锤】**摇头背手踱步。

鲁 肃 （见状悟到）**哎呀说错了，我说错了。**（双手抖落后悔）

〔**【乱锤】**周瑜双手掏翎看鲁肃，在胸前双手抖绕翎后退（**八大仓仓仓**）双衔翎。

【四击头】转身撩袍端带亮相。

〔奏<尾声·前半段>。

〔**【大锣原场】**周瑜双甩袖从“下场门”下，众随下。

—— 剧 终